E. 638.

R. 3417 changé
2.

2296

4130.

LE VRAY

ET

ANCIEN VSAGE

DES DVELS.

CONFIRMÉ PAR L'EXEMPLE
des plus Illustres combats, & deffys qui
se saient faits en la Chrestienté.

AV ROY.

Par le Sieur D'AVDIGVIER.

A PARIS,
Chez PIERRE BILLAINE, au Palais,
pres la Chappelle S. Michel.

M. DCXVII.

Avec Privilege du Roy.

AV ROY

SIRE,

Il y a un grand procez entre la Noblesse, & la Justice de vostre Royaume, dont autre que vostre Majesté ne peut estre Juge. La Noblesse dit, qu'un Gentil-homme dont l'honneur est offensé, doit perdre la vie, ou le reparer auecque l'espee. Et la Iustice au côtraire, qu'un Gentil-homme qui met la main à l'espee pour reparer son honneur , doit perdre la vie. Toutes deux , Sire, sont apuyées de grandes & fortes raisons , & toutes deux neant-moins ont tort, & panchent aux extremitez. Il est vray , qu'il ne doit pas estre permis à la Noblesse d'abuser du fer qu'elle porte, ny de se faire iustice d'elle-mesme. Il est vray aussi, que puis que l'honneur luy doit estre plus cher que la vie , il luy doit estre permis de le conser-uer par la perte de sa vie.

Contre cela , Sire, la Iustice vous represente l'enorme multitude des Duels, qui sous pretexte d'vn hon-neur mal côpris, se fait tous le iours en France ; La perte de tãt de bra-ues hommes, et de tant de pauures ames, où Dieu, & vostre Majesté

AV ROY.

sont mortellemēt offēsez. Que tout
cela se peut empescher par vn seul
exemple, & qu'vn seul Gentil-hō-
me exposé sur vn Eschaffaut, en
conseruera dix mille. Que reietter
vn remede si salutaire, & si general pour la douleur d'vn particulier, seroit refuser vne purgation
necessaire à tout le corps ; pour les
tranchees qu'elle pourroit causer
en quelque partie. Que ce grand
Louys, qui en cest âge encore ten-
dre s'est monstré si ferme, &
si roide en l'obseruation de la Iustice qu'il s'en est acquis le surnom de Iuste, doit fermer les yeux,
et les oreilles aux plaintes particulieres, pour les ouurir aux publi-
ques; & qu'ē ce cas l'estre pitoyable
à quelqu'vn, & estre cruel à tous.

á iij

EPISTRE

*Au contraire, Sire, la Noblesse
vous remonstre qu'en cest effroyable nombre des Duels qui se fait
parmy les siens, elle a d'autant plus
de suiet d'en desirer le remede, que
la plus grande perte en tombe sur
elle-mesme. Elle le demande aussi
à vostre Majesté auec d'autant
plus d'instance, qu'elle y est plus
interessee que la Iustice, ny tous
les autres ordres de vostre Estat.
Deplore sa condition qui l'a contraint de vous offenser, & Dieu
mesme par ces funestes combats.
Mais elle appelle & prend à
tesmoing le mesme Dieu, qu'elle
ne le fait que par force, emportee
de son honneur, & de la coustume que ses Rois vos Predecesseurs
luy ont imprimee par leurs exem-*

ples. Elle nie que ce mal se puisse
guerir par le remede qu'on vous
propose ; *&* monstre que puis
qu'il n'a pû seruir au passé , ny
à present , il seruira encore moins
à l'aduenir. Elle passe plus outre,
Sire , *&* dit , que quand il seroit
vtile d'vne part ; il seroit doma-
geable de l'autre , *&* plus rigou-
reux que le mesme mal , puis qu'il
luy oste le moyen de deffendre son
honneur , sans lequel vostre Noblesse n'est plus Noblesse, et vous
estropie le bras sous couleur d'en
ouurir la veine.

La Noblesse a tort , Sire , de
vouloir faire loy d'vn mauuais
exemple, *&* sous pretexte de quelques Rois qui ont fauorisé ces
combats, vsurper la liberté de s'a-

peller ailleurs que deuant voſtre
Majeſté ; *et* ſe battre non ſeulement ſans voſtre permiſſion , qui
eſt vn crime de felonnie dont vous
deuez eſtre ſur tout ialouz ; mais
auſſi contre voſtre deffenſe , qui eſt
choquer directement voſtre authorité.

La Juſtice a tort auſſi de vouloir
rendre les eſpees inutilles au coſté
de voſtre Nobleſſe, qui a droit de
les porter non ſeulement pour voſtre ſeruice , mais auſſi pour ſa defence. Et vous , SIRE , qui eſtes
Chef de la plus genereuſe Nobleſſe
qui ſoit au monde , auez intereſt
a ſouffrir qu'on emouſſe la pointe
de ſon courage , *et* que ſous ombre de la conſeruer , on la reduiſe,
ou bien à n'auoir aucun ſentiment

de son honneur, ou bien à le deffendre par la plume à la façon du vulgaire, & disputer le droit des armes deuant les Clercs.

Or de condamner seulement l'vne ou l'autre de ces parties, SIRE, il seroit iniuste, puis que toutes deux ont tort; et de les condamner toutes deux, il seroit domage, puis qu'elles sont les plus fortes, & principales Colonnes de vostre Estat. Il les faut donc accorder, & trouuer vn moyen entre ces deux extremitez qui conserue l'honneur à la Noblesse, & l'authorité à la Iustice. C'est ce qui fait fleurir, & rend Augustes les Monarchies, quãd les loix sont tellement vnies auec les armes, que l'vne ne rend pas le Monarque moins redouta-

EPISTRE

ble à la paix, que l'autre à la guerre; Et c'est aussi ce que i'ay tasché de proposer en ce Liure que ie vous adresse, comme au Souuerain Arbitre, & Moderateur apres Dieu, des choses du monde.

SIRE, ou comme Roy du premier Royaume de la Chrestienté, ou comme fils aisné de l'Eglise, vous estes le premier Roy de la Terre. Vous auez des tiltres les plus Augustes, & les plus aprochants de la Diuinité que Roy du monde puisse porter; car comme Roy de France vous estes appellé tres-Chrestien, et comme Roy de Nauarre vous estes surnommé tres-fidelle. Mais ny ceste primauté sur tant de Coronnes, ny ces Eloges quoy que Diuins, ne vous

donnent pas tant de gloire que ce
nom de Iuſte vous en apporte; par
ce que ces premieres qualitez, ſont
propres au Roy, & vous ſont
communes auec les autres Roys
vos Predeceſſeurs; & celle-cy eſt
propre ſeulement à Louys, & ne
vous eſt commune auec perſonne:
car bien que nous ayons eu de tres
Iuſtes Roys, autre que vous n'en
a pourtant affecté le titre : Et le
Ciel leur donnant le nom de
Grands, de Pieux, de Sainéts,
d'Auguſtes, & de Conquerans,
vous a reſerué celuy de Iuſte, en
ceſte premiere ieuneſſe, non ſeulement comme le plus excellent &
conuenable à vn tres-grand Roy.
Mais comme vn certain gage, et
vne aſſeurance infaillible de tous

qui dit que les cornes de leur Croiſ-
ſant ne peuuent tomber que ſous
le trenchant d'vne eſpee François-
ſe, eſt aſſez commune. Mais ie
n'auois iamais ouy dire que ce fuſt
ſous celle d'vn Roy Louys, iuſques à ce que parlant dernicre-
ment auec le ſieur de Beau-lieu
des voyages qu'il auoit faits en Leuant, lors que vous eſtiez encore
Dauphin; Il me dit qu'vn Ma-
rabuc Preſtre de leur loy qu'ils ont
en grande reuerence, eſtant ſon
priſonnier, & s'informant auec
luy de voſtre nom, ne l'eut pas ſi
toſt ouy proferer, que blemiſſant
d'vne froide crainte il luy confeſſa
d'vne voix tremblante, que c'e-
ſtoit le nom fatal & ineuitable
ſous lequel leur Empire outrageux

deuoit ietter les derniers abois de
ſa tyrannie. Il eſt encores en voſtre Court , Sire , & vous dira
qu'ayant trouué que ſon vaiſſeau
auoit vne Lune pour ſa deuiſe, il
la ietta dans la mer, & mit vn
Dauphin en ſa place, ſous le bon-
heur duquel il prit, ou mit à fõds
tous les vaiſſeaux Turcs dont il
fit rencontre.

Allez donc, grand Roy, portez
la foudre de voſtre eſpee ſur la teſte de ce Tyran commun ennemy
des Chreſtiens, tournez-y la pointe de celles de voſtre Nobleſſe , &
vengez l'honneur de Ieſus-Chriſt
indignement foulé par ceſt infi-
delle. Allez, & viuez, touſiours
Grand touſiours Iuſte, & victorieux. Que puiſſent vos belles de-

EPISTRE AV ROY.

ſtinees eſtendre heureuſement les longs filets de voſtre vie, & la gloire de vos conqueſtes autant qu'il y a d'âges en la duree, & de climats en l'eſtenduë du monde. Et qu'acheuant ma vie en voſtre ſeruice, ie laiſſe vne eternelle memoire d'auoir veſcu.

SIRE,

Voſtre treſ-humble, treſ-fidelle & treſ-obeïſſant ſeruiteur & ſuiect,

D'AVDIGVIER.

ADVERTISSEMENT.

LEcteur ie te donne icy quatre diuers sujets pour lesquels les Duels furent autresfois permis , & quelques exemples de chaque sujet, ou tu pourras voir comment nos Peres decidoient en ce temps là leurs querelles. I'y adiouté aussi quelques combats, particuliers de ce temps, pour monstrer la difference qu'il y a de ce premier vsage, à nostre present abus ; Ou ie t'aduertis que mon dessein a esté de seruir le Roy & le public, & non point d'ho-

é

norer aucun de ceux qui se sont ainsi batus , de peur de porter les autres à faire de mesme; & que pour tesmoigner que ie ne les veux point loüer de ces actions, ie parle seulement de ceux que la mort empesche d'en tirer aucune loüange.

Ie te declare aussi que ie n'ay nulle veine qui tende à choquer les Edits, ny le Conseil du Roy ; Et qu'il n'y a homme en France qui aprouue dauantage l'abolition des Duels de quelque pretexte qu'ils puissét estre voilez: Mais l'experience ayant fait voir que les deffences les multiplient au lieu de les abolir; ie croy qu'il sero it meilleur d'en permettre pluftoft quelqu'vn ouuertement auecque Iuſtice, comme le feu Roy l'auoit pro-mis, en y gardant l'ordre, & les formes que ſes predeceſſeurs y ont obſeruees; que d'en ſouffrir vn nombre infiny qui ſe font iniuſtement contre les Edits, au grand dommage du public, & meſpris de l'authorité Royalle.

C'eſt ce que ie propoſe en ce liure icy, & monſtre qu'il a eſté pratiqué par nos Rois, par leurs Lieutenants Generaux, & par leurs Cours de Parlement meſ-me; Que s'il ſe trouue que c'eſt expedient ſoit vtile, ſon effect aura ſuiuy mon deſſein, qui eſt d'épargner vne infinité de vies qui ſe perdent en ces combats, par le hazard d'vne ſeule: Comme c'eſt auſſi la ſeule raiſõ pour laquelle les Duels ont eſté non ſeulement permis, mais encore introduits au monde. Si non, ie ne pretends d'obliger perſonne a dependre de mon aduis, mais de la volonté du Roy; A laquelle toutes mes intentions ſont tellement attachees, que ie me ſepareray pluſtoſt de ma vie que de ſon obeiſſance.

Au reſte tu trouueras que ie m'eſtends vn peu trop en quelques endroits; comme en la querelle du Roy François, ou pour monſtrer ſeulemẽt vn deſfy, ie recite tout ce qu'il euſt à deſmeſler auec l'Empereur, & au ſiege d'Antioche que ie d'eſcris icy tout de long; Et tout

au
d'a
bl
de
qu
me
me
pr
au
ſeu
co
l'e
ta
N
cr
ſi i
di
de
ar
de

au rebours que ie me refferre en d'autres, ou les combats femblent eftre plus fommairement defcrits qu'vn fimple deffy. En quoy tu prendras garde, que mon deffein tendant fimplement de monftrer les caufes des premiers Duels, ie m'en aquite auffi bien par l'exemple d'vn feul deffy, que par celuy d'vn combat entier; Et que tant plus l'exemple me femble Illuftre tant plus ie m'arrefte à le reciter. Neantmoins que ma façon d'efcrire eft toufiours efgale, & que fi i'y ay rien affecté, ça efté de dire beaucoup de chofes en peu de paroles. D'ailleurs ie me fuis arrefté en ces deux deffis pour deux raifons que tu ne trouueras point mauuaiſes ; l'vne pour monſtrer en peu de mots à noſtre Nobleſſe (qui n'ayme pas fort à proffonder l'hiſtoire) les ſources d'vne querelle qui eſt pluſtoſt ſuſpenduë que vuidee, entre les deux plus grãdes maiſons du Monde ; l'autre pour reueiller en ſon courage ceſt ancien deſir de gloire qui porta nos peres en Orient, & eſtaindre par ceſte genereuſe ambitiõ, ce miſerable deſir que nous ſemblons auoir de nous entretuer en ces querelles domeſtiques.

Finalement, ie t'aduiſe qu'entre pluſieurs Duels que i'ay obmis a deſſein, on m'en à ſuprimé deux qui deuoiẽt auoir icy leur place selon l'ordre que ie leur auois donné ; l'vn de ce fameux Godeffroy de Buillon si renommé par toute la terre, contre vn autre Prince que l'Archeuesque de Tyr, dont ie l'auois tiré, ne nomme point. Auquel le combat ayãt esté accordé par l'Empereur Henry III. pour vne cause neantmoins Ciuile ; Et estans tous deux en camp clos armez de toutes pieces, & montez selon le moyen que deux grands Princes en pouuoient auoir : il arriua qu'au second, ou troisiesme coup, l'espee de Godeffroy se brisa, iusques à la garde. Les Parrains le voyant en ceste extremité, le separerent d'auec sa partie, & suplierent

é iiij

l'Empereur de les accorder, qui en fut content; Mais Godeffroy n'y voulut iamais consentir, quelque aduantage qu'on luy promit en l'accord, ny quelque desauantage qu'il eust au Combat.

Tellement que l'ayant recómencé en l'estat qu'il estoit, n'ayant pour toutes armes offensiues que les gardes qui luy restoient encore de son espee; Il en donna si grand coup sur la teste de son ennemy, qu'il l'abatit tout estourdy, & priué de sentiment par terre : Et lors au lieu de iouir de son aduantage, il supliatres-humblement l'Empereur de l'accorder auec celuy qu'il auoit vaincu, tout ainsi que s'il estoit encore à vaincre.

L'autre du sieur de Luynes pere de cestui-cy, contre vn Gentil-homme Gascon nommé Panier, le plus grand, & le plus fort homme de la Court; Ausquels le combat ayant esté permis qar Charles IX. ils se batirent au bois de Vincennes, en chemise à la mode de ce téps; si ce n'est que le combat fut fait publiquement, chacun deux assisté de son Parrain. Ie n'ay point trouué ce Duel en aucune Histoire, mais ie le tiens d'vn vieux Gentil-homme de Prouence qui estoit alors à la Cour. Lequel m'a dit que chacun pariant desia la perte de Luynes, Panier luy donna vn fendant sur la teste, qui outre la playe qui fut grande, & presque mortelle, luy fit ployer vn genoüil à terre; Et que les Parrains acourant pour les separer, Luynes les preuenant, luy porta vne si roide estocade au trauers du corps, qu'il l'estendit mort sur la place. Ce Duel à ceste conformité auec le precedent que les deux victorieux aymerent mieux acheuer vn combat desauantageux, & presque desesperé, que permettre qu'on les separat en l'extremité du peril.

Voila, Lecteur ce que ie pensois auoir à te dire sur ce sujet; mais relisant depuis mon liure, i'y ay trouué tant de fautes, que ie ne sçay comment les deffen-

dre. Ie te prie d'en iettervne partie fur les Imprimeurs , qui me
font dire en quelques endroits
des chofes que ie n'ay iamais
penfees ; Et iuger qu'ayāt baillé
cefte copie fueille à fueille felon
la mauuaife couftume que i'ay
defia prife, fans l'auoir iamais
corrigee , ny feulement veuë
toute entiere enfemble ; il eft
impoffible qu'en cefte premiere Edition elle ne foit remplie
de plufieurs fautes. Adieu.

Extraict du Priuilege du Roy.

OVYS PAR LA
GRACE DE DIEV
ROY DE FRANCE
ET DE NAVARRE.
A nos amez &
feaux Confeillers
tenans nos Cours de Parlemens,
Maiftres des Requeftes ordinaires
de noftre Hoftel, Preuoft, Baillifs,
& Senefchaux & à tous nos Iuges
& Officiers. Salut noftre cher & biē
amé PIERRE BILLAINE Marchand
Libraire en noftre ville de Paris.
Nous à fait humblement expofer
qu'il luy auoit efté mis és mains vn
liure intitulé, *Le vray & ancien vfa-
ge des Duels, par le fieur* D'AVDI-
GVIER, lequel il defireroit pour le
bien public imprimer, mais il

craint que quelques autres ne vou-
luſſent faire le ſemblable, qui ſeroit
le fruſtrer de ſes frais miſes peine &
trauaux. S'il n'auoit ſur ce nos lettres de graces & Priuilege humblement icelles requerant. A ces cauſes
inclinant à la requeſte dudit expoſant, luy auons permis d'imprimer
ledit liure auec defféce à toutes perſonnes de quelque qualité & condition qu'ils ſoient, d'imprimer ou
faire imprimer vendre ou debiter
ledit liure par tous nos Royaumes,
pays terres & Seigneuries de noſtre
obeïſſance, pendant l'eſpace de ſix
ans, à conter du iour & date de
l'impreſſion d'iceluy à peine de
confiſcation des exemplaires & de
quinze cens liures d'amende moi-
ctié à nous applicable & l'autre audit expoſant, de ſes deſpens dom-
mages & intereſts, plus deſſendons

fur les mefmes peines à tous Marchands tant forains que autres, nos fujets d'en amener vendre, debiter ou changer en nofdits Royaumes & terres, en quelque façon que ce foit. Au contraire de noftre prefent Priuilege, voulans que celuy ou ceux qui feront trouuez faifiz d'vn feul exemplaire foient pourfuiuis fur les peines que deffus voulans en oultre qu'en mettant ou faifant méttre par l'expofant ces prefentes ou l'extraict d'icelles au commencement ou à la fin dudit liure. Quelles foient tenuës pour fignifiées & venuës à la cognoiffance de tous. Mandons au premier noftre Huiffier ou Sergent fur ce requis faire tous exploits requis & neceffaires pour l'execution des prefentes, fans demander congé *placet, vifa, ne pareatis*. Nonobftant oppofitions

ou appellations quelconques, cla-
meur de Haro & Chartre norman-
de, couſtume de pays & autres lettres à ce contraires. Donné à Paris
le huictieſme iour d'Aouſt l'an de
grace mil ſix cens dixſept, & de
noſtre Regne le huictieſme.

PAR LE ROY EN SON CONSEIL,

CROISET.

LE VRAY ET

ANCIEN VSAGE DES DVELS,

Confirmé par l'exemple des plus illustres combats & deffis qui se soient faits en la Chrestienté.

AV ROY.

IRE,

Le desir que j'ay de ser-
uir vostre Majesté, & le
regret de la voir affoiblir en la perte
de sa Noblesse par les combats particuliers qui se font tous les iours en
vostre Royaume, sans licence, sans
raison & sans cause, contre tout or-

A

dre, tout deuoir, & tout respect, au mespris de l'auctorité Royale, & preiudice des droicts de voftre Coronne; Ce iufte defir Sire, qui eft le plus vif & le plus puiffant de mon ame, & ce regret non moins naturel que iufte, outre lequel j'y fuis de mon vade, & y ay mon intereft particulier comme les autres; m'a faict entreprendre de montrer aux yeux de la France, au iour & à la lumiere du monde, & deuant tous Sire, à la clarté de voftre iugement admirable, *Le vray & Ancien vfage des Duels*, & l'abus qui regne maintenant en fa place par la vanité du fiecle, l'ignorance de la plufpart des hommes, & la malice du Diable, qui nous rendant ingenieux à noftre ruyne, a introduit & fait gliffer auec vn artifice tref-digne de cét Artifan, fes damnables inuentions en noftre ame fous le plus fpecieux, le plus

plausible, & le plus honorable pretexte qu'il ait peu trouuer.

Ie sçay Sire, que plusieurs en ont
escrit deuant moy : Mais soit qu'ils
ayent proposé les inconueniens, &
n'ayent point touché les remedes,
soit que leurs remedes ayent esté
mal donnez, ou mal receus, tant y a
qu'ils n'ont faict iusques à present
que flater le mal qui se faict plus
grand, & comme vn chancre qui
croist tousiours enlaidit & diffame
l'ancienne beauté de la Noblesse
Françoise, la deuore visiblement,
côme vn monstre qui ne se conten-
te pas d'en boire le sãg, & en estain-
dre la vie par vne mort obscure &
miserable : mais ce qui est encore
plus cruel & plus horrible, en abis-
me & engloutit encore les ames.

Chacun sçait aussi Sire, que Dieu,
vostre Majesté, & le public y sont ir-
reparablement offensez, & ne faut

pas s'estendre dauantage ny perdre le temps à le monstrer, car tout le monde le void; Ceux-là mesme qui s'y portent tous les iours iugent bié au trauers de leur passion qu'ils font mal : Mais ils font tout autrement qu'ils ne iugent, emportez de l'erreur cómune qui est passee en force de loy, & trainez comme de pauures criminels par vn faux honneur à vn vray suplice : Ce qui a fait dire à quelqu'vn que le Diable auoit ses Martyrs & ses Religieux comme Dieu, & que ceux qui mouroient en duel estoient les Martyrs du diable: Tellement qu'il ne se trouue guere persône qui ne deplore ce mal'heur comme vne calamité publicque. Mais la question est du remede qu'on n'a point encore trouué dans les deffenses qu'on en a faictes, duquel comme tres-humble suiect de vostre Majesté, ie luy diray s'il luy plaift mon petit aduis, apres auoir monftré qu'elles ont efté, & feront toufiours inutiles, fi l'on ne les accompagne d'autres moyens.

Que la feule deffenfe des Duels ne fuffit pas pour les empefcher, quand mefme elle feroit bien executee.

CHAPITRE II.

C'Eft vne chofe eftrange & pleine de merueille, que de toutes les nations Chreftiennes & barbares, la feule nation Françoife qui eft la plus excellente mefme entre les Chreftiens, & entre les François la Nobleffe que le zele de la Religion & de la gloire de Dieu aporté plufieurs fois iufques au leuer du Soleil; Se môftre auiourd'huy plus barbare & plus contraire à l'humanité que les hommes qui en font plus efloi-

gnez, & se bande plus directement
contre le Christianisme que les ennemis mesmes du nom Chre-
stien. Ce qui faict que non seulement les Allemans, Espagnols, &
Italiens nos voisins, & de mesme
creance que nous : Mais encore les
Turcs, les Persans, & les Abyssins,
plus estrangers & reculez de la verité de nostre foy, se mocquent vni-
uersellement des loix de l'honneur
de France, & mesprisent iustement
les enfans de ceux dont les peres les
faisoient trembler iusques en Asie,
nous voyant tourner brutalement
côtre nous mesme, le fer qui ne sou-
loit estre trempé qu'en leur propre
sang. Consideration qui a fait que
nos Roys ont sagement deffendu
les Duels, & le feu Roy plus seue-
rement que tous, adioustant le serment à la defence, & faisant iurer
apres luy tous les officiers de sa Co-

ronne d'entretenir son Edict. Mais
cela ne se fit que tard, & ne s'obser-
ua que fort peu de temps. Lauctori-
té d'vn Roy si puissant & si absolu,
le fit obeyr tant qu'il fut viuant,
comme on dit que Troye ne pouuoit estre prise viuant Hector. Mais
luy mort, nous retournasmes incontinent en nos habitudes ; C'est
à dire qu'il arresta le mal : mais il ne
l'osta pas, ayant laissé la cause par
laquelle les Medecins disent qu'il
faut cõmencer la guerison. Tellemẽt
que vostre Majesté a esté cõtrainte
de renouueler les mesmes remedes,
& d'apliquer vn nouuel empla-
stre sur ce vieux mal qui ne laisse pas
encore de continuer. D'où ie tire
celte consequence, Sire, que puis
que les defences ne l'ont point fait
cesser au passé, ny a present, elles
ne le feront point encore à l'aduenir, & qu'il y faut adiouster quel-

qu'autre moyen duquel on ne s'est point encore seruy. Ie sçay bien qu'on dira que si vos Edicts eussent esté bien executez, les plus mauuais en eussent esté retenus; Mais qu'en vain ordonne le Medecin au malade qui ne tient conte de son ordonnance. Cela est vray Sire, & i'y adiousteray encore, que rien ne ruine tant l'auctorité d'vn Roy que de faire des loix sans les faire executer. Voila pourquoy le premier Roy des Romains n'espargna point la teste de son propre frere pour auoir violé sa defence, encore que ce fut en vne chose indiferente, & qui d'elle mesme ne tiroit aucune mauuaise consequence. Mais la clemence de nos Roys vos predecesseurs, nous a acoustumez à l'obeissäce d'vn si doux Empire, qu'encore que toutes personnes y soient suiettes, & qu'aucun n'en puisse estre

exempt; Si eſt-ce qu'il n'y a lieu au
monde ou l'on puiſſe mieux qu'en
France comparer les loix aux toiles
d'Araigne, qui arreſtent ſeulement
les petites mouches, & laiſſent paſſer les groſſes. Et de la vient que
nous auons veu pluſieurs pauures
Gentils-hommes eſtre deshonorez
& punis pour s'eſtre batus en Duel,
& tout au rebours vne infinité d'autres n'eſtre en hôneur ny en eſtime
que pour auoir faict vne meſme
choſe. Qui eſt neantmoins vn grãd
mal'heur, & non moindre iniuſti-
ce, car qu'elle raiſon y peut il auoir
de deshonorer vn Gentil-homme
pour la meſme action dont vn grãd
tirera ſa gloire? Ou il y a de l'honneur en ces combats, & par conſequent auſſi bien à vn Gentil-homme comme à vn Prince, ou il y a de
l'infamie, & par meſme conſequence auſſi bien à vn Prince qu'à vn

Gentil-homme. Mais d'autant plus grande à vn Prince qu'ayant l'honneur d'eftre plus proche de la perfonne du Roy, il eft plus obligé qu'vn particulier d'en defendre l'auctorité. Il y a toutesfois des grands que la clemence du fouerain, le refpect de leurs parens, ou le merite de leurs feruices affranchiffent quelquesfois du commun fuplice, & que rien ne reduit guere à feruir d'exemple que le feul crime de felonnie. Tellement que les vouloir mefurer au pied des autres, & les punir efgalement, outre la dificulté, & le danger que le remede ne fut pire que le mal, il y auroit encore de l'iniuftice. D'où ie cóclus que bien que les defenfes des Duels fuffent auffi feuerement exercees fur les grands que fur les petits, ils en reuiendroit touffours de l'incommodité & de la perte, & que neceffairemét il faut y aporter quelqu'autre moyen. Mais auant que le trouuer, cherchons premierement la cause qui nous faiƈt acharner si furieusement contre nous-mesme.

Pourquoy les seuls François se battent en Duel.

CHAP. III.

NOus auons monstré que cest vne merueille de voir que le Fráçois si acort & si religieux, & des premiers du móde instruit en l'escole du Christianisme, soit auiourd'huy seul entre les Chrestiens & les infideles qui pour faire plaisir au Diable, pratique maintenant en France ce que faisoient anciennement à Rome les gladiateurs pour donner du plaisir au peuple. Mais nous n'en auons pas monstré la rai-

son, parce qu'il n'en y a point; Car
on ne se bat que pour quelque of-
fense qu'on a faicte, ou qu'on a receuë: Si l'on l'a receuë, c'est contre
la raison, & les loix Diuines & humaines de se faire iustice de soy-
mesme; Et si l'on l'a faicte, il est encore plus contraire aux loix & à la
raison de tuer vn homme pour l'of-
fense qu'on luy a faicte. Il faut toutesfois qu'il y ait quelque cause qui
luy donne ce mouuement, & c'est
l'exemple auquel on se laisse plustost conduire qu'à la raison. De
l'exemple est venuë la coustume qui
est vne violente & tyrannique maistresse, laquelle nous seruons plus
volontairement que le deuoir, &
suiuons plustost le chemin que tiennent les autres, que celuy qu'ils doiuent tenir. D'où procede que les
François voyant quelques-vns, &
principalement les fauoris, & les

grands qui forment nos actions
au patron des leurs, auoir accreu
leur reputation par ce mal'heureux moyen, ont mieux aymé
suiure leur mauuais exemple, que
la raison de ceux qui l'ont defendu.

La douceur de nos Roys a
merueilleusement auctorisé ces
exemples quoy que ce fust au preiudice de leurs Couronnes, &
principalement sous les deux derniers ou ceste licence se desbor-
da si furieusement, que si l'on ne
prenoit chaudement vne querelle aussi tost qu'on arriuoit à la
Cour, on n'estoit en aucune estime. Ils deffendoient assez les querelles, mais ils aimoyent tellement les querelleux qu'ils recom-
pensoient ceux qui en auoient
violé la deffence s'ils restoient viuans, & honoroient leur memoi-

re s'ils estoient morts, vray moyen de ce faire desobeyr, aussi n'ont-ils iamais fait aucun Edict sur ce sujet qui n'ait esté violé.

Deux sortes de Medecins qui se meslent aussi de guerir ceste maladie l'ont grandement aug-mentee, les vns pour estre trop seueres, les autres pour estre trop doux. Les Courts de Parlement punissent les vns, & ne disent mot aux autres, dont la richesse & la fortune auctorisent les actiõs mesme plus criminelles. Ce qui faict precipiter en mesme faute ceux qui ne leur pouuant ceder en courage, leur cedent toutesfois en moyen de se pouuoir garentir de la rigueur des Edicts qui ne semblent estre faicts que pour eux. Et Messieurs les Mareschaux au contraire accordant vne querelle, loüent la franchise &

le courage de ceux qui fe font portez fur le pré. Et qui fe pourra empefcher d'y aller, puis qu'outre l'e-
ftime des plus braues & des plus
grands, à laquelle vn chacun afpire
comme au plus haut & plus glorieux point d'honneur, on en raporte encor des loüanges de ceux mefme qui font eftablis pour les repri-
mer par les plus graues & feueres
cenfures ? Et d'ailleurs , comment
peuuent-ils faire autrement , puis
qu'ils s'y portent eux mefme ? ofe-
roient ils blafmer les autres de ce
qu'ils font ? Ne leur diroit-on pas
que la qualité des criminels agraue
le crime, & que ce qui n'eft en nous
qu'vne fimple offenfe , eft en eux
vne felonnie ? Vn Gentil-homme
ne peur perdre qu'vn Gentil-homme, vn particulier qu'vn particulier;
Mais des querelles particulieres des
grands s'enfuit bien fouuent des

reuoltes generalles, tefmoing la fa-
ction des Maifons d'Orleans & de
Bourgogne fous Charles VI. qui
mit les Anglois fi auant en France
qu'ils furent bien prez de nous en
fortir, & plufieuts autres exemples
qu'on pourroit tirer de noftre Hiftoire.

Voila doncques les occofions qui
nous portent d'ordinaire aux lieux
qu'on appelle abufiuement honorables; lefquelles ne fe trouuans
point parmy les eftrangers plus fages en cela que nous, il ne fe faut
point eftonner s'ils ne nous imitent
point en vne action fi peu digne d'e-
ftre imitee. Voyons maintenant ce
moyen que nous auons promis de
monftrer, defiré, cherché, & trouué de plufieurs, mais pratiqué de
perfonne au moins de noftre âge,
ainfi que nous allons voir.

Le

Les vrays moyens d'empescher les Duels,
& pourquoy le feu Roy ne les a
permis.

CHAP. IIII.

IL semblera peut estre à plusieurs
qui viennent d'acheuer de lire la
fin de ce dernier chapitre, que ie pre-
sume d'auoir trouué vn secret d'E-
stat que ie veux icy deployer comme vne nouuelle auparauant inco-
nue ; Mais ils perdront ceste opinion s'ils se souuiennent de ce
que ie viens de dire, qu'il a esté
trouué de plusieurs, & qu'il n'est à
present question que de le remetre
en vsage, & le pratiquer. Car non
seulement d'autres que moy l'ont
mis en auant depuis le dernier Edit
des Duels ; Mais moy-mesme l'ay
escrit, & publié il y a plus de douze

B

ans, & l'Edict mesme le porte en
termes exprez. Mais comme il n'y a
Royaume ny Republique au mon-
de ou il y ait de si belles lois, aussi
n'y a t'il Estat ou elles soient si mal
obseruees, ny où l'on en fasse si peu
d'estat.

Et pour le dire en vn mot, il me
semble que si la cause du mal, est le
plus souuent plus dificille à connoistre que le remede, il nous sera assez
facile de trouuer cestui-cy, puis que
nous auons desia connu celle-là : Et
que si, suiuant le commun Axiome
des Medecins, vn contraire se guerit par vn autre ; Ayant desia monstré que la defense de ces combats
en acroist l'enuie, il s'ensuit neces-
fairement que pour l'amoindrir il
les faut permetre, aux conditions
toutesfois especifiees par l'Edict.

Sire, cest vne chose si naturelle &
si commune de mespriser ce qui

nous est permis , & desirer ce qui
nous est defendu qu'elle ne peut
estre inconnuë à personne. Les Dames le sauent bien , qui ne nous defendent de les desirer que pour irriter d'auantage nostre desir, & ne le
permettent qu'a force, de peur que
le mespris ne suiue la permission. Et
pour ne perdre le temps à prouuer
vne chose si manifeste , vn exemple
à ce propos suffira pour tous. Sous
Henry II. le Mareschal de Brissac
estant son Lieutenant general en
Piedmont, estoit occupé la plus part
du temps, non seulement luy, mais
les principaux de son armee à paci-
fier les querelles qui se prenoient à
tout propos en son camp, & l'vne
n'estoit pas si tost acordee qu'il en
renaissoit plusieurs autres, ausquelles il perdoit tous les iours ses meilleurs hommes. Au commencement
il exorte, il prie, il menace, il defend,

il punit ; tout cela ny feruit de rien,
L'eau qu'on arreſte en eſt plus irritee,
Et bruit plus fo.: plus elle eſt arreſtee.
Quand il vid qu'il ne pouuoit arreſter ce torrent, & que ſes defen-
ſes le groſliſſoient dauantage, il ſe
reſolut à permetre ce qu'il ne pouuoit empeſcher ; Et pour trancher
tout d'vn coup les teſtes de cet hy-
dre, ordonne que ceux qui auroient
deſormais querelle, la decideroient
ſur vn certain pont entre quatre piques, & que le vaincu ſeroit mis à
mort par le victorieux, & jetté du
pont en bas en la riuiere, ſans qu'il
luy fut permis de luy donner la vie.
Depuis ce temps-là, il ne ſe vid pas
vne querelle en toute l'armee.

Le feu Roy Sire, auoit permis a
ſes ſujects de demander le combat,
& promis de l'acorder en l'article
cinquieſme de ſon Edict ; Mais ne
l'ayant acordé à perſonne, & l'ayant

refusé à plusieurs pour les considerations que nous toucherons tantost; Il donna sujet de croire qu'il n'en octroyeroit point en tout, & que ceux qui le demanderoient apres ces refus, auroient plus d'enuie de s'acorder que de se batre; Tellemét que pour ne sembler demander qu'on les acordast, ils ont mieux aimé vsurper la permission de se batre, que la demander.

La plus forte consideration pour laquelle le feu Roy n'a point acordé le combat à ceux qui l'ont demandé, c'est le respect de l'Eglise, laquelle excommuniant tous ceux qui meurent en Duel, semble par mesme moyen excommunier ceux qui le permettent. Mais les Roys ses predecesseurs & les vostres, Sire, estoient tref-Chrestiens, & fils aisnez de l'Eglise comme vostre Maicsté, qui n'ont pas laissé de permet-

B iij

tre les Duels. S'enfuit il qu'ils ayent
esté foudroyez de ces Anathemes?
Sainct Louys mesme, & Charlemagne les ont permis , & n'y a temps
ny lieu au monde ausquels ils n'ayet
esté pratiquez. Dauantage la raison
veut & l'Eglise enseigne qu'il faut
choisir de deux maux le moindre,&
pour ceste cause elle souffre publiquement en Espagne & en Italie des
choses tres expressément defenduës
par la parole de Dieu pour en euiter
de pires , pourquoy non doncques
France ? Si l'on passe vn soldat par
les armes pour sauuer vn regiment;
si le bourreau tue publiquement vn
homme contre le commandement
que Dieu a fait de ne tuer personne,
à fin que par la perte de ceste vie on
en conserue plusieurs. Pourquoy
est-ce qu'on ne permettra point vn
Duel auecque iustice , pour en empescher dix mille qui se font iniustement?

Dauantage l'Eglife ne defend point abfolument toute forte de Duels, encore que la bulle en foit tellement exprefle qu'elle fait dreffer les cheueux d'horreur à ceux qui la lifent, autremét elle defendroient des chofes qui fe trouuent auoir efté pratiquees pour l'Eglife mefme; & en l'efcriture le combat de Dauid & de Goliat eftoit vn vray Duel, D'ou s'enfuit que les vrais & legitimes Duels qui fe font pour la Religió, & pour efpargner le fang d'vne bataille par celuy d'vn combat particulier, ou pour quelqu'autre iufte & neceffaire occafion fous l'authorité du Prince, ne font point compris en cefte defenfe, mais feulement ceux que nous entreprenons temerairement nous mefme fans aucune de ces conditions.

Nous monftrerons en fuite les diuers fujeĉts pour lefquels les Duels

ont este permis , & pratiquez de
tout temps, & en tous lieux. Mais
pour reuenir aux moyens de les empescher , il ne suffiroit pas Sire, de
les permetre simplement aux conditions de l'Edict, & sous l'authorité de vostre Majesté, si l'on n'en
retranche la bonne estime en laquelle on a tenu les querelleux en ce
Royaume : car tant plus vn combat
seroit authorisé par la permission &
la presence du Magistrat, tant plus
il auroit de lustre,& par consequent
celuy qui l'auroit acheué, plus de
gloire : D'où s'ensuit que tout le
monde y couroit auoit plus d'ardeur & d'impetuosité que jamais, si
l'on n'estoit arresté par quelqu'autre moyen que la seule permission.
Mais il faudroit que vostre Maiesté
en la bonne opinion de laquelle
nous voulons principalement estre,
& aimerions mieux mille fois mou-

rir qu'eftre vn feul moment fans y
viure, deteftant la vie de ces gens-là
qui de gaveté de cœur fe portent
non feulement en ces occafions,
mais offenfent les plus difcrets
iufques à les y porter ; les tint
comme fans honneur, que les mu-
tins au lieu d'eftre eftimez galans
hommes, fuffent mefprifez comme
des poltrons , & qu'on fut autant
blafmé d'auoir pris vne querelle mal
à propos , comme d'auoir faict vne
lafcheté. Ainfi rendant les Duels
meprifables, on les quiteroit de foy-
mefme fans fuplice, ny fans Edit qui
ne font qu'en rencherir l'honneur,
augmenter le defir par la defenfe,&
ruiner l'authorité fouueraine. Auec
cela il faudroit encore ralumer en
l'ame de la Nobleffe les viues eftin-
celles du vray honneur, qui confi-
fte à feruir fidellement & valeureu-
fement voftre Maiefté, l'ocuper en

des charges dignes d'elle, l'esleuerà des choses plus grándes qu'a l'ambitió de se defaire elle mesme, & luy temoigner par vos faueurs, vos caresses & par les dignitez & recompenses honorables qui sont maintenát à l'enchere à l'extreme preiudice de vostre Coronne, Sire, qu'elle n'estime ny reconnoist autre valeur que celle qu'on employe en vostre seruice.

Que le Roy proposant à la Noblesse l'exemple d'un vray honneur luy faira voir la fausceté de celuy qui consiste à se batre en Duel.

CHAPITRE V.

LA Noblesse de France qui par la suite de tant de siecles est en possession d'estre la premiere, la plus Illustre, & la plus genereuse qui soit

au monde, deuroit conseruer ceste
gloire & preeminence par les mesmes actions qu'elle l'a conquise; Et
elle n'est pas si esloignee de l'antique vertu de ses peres qu'elle n'en
embrasse encor les moyens aussi am-
bitieusement que jamais quand on
les luy voudra proposer. Or est il
que nos peres ne l'ont point aquise
par ses combatz domestiques &
particuliers, mais par vne vraye &
solide magnanimité de courage
qu'ilz ont témoignee principalement pour la gloire de Dieu, le zele
de la Religion, & le seruice du Roy,
choses toutes contraires au Duels.
D'où s'ensuit que pour heriter de
noz Ancestres vne si pretieuse Suc-
cession, & meriter vne mesme pree-
minéce, nous deuons suiure l'exemple du chemin qu'ils nous ont monstré, autrement ce seroit vne maladie deplorable de péser par vn con-

traire moyen aquerir vne mesme
gloire. Personne ne peut mieux proposer ces moyens que voftre Majefté, Sire; Mais il les faudroit proposer en les pratiquant vous mesme
fuiuant les iustes inclinations de voftre bon naturel. C'est à dire en imi-
tant les heroïques actions par lesquelles vn Louys duquel vous portez & le sceptre & le nom, à merité le
glorieux nom de saint, vn Philipes
celuy d'Augufte, vn Charles & noftre dernier Henry celuy de grand,
& tous ensemble celuy de tref-Chre-
ftien, qui vous eft commun auec
eux & incommunicable à tous les
autres Roys de la terre; Eloges qui se
font aquis par la iuftice & la pieté, &
par vne Royale grandeur de courage, affiftee de feruiteurs qui se fa-
uoient batre autrement qu'en Duel.
Ie dis en ces Duels que la corruption
du temps a deprauez depuis, car ils

ne laiſſoient pas de ſi porter gene-
reuſemét alors qu'ils y eſtoiét appellez par vn iuſte & legitime ſujet.

Et tout ainſi que lors que ces
grands Roys ſe ſont occupez en ces
hautes entrepriſes effroyant de leur
mouuemens toutes les parties du
monde, les grands ſe formant à leur
exemple, y conuioient inſenſible-
ment les moindres, & tous enſemble conſpirant vne meſme choſe,
rendoient cet Empire Auguſte &
venerable aux nations meſme plus
inconnues & barbares ; Auſſi voſtre
Maieſté verroit incontinant ſes ſujets au lieu de ſe deſchirer l'vn l'autre par ces querelles, s'vnir tous enſemble pour ſon ſeruice, & reuenit
la terreur de ceux dont ils ſont aujourd'huy le mépris. Car voyant
qu'au lieu de la bonne reputation
qu'on leur donne pour s'eſtre quelquesfois trouués en ces mal'heureu-

Pagination incorrecte — date incorrecte

NF Z 43-120-12

sesoccasions, il s'en aquerroient vne
tref-mauuaise, & perdroient auec
la bonne estime de vostre Majesté,
l'honneur de ses bonnes graces; Il
est tout certain qu'ils conuerti-
roient ceste passion, en vne loüable
enuie de meriter vne veritable re-
putatió par vn vray hóneur : lequel
consistant principalement en l'o-
beyssance, seruice & fidelité qu'on
vous doit, tourneroit l'ambition &
la gloire d'vn chacun à l'aquerir en
seruant & obeyssant fidelement aux
loix, & non pas en les violant.

Que le mépris des choses communes doit
faire mépriser les Duels, aux grands,
& par conséquent aux simples
Gentils-hommes.

CHAP. VI.

QVant aux grands qui apres voftre Maiefté nous impriment
par leurs actions vn certain defir de
les imiter, & qui s'expofent maintenant en ces combatz comme vn
fimple Gentil-homme, ou pour
conferuer l'honneur, où pour aquerir quelque gloire ; Ie les fuplie de
voir fi parmy tant d'hómes illuftres
dont la memoire encore viue apres
tant de fiecles, nous eft tous les
jours propofee; Il s'en trouue quelqu'vn qui fe foit rendu plus glorieux pour auoir faict quelque Duel,
ie dis tel que nous les pratiquons, où

qui ayt esté deshonnoré pour ne l'a-
uoir pas faict ? Que s'il se void au
contraire que le nom de ces Duel-
listes n'est pas mesme dans les Hi-
stoires, ou s'il si trouue, que c'est
pour en detester l'exemple & deplo-
rer la memoire, de sorte qu'auec la
vie & l'ame, ils perdent encore ceste
miserable reputation pour laquelle
ils se vont batre; Ne faut il pas confesser que c'est vne fureur, vne rage
plus que brutale qui nous pousse
visiblement, vn desespoir manifeste ?

Dauantage tant plus les choses
font dificilles & rares, tant plus elles
font belles & glorieuses. Il y a vn
exemple de cela en la vie du grand
Pompee qui est trop beau pour estre
ennuieux. Les premiers exploits
qu'il auoit faits en faueur de Sylla,
luy ayant fait meriter l'honneur
du triomphe, trois principalles dificultez

ficultez s'y opoferent, la loy qui ne
le permettoit qu'aux Senateurs du
nombre defquels fa ieuneffe l'empefchoit d'eftre, Sylla, & fon armee
qui fe roidiffoient au contraire. Ces
deux dernieres dificultez furent furmontées par vne eftrange & bien
diferente magnanimité, car il dit a
Sylla fans s'eftroyer de cefte dicta-
ture fanglante de tant de meurtres
& de profcriptions qu'il auoit fai-
étes, qu'il vouloit triompher refo-
lument. Et Sylla s'opiniaftrât à l'en
empefcher, il luy repliqua cefte tant
hardie parole qui depuis a efté tant
celebre, que plus de gens adoroient
le Soleil leuant que le couchant. Et
tout au rebours, il dit à fes foldats
mutinés, qu'il quitteroit pluftoft
là fon triomphe que fe foubsme-
tre à les flater ; Tellement que
tous confefferent qu'il eftoit verita
blement grand, & ne reconnurent

C

pas moins de courage & de grandeur en la victoire de ces dificultez,
qu'en celle de ses ennemys. Mais la
troisiesme ayant esté vuidée par le
Senat, Et Pompee estant mis en ele-
ctió de triompher, ou d'estre du Senat auāt le temps : il rechercha, dit
Plutarque, l'hóneur en ce qui estoit
plus éloigné du commun, & ayma
mieux triópher auāt qu'estre Senateur, qu'estre Senateur auant l'aage:
par ce que Scypió l'auoit esté deuāt
luy, mais jamais Cheualier Romain
n'auoit eu l'honneur du triomphe.
De cet exemple ie conclus selon ma
proposition, que plus les choses sont
dificilles & rares plus elles sont belles & glorieuses, puis que rien n'em-
bellit tant son triomphe , & ne le
rendit luy mesme si digne de triompher, que la resolution qu'il aporta
à vaincre ces dificultez , & que rien
ne le rendit si glorieux que la rareté

de voir triompher vn Cheualier.
Mais j'aurois perdu trop de temps
à verifier cela , si ie n'auois voulu
monstrer aux grands , comment ils
doiuent rechercher l'honneur par
l'exemple d'vn grand , & leur faire
perdre le goust de celuy qu'ils cher-
chent bien diuersement toutes leur
fois qu'ils s'oublient en ces querelles. Car qu'elle dificulté, qu'elle rareté peut on trouuer à se batre en
Duel, puis que les soldats & les laquais mesme s'y battent aussi bien
qu'eux? N'est il pas vray que si les
choses sont estimées par ce qu'elles
sont rares, elles sont aussi meprisées
par ce qu'elles sont communes. Et
qui a t'il de plus cômun à present en
France ? Alexandre ne voulut point
courir aux ieux Olympiques, par ce
que chacun y estoit receu. Si c'e-
stoient des Roys qui couruseent, ie
courrois dit-il, auec eux. Et pour n'al-

ler pas si loin, nos grands ausquels
ie parle, ont mesprisé l'ordre de
saint Michel jadis si venerable, &
n'en veulent point encore aujour-
d'huy, par ce qu'il a esté communi-
qué à des simples Gentils-hommes.
Pourquoy ne refusent il donc les
Duels puis qu'ils leur sôt communs

Paul Emil- le. auec les Valets ? Osent ils faire
gloire d'attendre aux champs vn
homme tout seul qu'on arrestera le
plus souuent en chemin ? Nostre
Histoire dit que les François qui
passerent en Asie sous Louys le ieune, & depuis sous Philipes Auguste
son fils, n'estoient nullement com-
parables à ceux qui s'estoient premierement croisez auec Hugues le
Grand & Godefroy de Boüillon;
aussi ny firent ils pas semblables
progrés. Et neantmoins vn seul de
ces derniers auoit accoustumé de
mettre en fuite dix barbares, voire

les espouuanter de leur seul regard.
Voyez à quoy nous auons reduit la
magnanimité de nos peres. Certainement ils n'euffent iamais defait
quarante mille Tartares auec moins
de quatre cens lances , comme ils
firent depuis fous l'Empereur Bau-
duoin, ny mille cinq cens Anglois
auec quarante , fous la conduite du
Sieur de Bueil. Si leur courage ne les
euft portez à d'autres plus hazardeux perils qu'à celuy d'attendre vn
feul homme. Au refte de tout temps
les hommes veritablement grands
ont fuy les mœurs , les actions , &
les opinions vulgaires , tellement
que ce n'eft point eftre grãd que s'y
conformer ; & faut ou qu'il quittêt
cefte belle qualité , ou qu'ils perdent cefte mauuaife habitude ; En
mefprifant les Duels , & refufant
de s'y batre quand mefme ils y feroient appellez autrement que par

voyez Geof-froy de Ville-har-duyn, & A-lain Char-tier.

C iij

la permission du Roy. Et les simples Gentils hommes qui ne peuuent pas choquer l'vsage, ny introduire vne nouuelle couſtume auec
tant d'auctorité, voyant deux ou
trois grands & braues hommes, qui
auroient rendu de grandes preuues
de leur courage en de bonnes occaſions, dedaigner les Duels; apren-
droient à les meſpriſer à leur exemple, & les imiter au bien comme ils
ont fait au mal. Et les vns ny les autres ne craindroient point qu'on les
eſtimaſt pour cela poltrons, attendu que ceux-là auroient deſia rendu teſmoignage de leur valeur, &
ceux-cy imiteroient l'exemple de
grands & de vaillans hommes.

Diuers sujets pour lesquels les Duels ont esté permis.

CHAP. VII.

LE premier, le plus grand, & le plus illustre suiet pour lequel il me semble que les Duels ont esté non seulement permis, mais introduits au monde; a esté pour vuider par vn combat particulier ce qui se deuoit decider par vne bataille; Et ceste façon de combat non seulement est genereuse & loüable, mais plus noble, plus excellente & plus glorieuse que toutes les autres. Car tout le faix de l'Estat, le salut de la Patrie où du Prince balance entre les bras de celuy qui est appellé à cet honneur. Cecy se peut apeller veritablement honeur d'estre choisi de son Roy, entre cent mille,

comme le plus vaillant homme de
son Royaume, pour deffendre les
droits de sa Coronne deuant luy
mesme, entre deux armées, & à la
veüe d'vn monde de gend'armes
qui sont tesmoins de l'estime qu'on
fait de sa valeur auant mesme qu'il
combatte, & de celle qu'ils tesmoi-
gne apres luy mesme en combattant. S'il y meurt, c'est pour le Païs,
pour le Prince, pour la Religion,
ou pour Dieu mesme qui authorise
les iustes guerres, & preside aux batailles. Il meurt en homme de bien
d'vne mort illustre, sa mort est de
bonne odeur à tout le monde, son
sang espandu pour les siens & sa vie
perduë pour vn si digne suiect, leur
laisse vn regret eternel de sa mort,
& vne memoire immortelle de sa
vertu. Son nom ne sera proferé
qu'auec des Eloges d'autant plus
honnorables qu'ils sortiront mes-

me des bouches plus ennemies. Et la
reputation d'auoir esté choisi sur
tant de guerriers pour vne si memorable action, fera passer les marques inefaçables de ceste gloire iusques à la derniere posterité de sa race. Et s'il demeure victorieux, Qui
a t'il de pareil au monde? Le Roy
ne doit pas moins que son Estat à
son espee, & le pays sa liberté, si l'vn
ou l'autre estoient en dispute. Il à
fait tout seul plus que tous les autres, il à cóbatu seul, il est raisonnable qu'il triomphe seul. Mais quand
c'est le Roy mesme qui entre en ceste lice pour luy mesme, ou pour
ses sujects; le combat est bien plus
illustre, la gloire est alors en son
comble, rien ne la peut hausser dauantage: C'est vn exploit qui surpasse tout moyen de l'honorer, &
vne victoire qui excede toute sorte
de triomphes & de trophées.

De ceste nature de Duels sont ce
tant fameux & celebre combat qui
se fit en la Palestine sous le premier
Roy des Iuifs, en la presence de son
armée & de celle des Philistins, entre Dauid, & Goliat; la victoire
duquel fit meriter a ce ieune berger
la fille du Roy, & en suite la succes-
sion du Royaume. En Grece celuy
des deux freres. Eteocles & Poli-
nice, dont les corps brullez en mesme bucher selon la coustume des
Grecs, & la flame separee en
deux, tesmoigna que leur hayne
plus que mortelle n'estoit pas estain-
te auec leur vie. En Asie & deuant
les murailles de ceste superbe & celebre ville de Troye, celuy de Me-
nelas & Paris. En Italie celuy d'E-
née & de Turne, & depuis des Ho-
races, & plusieurs autres que nous
pourrions alleguer en toutes les parties du monde, si nous n'en auions

affez d'exemples en France. Outre
lefquels nóus verrons vne infinité
de deffis entre les Princes , & les
Roys mefme qui par ce moyen ont
illuſtré les combats , & donné fujeĉt à leur Nobleffe de les imiter;
Car tant plus les perfonnes font ef-
leuées , tant plus les actions en font
heroïques & dignes d'eſtre imi-
tées.

Le Second fujeĉt pour lequel les
Duels ont eſte permis , a eſté pour tirer vne preuue par les armes de quelque chofe qu'ó ne pouuoit prouuer
en iuſtice ; quãd vn Gentil-homme
accufoit vn autre de trahifon , ou de
quelqu'autre crime de leze Majeſté,
ou qu'il en eſtoit accufé luy mefme,
fans que l'vn euſt moyen de verifier
fon accufation , ny l'autre fon in-
nocence. Alors au lieu de s'apeller
l'vn l'autre comme nous faifons au
mepris de l'auĉtorité Royalle , ils

auoient recours au fouuerain. Luy
demandoient le combat auec les armes qu'ils vouloient choifir. Lequel leur eftant accordé, ils eftoiét
introduits au camp par leurs parrains entre quatre barrieres, le Soleil leur eftoit departi par les Iuges,
le Roy mefme prefent, les parrains
fe retiroient au lieu de fe batre comme nos fecóds, les Herautz crioient
de par le Roy qu'aucun n'euft a faire figne de la vois ny de la main, ny

fauorifer par aucun gefte ny mou-
uemét aucun des querellans à peine
de la vie ; Et apres auoir crié. *Laif-*
fez aller les bons combattans. Ils s'ef-
mouuoient l'vn contre l'autre au
fon de plufieurs trompettes, premierement à coups de lance, puis
d'efpée, ou de maffe felon l'efle-
ction des armes qu'ils auoient faite, iufques à ce que la mort de l'vn
euft affeuré la vie de l'autre. Mais la

voyez cela iont au lõg dans les inftitutions de Philigies Royde France.

principalle gloire du victorieux
eſtoit à vaincre ſon ennemy ſans le
tuer, & luy faire confeſſer deuant
tous, qu'il l'auoit fauſſement & laſ-
chement accuſé de trahiſon, où
bien qu'il en eſtoit luy meſmes attaint ; & en ce cas vn buſcher ar-
dant expiſoit auſſi toſt ſon crime.
Cela eſtoit à mon aduis faire mentir
honnorablement ſon ennemy, en
bonne compagnie, & ſans ſoupçon
d'aſſaſſinat ny ſupercherie comme
auiourd'huy. Et voila quant au ſecond ſujet des Duels, certainement moins illuſtres que le premier;
Mais neantmoins plein d'ordre,
d'obeyſſance, & de iuſtice ; & ſans
aucune comparaiſon meilleur &
plus excellent que le noſtre.

Le troiſieſme eſtoit pour tirer raiſon d'vne offenſe qui ne pouuoit
autrement eſtre reparee que par le
ſang de celuy qui l'auoit faicte ; &

lors celuy qui l'auoit receuë en
faifoit fa plainte au Roy, & prefen-
toit fon gage de bataille, qui luy
eftoit acordee en la forme que nous
auons dite. Mais on n'y eftoit pas
receu pour toutes fortes d'offences,
car le defmenti mefme que nous tenons auiourd'huy pour la derniere
parole qui fe puiffe dire, n'eftoit
pas compris alors entre les iniures qui pûffent meriter vn apel, ny
mefme eftimé iniure, mais vn re-
pouffement d'iniure comme il eft,
ainfi que nous verrons aux exemples que nous propoferons de chaque fuject.

Et le quatriefme & dernier fuject
des Duels, a efté la feule gloire des
armes pour laquelle les Anglois,
Efpagnols, Portugais, Allemans &
autres eftrangers font paffez fouuent en France, & les François font
allez par tout le monde deffier de

gayeté de cœur les plus braues Cheualiers qui fuſſent entre les Nations
plus guerrieres & genereuſes, ſans
aucun ſujeĉt de querelle ny d'ini-
mitié particuliere ; Mais ſeulement
pour le ſeul deſir d'aquerir l'honneur de les auoir combatus. Et cela
eſtoit ſi commun qu'entre Calais
& ſaint Iaqueuert y auoit vne lice
dreſſee, ou la Nobleſſe aloit faire
eſpreuue de ſa valeur comme en vn
ieu d'eſcrime. Qui mõſtre que nous
auons eſté touſiours François, &
ſujeĉts à nous batre plutoſt par humeur que par raiſon. Il eſt vray que
ces derniers combats n'eſtoient pas
touſiours à outrance, & ne ſe faiſoient qu'auec permiſſion, publiquement, armez de toutes pieces &
en la preſence du Prince, ou du Magiſtrat qui n'attendoit guere jamais
qu'on en vint aux extremitez; tellement qu'ils eſtoient en cela contrai-

res aux noſtres, qu'il y auoit beaucoup de gloire & peu de peril, ou nous auons beaucoup de peril & peu de gloire. Recherchons maintenant en l'Hiſtoire quelques exemples de ces quatre ſuiects de Duel ſelon l'ordre que nous les auons propoſez, & puis nous viendrons à ceux que nous auons veus de nos iours.

Diuers Duels du premier ſuject.

CHAP. VIII.

POur monſtrer que non ſeulement les François, mais encore les Gaulois leurs deuanciers ont eu de tout temps vne grande & forte inclinatió à ces combats ſinguliers, ſans m'amuſer à l'origine des Duels, dautant qu'on en a faict vn traité particulier, & ſans m'enfonſer que

plus auāt dās l'antiquité. Ie cōmen-
ceray de tracer legerement ces premiers exéples par Briomat Roy de
Gaule, lequel eſtant paſſé en Italie
quelque temps apres Brennus,) qui
par le ſac de Rome auoit tellement
imprimé la frayeur des armes Gau-
loiſes en l'ame des Romains, qu'il ny
auoit ny vieillards ny Preſtres qui
fuſſent exempts de la guerre qūand
elles eſtoient en campagne) il ſe
trouua en teſte vn Capitaine Romain à la gloire & vertu duquel peu
d'autres ont peu attaindre. Ce fut
M. Marcellus celuy que les Romains appelloient leur eſpee, & Fa-
bius Maximus leur bouclier, deſquels Hannibal auoit acouſtumé de
dire qu'il craignoit l'vn comme ſon
gouuerneur, & l'autre comme ſon
ennemy. Briomat n'eſtoit pas en
moindre eſtime parmy les ſiens,
& outre la ſuffiſance qu'il auoit en
D

l'art de la guerre ; il eſtoit adroit
& braue de ſa perſonne , genereux
de courage , & le plus grand & le
plus bel homme de ſon armee. Tellement que ſe confiant en toutes ſes
parties plutoſt qu'au bon droit de
ſa cauſe, il apella Marcellus en Duel,
chacun d'eux ayant partie de ſon armee rangee en bataille & preſte à
commencer vne ſanglante meſlee.
Marcellus qui brulant d'vn ardent
deſir de cōbatre, auoit fait veu à Iupiter Feretrien de luy offrir les plus
belles armes de ſes ennemis s'il en
eſtoit victorieux , n'euſt ſi toſt a-
perceu celles de Briomat que l'or &
l'argent eſclatant parmi vne riche
diuerſité de couleurs, faiſoit reluire
comme vn eſclair , qu'il iugea que
Iupiter les luy preſentoit pour en
aquiter ſon veu. Et l'abordant en
ceſte creance , luy donna ſi grand
coup d'vne iaueline qu'il le porta

par terre, & le tua deuant son armee, qu'il deffit en suite, emportant en son triomphe les depoüilles
Opimes qui estoient deuës aux
chefs generaux qui auoient vaincu
les chefs des partis contraires, honneur qui n'est jamais arriué qu'à
trois Capitaines Romains. N'y a
Roy que ie sache, qu'à Romulus
premier Roy des Romains, & a Clouis premier Roy Chrestien des François, qui tua Alaric Roy des Visi-
gots de sa propre main en l'ardeur
du combat; Mais ce fut plutost par
rencontre casuele au milieu d'vne
bataille generalle, que par vn Duel
assigné & particulier.

Ie trouue encor en Plutarque vn
autre exemple d'vn de nos Gaulois
surnommez Mamertins, qui ne cedoit gueres à Briomat en grandeur
de force & de courage, lequel ayant
defié Pyrrus Roy d'Albanie, au mi-

lieu d'vne bataille, rouge du propre
sang du mesme Pyrrusqui estoit desia blessé à la teste, & s'estant jetté au
deuant des siens, à cheual & armé à
blãc; offensa tellemẽt le courage de
ce braue Roy irrité d'ailleurs de sa
blessure, qu'il le fendit tout armé
qu'il estoit d'vn coup d'espee depuis
la teste iusquesà la celle desõ cheual,
tellement qu'il tomba en deux pieces par terre; Et par la terreur & l'effroy d'vn si espouuentable coup, retint le reste des Gaulois qui alloient
fondre sur son armee. Le mesme
Autheur raporte encore vn deffy,
lequel pour estre fait entre les deux
plus grands hommes qui fussent
lors sur la terre, merite icy quelque
place encore qu'il ne sortit en effet
pour n'estre pas fait en temps, ny
à propos. Marc-Antoine ayant perdu ceste grande bataille d'Actium
contre Auguste, n'ayant plus d'es-

perance ny de recours qu'en son
desespoir, enuoya deffier en Duel
particulier, celuy qui l'auoit defait
en gros. Mais Auguste se moqua de
luy, & luy manda qu'il auoit assez
d'autres moyens de se defaire de sa
vie. Autant en fit Antigonus à Cleo-
menes; Mais Metellus refusa Serto-
rius qui non seulement n'estoit
point defait : mais auoit le plus souuent l'auantage sur son armee, & ne
se soucia point de ses soldats, qui
crioient que la partie estoit bien faicte de Romain à Romain, general
à general.

Duel soubs Charlemagne auprés Agen.

CHAP. IX.

MAis pour puiser en nos propres sources, & remarquer
des exemples plus familiers en nos
propres maisons ; Afin aussi qu'on

ne nous objecte que c'estoient des Payens esloignez de la connoissance de Dieu; Il ne faut point sortir de nostre Histoire, où nous en auons de si beaux, & en tel nombre, qu'on est plus en peine de la choisir, que de les chercher; Commençons par le plus grand, & le plus heureux de nos Roys.

Charlemagne ayant tourné ses armes contre les Sarrazins qui occupoient alors les Espagnes sous Aygolant, Marsille, Belligant & autres Roys sujects de nos fabuleux Romans; Apres auoir emporté Pape-lune d'assaut, & Sarragosse de crainte, penetrant plus auant dans les Espagnes, diuisa son armée en deux, dont il bailla vne partie à Milon d'Angers pere de ce grand Roland qui mourut depuis à Ronceuaux au retour du second voyage de Charlemagne. Milon conduisant ceste

armee, rencontra Aygolant auprez
de Bayonne alors qu'il y penſoit le
moins, qui le ſurprit en tel auantage qu'il le deſit. La perte fut de quarante mille hommes, & de Milon
meſme qui ſeruit de ſeau à la victoire du Sarraſin. Charlemagne eſtoit
loin en conqueſte, qui n'ayant pû
empeſcher cet eſchec, en empeſcha
pour le moins l'effroy, & retint en
obeiſſance les villes qu'il auoit con-
quiſes. Mais Aygolant enflé de ſa victoire, paſſe en Gaſcogne & aſſiege
Agen, pour diuertir Charles de ſa
pourſuite & le faire retourner chez
luy. De fait craignant que la fraiſche
victoire du Sarrazin logé dans le
pays:n'eſbrâlaſt les courages de ſes
ſuiects, il rebrouſſe chemin, & reuint en France.

Aygolant auoit ejourné quelques
mois au ſiege d'Agen ſãs faire autre
choſe que ruiner le païs, ayant cou-

D iiij

ru jufques en Saintonge auec vne
armée grande puiſſante & victorieuſe. Chatles ramenant ſes troupes
d'Eſpagne aſſez recreües, ſe main-
tenoit pluſtoſt par auctorité que
par force. Neantmoins il fortifia les
ſiens, & retint tout court le Sarraſin qui ne pouuoit ignorer à qui il
auoit à faire. Aygolant donc faiſant
parler de paix à Charles, & luy faiſant remonſtrer que c'eſtoit luy qui
l'auoit aſſailly, & qu'il n'eſtoit paſſé en France que pour le faire reuenir d'Eſpagne, l'alla finalement
trouuer ſous ſa foy luy meſme en
ſon propre cáp. Charles meu du zele de la Religion, luy fit entendre
qu'il auroit ſon amitié, pourueu
qu'il ſe voulut baptiſer. Aygolant
faiſant toute autre contenance que
d'vn homme qui à peur, & parlant
auantageuſement de ceſte guerre,
repreſente qu'il n'auoit pas le cœur

fi failly, ny les moyens fi petitz qu'il
refufat la bataille. Mais dautant que
les guerres non neceſſaires ſont les
ruynes du genre humain, qu'à ſon
grand regret il voyoit tant de ſang
eſpandu, & que c'eſtoit vn domage infiny de hazarder tant de gens;
Il defiroit qu'on fit eſpreuue de ſa
bonne cauſe par le combat de quelques particuliers, & que celuy qui
vaincroit ainſi par le menu ſeroit iugé auoir le droit de ſon coſté,
promettant de ſe ranger à la Religion qui paroiſtroit eſtre la meilleure par ceſte eſpreuue. La condition fut acceptee par Charles, l'eſpreuue de ce combat particulier fut
faite, la troupe Chreſtienne vainc la
Sarraſine.

Noſtre Hiſtoire manque en cecy, comme en pluſieurs autres choſes, ne marque ny les noms des cô-
battans, ny les particularitez du

combat, ce qui à esté cause que ie
l'ay trenché si court. Et me suis estã-
du sur le discours du sujeçt pour l'a-
uoir trouué si beau que bien qu'il
soit aucunement hors du mien, ie
croy que le lecteur ne doit pardonner si ie m'y suis laissé transporter. Il
pourra voir en l'Histoire comment
Aygolant ayant sa profession ouuerte de nostre foy, print occasion
de s'en de partir ayant veu diner
douze pauures à pied de la table
de Charles, & demandé qui estoiét
ces gens mal habillez qui mange-
oient à part; Parce que luy ayãt respondu que c'estoient les messagers
de Dieu. Il remarqua que le Dieu
estoit bié petit quel les messagers
estoient si miserables. Il verra aussi
comment Charles retourna en Espagne, & pour venger sa perte, &
tirer raison d'vn si insigne affront,
& d'vne ruse si hardie, defit l'ar-

mee d'Aygolant pres de Pampelu-
ne, & emporta la teste de son ennemy tué par Arnoul de Belande. Et
en suite celle de ce fameux gean Ba-
bilonnien Ferragut par Roland, qui
deuant mourir, tua encor de sa
main propre le Roy Marsille. Mais
nous nous contenterons d'auoir
monstré par ce Duel qu'ils estoient
permis en France sous Charlemagne. Voyons en encore vn autre de
mesme nature sous Philipe premier;
lequel bien qu'il ne succedast pas de
mesme par ce qu'on n'accepta pas
le deffi, monstre neantmoins l'vsage des vrais Duels qui se faisoient
en ce temps. Et dautant que l'occasion qui en donna le suject est
la plus belle qui se puisse escrire,
quoy que cómune; il ne sera point
impertinent d'en toucher vn mot,
le plus legerement toutesfois & le
plus briefuement qui se puisse faire.

Autre Duel ou deffi fait deuant An-
tioche fous le regne de Philipe I. apres
le fiege de cefte fuperbe ville
icy defcrit.

CHAPITRE X.

CHacun fçait le memorable
voyage que firent les François
& quafi tous les Chreftiens de l'Europe en Leuant, & la premiere Croi-
fade qui fe fit fous Vrbain fecond
apres le Concile de Clairmont. Et
bien qu'vne fi glorieufe action ne
puiffe eftre affez redite? Si eft-ce que
ce feroit bien abufer le monde que
de raporter vne Hiftoire fi generale
fous le pretexte d'vn Duel particulier; Auffi n'en marqueray-ie que
deux chofes en paffant pour faire
voir le zele & la Religion de la Nobleffe de ce temps-là. L'vne que la

plus part deschefs de l'armee ven-
dirent ou engagerent leurs Seigneuries pour fournir aux frais d'v-
ne si sainte guerre, comme Godefroy vendit sa Duché de Boüillon
à l'Euesque de Liege, & sa ville de
Metz aux habitans. Robert Duc
de Normandie vendit sa Duché
de Constance à son frere Henry, &
le reste de ses biens au Roy d'Angleterre; Et Herpin Comte de Berry
sa Comté & ville de Bourges au Roy
Philipe, contrats dit l'Histoire,
beaucoup plus honnorables aux *Paul*
vendeurs qu'aux achetteurs. L'au- *Emil-*
tre, qu'en vne armee de six cens mil- *le, & deser-*
le hommes de pied & de cent mille *tes.*
cheuaux, on n'y laissa pas vne femme de mauuaise vie, on n'y souffrit
pas vn homme qui fut en estime d'e-
stre meschant , & la discipline y
estoit si exactement obseruee que
c'estoit vne merueille de voir tant

d'ordre & tant de pieté parmy tant
de gens d'armes, auant mesme qu'ils
eussent aucun Roy, ny qu'ils se fussent accordez d'aucū general. Tous
les matins les soldats se trouuoient
au diuin seruice. Tous les soirs on
inuoquoit deuotement le secours
diuin, & sur la minuit on chantoit
des Hymnes à la loüange de Dieu &
des Saints, Tellemēt que leur Camp
ressembloit pluftoft à vn conuent
de Religieux qu'a vne assemblee de
gens de guerre. Cela m'a semblé si
estrange que ie ne l'ay pû passer sans
le dire. Et se faut il estonner si ces
gens là conduits & assistez de l'esprit
de Dieu, firent des choses qui semblent exceder la force, le courage,
& la pensee mesme des hommes ?

Mais laissant a part tant d'ex-
ploitz, tant de rencontres, Sieges
batailles & conqueftes qui tiennent
encore aujourd'huy & tiendront à

jamais le monde en admiration. Il
ny en euſt point de ſi admirable,
ny qui arreſtaſt ſi long temps la
courſe de leurs victoires, ny qui
leur donnaſt tant de peine, & les
mit en ſi grand peril que la conqueſte d'Antioche, ville imprenable aux *Deſ-*
forces humaines, qui ſe mocquoit *crip-*
tion
orgueilleuſement de tous les efforts *d'An*
tio-
de la terre ; Et pour ſon aſſiete na- *che.*
turelle, & pour les fortifications
dont l'art acompagnoit la Nature.
Elle eſtoit capitale de la Sirie, & outre les habitans dont elle eſtoit peu-
plee, il y auoit ſept mille hommes
de cheual, vingt mille de pied de la
plus belle ieuneſſe Turque qui s'e-
ſtoient promis de la garder, ou de
mourir à la defenſe. Ils l'auoient
fournye de viures, d'armes, & de
toutes munitions neceſſaires pour
vn long ſiege, ayant ſoigneuſement
remarqué les lieux propres pour les

faillies, les surprifes, & les retraites.
Quant à fon Affiete, elle eft en vn
lieu eftroit & montüeux prenant
fon commencement du haut d'vne
montagne regardant fur le Midy,
de forte que les murailles fe continuant toufiours par la pente de ce
mont, defcendent iufques au bord
de la riuiere d'Oronte; Elle eft fermée de l'autre cofté d'vne montagne fi large, qu'il femble que les
deux cymes qui s'en efleuent foient
diuers montz. Au deuant s'eftend
vne valée d'orient vers l'occident
d'enuiron quarante mille pas de
longueur, & de largeur inégale,
ayant quatre mille pas en certains
endroits, & fix mille en d'autres.
Elle eft arroffee de plufieurs ruifeaux
& fontaines qui s'affemblans auec
vn bras du fleuue Oronte, font vn
lac à fix lieues de la Cité. Tellement
qu'on ne la peut affieger que par
quelques

quelques endroits lesquels estoient
fortifiez de plusieurs rempartz, ba-
stions & plates formes. Elle estoit
toute fermée de double muraille
sur laquelle s'esleuoient trois cens
soixante tours qui la rendoient
merueilleusement effroyable. Et
pour dire en vn mot la force de ceste
ville, c'est qu'auparauant que les
Turcs l'eussent fortifiée, ils ne l'a-
uoient sceu prendre sur le Chrestiens que par vne extreme famine,
& vne longueur de Siege de quatorze ans.

Qu'on me pardonne si ie m'escar-
te de mon suiet, la rareté d'vne chose si remarquable, & le desir de môstrer à nos François, qui pour quelques petits ieux d'enfans s'estiment
plus vaillans que leurs peres, qu'ils
ne sont que cinges de leurs moindres actions, me fait donner car-
riere en vn si beau champ. Mais

E

ny pour auoir reconnu la force de
ceſte ville inexpugnable, ny pour
entendre de leurs priſonniers Turcs
que leur Satrape meſme Caſſian
homme de grande experience & de
reputation inuincible, s'eſtoit luy
meſme enfermé dedans auec ſes
deux fils, Ny pour ſauoir le puiſſant
ſecours qui leur deuoit arriuer de
Perſe ; nos guerriers ne laiſſerent
point d'y mettre le Siege, mais ſi
memorable qu'il me contraint de
m'y arreſter auant que venir à mon
deſſy. Et pourquoy ſe facheroit le
lecteur de voir icy des choſes ſur leſ-
quelles tous les peuples de la terre
auoient lors les yeux ?

Du coſté qu'Antioche regardoit
la plaine elle auoit cinq portes, l'v-
ne vers Orient, l'autre deuers Occident, diſtantes l'vne de l'autre de
deux mille cinq cens pas Les trois
auttes eſtoient du coſté de Septen-

rion, la premiere seruoit à vn pont
d'vn marais qui se faisoit ioignant
la muraille; l'autre estoit loin de ce
marais d'enuiron mille pas, & autant du fleuue d'Oronte sur le pont
duquel estoit la troisiesme. Bohemont auec ses Italiens se campa deuant la porte d'Orient, le Duc de
Normandie & le Comte de Flandres aupres de luy; Hugues le Grand
frere du Roy Philipe, & le Comte
de Blois ensuyuant estendant leur
camp vers la porte du marais; deuant laquelle estoient le Legat, &
le Comte de Tholose. Quant à Godeffroy il se logea deuant la porte
qui estoit entre la riuiere & le marais auec Eustache son ieune frere;
Bauduoyn estant demeuré dans
Edesse.

Les Mareschaux auoient si bien
ordonné l'assiete qu'on eust jugé
que ce n'estoit qu'vn seul camp en

triangle. Mais pour eſtre maiſtres
de ce fleuue. Il falut faire vn pont de
bateaux qu'ils couplerent enſemble
de pluſieurs chaiſnes , & les arreſte-
rent de pluſieurs pieux contre le
cours de l'eau ; Et l'ayant couuert
de terre afin que les cheuaux y paſ-
ſaſſent plus aiſement , ils y firent
à chaque bout vne tour de bois
pour le garder. Le pont ne fut pas ſi
toſt acheué, que les Turcs ne ſortiſ-
ſent pour le bruſler, le combat dura tout le jour , & rien ne le ſepara
que la nuit. Ceux du camp ayant
aſſemblé tous leurs charpentiers,
font encore vne tour de bois qu'ils
trainent deuant la porte dont ils
faiſoient leurs plus frequentes ſaillies, pour les empeſcher. Mais le cõbat y fut encore plus ſanglant &
plus hazardeux que celuy du pont,
les Chreſtiens eſtimant que la priſe
de la ville conſiſtoit en la conſerua-

tion de ceste tour, & les Turcs au
contraire que leur conseruation
consistoit en sa ruine, ce qui les ani-
moit egalement les vns & les autres.
Mais les Turcs estant fauorisez des
Archers qui tiroient continuellement dessus les murailles, & rafrais-
chis presque de tous ceux de la ville
qui sortoient armez de fer & de feu,
firent tant en fin que la place leur
demeura auec les cendres de ceste
tour qu'ils bruslerent au pris de leur
sang & d'vne infinité de vies. Parquoy les Capitaines du camp pen-
serent à d'autres moyens pour venir
à bout de ce siege, n'oubliant rien
de tout ce qui se pouuoit inuenter
pour la prise d'vne place, ny les assiegez pour la defense.

Iusques icy tout ne va pas mal ;
Mais ayant passé l'hiuer en allarmes
assautz, & combatz continuels, ils
eurent en Feurier vne si grāde cherté

E iij

de viures qu'ils mouroient de faim,
& vne si grande abondáce de pluye
qu'ils estoient tousiours dans l'eau.
Ils mouroient en si grád nóbre que
la terre toute bossue autour de leur
cáp, ne sembloit pas estre assez grá-
de pour les receuoir. De ceux qui
alloient au fourrage , il n'en reuenoit que bien peu ; parce que n'y
osans aller en grád nombre de peur
de degarnir le camp, les barbares les
trouuans a leur auantage en prenoient la plus grand'partie. La mort
toutesfois n'estoit pas leur plus
grand mal'heur & ne s'espouuan-
toient les hommes que de la faim
qui fait horreur aux plus braues
courages, contre laquelle la vertu
mesme ne se peut defendre. De tant
de cheuaux qu'ils auoient au commencement à peine leur en restoit
il seulement deux mille pour le cóbat; car les vns estoient morts à faute de fourrages, & des autres les sol-

dats en auoient vescu, estant la famine telle entr'eux, qu'ils assouuis-
soient quelquesfois leur miserable
faim des propres charrongnes de
leurs ennemys. Plusieurs Gentils-
hommes se desroberent du camp
pour s'en retourner au Païs, entre
lesquels furent Guillaume Char-
pentier & Pierre l'Hermite premier
auteur de ceste Sainte guerre. Mais
Tancrede les ayant remontrez les
remit entre les mains de Hugues le
grand, qui apres les auoir aigrement
repris d'auoir ainsi quitté leurs enseignes, leurs freres, & leurs compagnons, & deshonnoré la valeur
& la reputation des Chrestiens par
leur lascheté, leur pardonna ceste
faute. Les remonstrances de Godeffroy, & l'estime en laquelle vn
chacun auoit ce Prince seruirent
beaucoup à maintenir la coustume
des principaux de l'armee, leur re-

Horrible famine en l'armée Chrestiēne qui faict que plusieurs s'en desrobent.

preſentant que toute la terre auoit
l'œil ſur eux, que tout le monde ſa
uoit ce qui ce faiſoit en ce Siege
pour eſtre temoin de la force, ou de
la foibleſſe de leur courage, & en
laiſſer à la poſterité l'honneur ou la
honte. Que la perſeuerance, & le
bon conſeil viennent about desplus
mauuaiſes fortunes ; Et que s'ils ſe
vouloient monſtrer inuincibles
eux qui eſtoient chefs & condu-
cteurs de ceſte victorieuſe armee,
leurs ſoldats les imiteroient & ſe
roidiroient à meſme fermeté que
leurs Capitaines.

Mais Bohemont qui eſtoit vn peu
plus famillier aux ſoldats, leur ayant
remonſtré qu'il eſtoit auſſi ſu età
la faim comme ils pourroient eſtre;
& d'autant plus qu'il auoit eſté
nourry delicatement aux tables Siciliennes & banquets Tarentins;
Neantmoins que tant qu'il trouue-

roit des herbes & des racines, il ne
cederoit point à la conftance des
Turcs qui n'eftoient pas en moindres neceffitez de toutes chofes.
Print auec luy dix mille hommes de
pied, & les deux mille cheuaux qui
reftoient encore, & les mena deuers
vne riche ville nommee Arethufe;
de laquelle la garnifon Turque
voulant fortir pour les defaire comme elle auoit fait les precedens qui
auoient feruy de fcorte aux fourra-
geurs, fut defaite elle mefme par
vne embufcade que Bohemont luy
auoit dreffée. Victoire qui recôfor-
ta grandement le camp, tant pour
les cheuaux qu'ils y gaignerent, que
pour la commodité d'aller au fourrage, & querir des viures aux pro-
chains lieux fans aucun danger.
Mais ils eftoient tant de gens que le
païs d'autour ne les peuft longuement nourrit, & ainfi la famine re-

commençant pire que deuant, il
falut faire vne courſe plus lointaine
que la premiere, & auecque plus
grandes forces. Toutesfois craignant que les ennemys aduertis du
partement d'vn ſi grand nombre de
gens, n'aſſailliſſent & ne gagnaſſent
leur camp, ils le firent plus petit, le
fortifiant de tranchees & rempartz,
qu'ils garnirent de machines ſur les
aduenuës; Et pour plus grande ſeureté, ils firent vn fort au milieu qu'il
fermirent de hautes courtines & de
baſtions.

Ces choſes acheuees Bohemont
prenant auec luy le Comte de Flandres, & deux fois autant de gens
qu'il auoit mené a l'autre courſe;
marcha le plus auant en païs qu'il
luy fut poſſible, trouuât les bourgs
& villages tous pleins de leurs habitans qui y viuoient ſans crainte des
noſtres penſant qu'ils fuſſent tous

morts de faim ou de mifere. Auffi y
fit il vn grand butin; Mais côme il le
conduifoit à l'armée , vne groffe
troupe de Turcs afséblee de toutes
leurs garnifons fe trouua deuant les
Chreftiens empefchez à conduire &
porter leur pill ge ; Neantmoins
elle fut defaite, & ne feruit que d'a-
croiffement de butin, & d'vn grand
moyen aux foldats de s'en defcharger fur les Chameaux qu'ils gagnerent. Auec lefquels eftans retournez
au camp , ils aprindrent les faillies
que les ennemys auoient faites en
leur abfence.

Les affiegez s'eftonnerent fort
de voir le câp garny de viures pour
affez long temps, & les Chreftiens
encore plus quant il furent acheuez. La famine retourna encore
& auec elle l'ennuy de la longueur
de ce Siege. Et pour les confoler,
on les aduertit qu'il venoit du païs

de Halape & de Damas vint & huit
mille hommes au secours d'Antioche; Parquoy ils resolurét d'y pouruoir auãt qu'ils fussent arriuez. Et
ne voulans estre assaillis des deux
costez de leur camp, ils firent partir
au changement du guet toute leur
Caualerie, & l'enuoierent de l'autre costé d'Oronte en vn lieu que

Se-
cours
des
Assie-
gez de
fait.

la riuiere & le lac rendét fort estroit,
pour combatre ce nouueau secours
qui y deuoit passer dés le point du
jour. L'auantage du lieu, leur vaillance, & principalement la diuine
faueur leur donnerent la victoire.
Il n'y fut pas tué plus de deux mille
hommes; Mais ils y gagnerent forces viures, & grand nombre de
cheuaux qui furent menez au camp,
ou les nostres estans de retour, je-
terent auec leurs machines la plus
part des testes ennemies dedans la
ville, & ficherent les autres au bout

de plufieurs pieux qu'ils planterent
en haye auprès des murailles. Caffian & les autres Satrapes qui le deuoient fecourir auoit conuenu qu'il
feroit vne faillie de la ville, tandis
que les autres affaudroient les Chreftiens par dehors; Parquoy fortant
dés le point du jour il fit tous fes ef-
fortz pour entrer au camp, croyant
que fes amis fuffent defia arriuez de
l'autre cofté. Oyant toutesfois le
bruit que faifoient ceux qui reue-
noient victorieux de fon fecours,
il fe retira tout defefperé dans la
ville.

Les Geneuois voulans fecourir
l'armée qui affiegeoit Antioche,
eftoient paffez iufques à la bouche
du fleuue Oronte, & fe tenoient là
à l'Ancre pour la garder. A cefte caufe Bohemont & le Comte de Tho-
lofe partirent du camp auec cinq
mille hommes de pied, & fe tranf-

porterent vers les Geneuois, qui
leur baillerent viures, charpentiers,
& ferremens neceſſaires pour preſ-
ſer dauantage la ville aſſiegee. Comme ils retournoient au Camp auecque ces prouiſions, le Comte Rai-
mond conduiſant ceux qui mar-
choient deuant, & Bohemont le
ſuiuant auec les autres ; les Turcs les
ayant aperceus, & eſtans ſortis ſur
eux, les chargerent ſi bruſquement
que le Comte fut contraint de ſe
ſauuer à la prochaine montagne, &
ſouffrir que les Turcs chaſaſſent &
diſperſaſſent les cheuaux qu'ils menoient chargez. Quant à Bohemont
il ſe retira ſans perte vers le Tholo-
ſain, & ſe rallierent enſemble. Mais
Godeffroy entendant ce tumulte
de ſon camp, fit incontinant ſortir ſes ſoldats, & les mena au ſecours de Bohemont, aduertiſſant
le reſte des Princes de l'armee qu'ils

le tinſſent en armes. A ſon arriuee
ceux qui auoient gagné la montagne voyant leur ſecours deſcendirent en la plaine, & chargerent
les ennemys; Le combat fut aſpre
& cruel, & ſignalé par la mort de
Braghmane fils de Caſſian qui fut
tué en combatant valeureuſement.
Cependant les Turcs qui eſtoient
demeurez dans la ville ſortirent, &
ſe mirent en bataille ſur vn haut tertre au deuant d'vn temple pour fa-
uoriſer leurs compagnons. Ce que
voyant Godeffroy, il tourne la teſte contr'eux; Bohemont & Raimont ayāt chaſſé ceux qu'ils auoiét
en front, courent à ſon ayde pour
luy rendre la pareille du ſecours
qu'il leur auoit donné; Et tous enſemble les enfonſſent ſi furieuſe-
ment, qu'ils gagnent le deſſus du
tertre & en chaſſent les ennemys iuſques dans leur ville. En ceſte iour-

nee il y euſt cinq mille Turcs morts, ſept mille priſonniers, entre leſquels furent reconnus dix de leurs principaux Capitaines. Les Chreſtiés y perdirent douze cens hommes; les cheuaux chargez de viures que les ennemis auoient chaſſez, furent ramenez au camp. Ils enuoyerent vne grande partie de leurs priſonniers aux Geneuois pour leur teſmoigner ceſte victoire, laquelle fut cauſe que les Syriens leur potterent derechef des viures. Bauduoyn leur enuoyoit auſſi d'Edeſſe cheuaux, armes, & argent; Et le Printemps aprochant la deſſus reioüyſſoit merueilleuſement l'armee. Et au contraire le Satrape Caſſian ſe trouuoit fort affoibly des pertes paſſees, & de celles qu'il faiſoit tous les iours. Cependant Bohemont eſtât d'aduis qu'on ſe ſaiſit du mont qui eſtoit au deſſus de ſon camp deuers Orient,

Orient, pour empefcher les faillies
des ennemis. Le Comte de Tho-
lofe entreprit cefte charge, & apres
auoir fait baftir ce fort aux fiens
mefmes, & à fes defpens, encore le
voulut il garder. Et comme quelques fugitifz euffent aduerti les
Chefs d'vn grand nombre de be-
ftial que les Turcs tenoient en vne
valee de l'autre cofté de la ville, ou
ayant enuoyé Tancrede, il amena
beftes & pafteurs, & reconnut vne
vieille ruine d'vne Abaye de laquelle par le moyen d'vn fort on pouuoit entierement affieger la ville, &
empefcher qu'aucun fecours n'y entraft. Tous les principaux de l'armee le prierent de faire netoyer ce
lieu qu'il auoit remarqué, & de lo
fortifier & garder luy mefme. Mais
ce Prince auoit toufiours fait fi grãde depenfe, s'eftoit monftré fi liberal qu'il n'euft fceu fournir aux frais

F

de sa fortification, ny de sa defense.
Ce qu'estant raporté au Comte de
Tholose qui par le pass auoit esté
tousiours en estime d'estre fort auare, il luy bailla vne grande somme
d'argét, aquerát deslors vne telle reputation d'estre liberal, qu'on ne
l'apeloit en l'armee que le pere des
soldats.

Les ennemis s'efforçant tous les
iours d'empescher le fort de Tancrede furent tousiours repoussez
auec perte, tellement qu'il fut acheué, & la ville assiegee de toute partz.
Ce que voyant Casfian, & consideraut que le secours auquel il auoit
mise son esperance auoit esté defait,
son fils aisné tué auec la fleur de ses
Capitaines & soldats ; Et que les
Chrestiens non obstant toutes leurs
miseres ne s'ennuyoient aucunement de la longueur de ce Siege. Il
fut contraint de demander treues

qui luy furent acordeés , & tellemét
obferuées de part & d'autre, que
ceux du camp alloient feurement a-
cheter leurs neceflitez dans la ville,
& ceux de la ville au camp.

L'Euefque de Tyr raconte que le
Chancellier de Caflian, eftoit vn
Chreftien en Antioche qui s'appelloit Hemirferre ; lequel offenfé de
ce qu'vn grand Seigneur Turc luy
faifoit tort en fa femme ; Delibera
de mettre la ville & les Turcs entre
les mains des Chreftiens. Mais pour
mener fon entreprife plus fecrettement , il ne la defcóuurit qu'au
feul Bohemont. Or ne reftoit il plus
à Caflian que bien peu de la garnifon Turque : parquoy il eftoit contraint de fe fier aux Citoyens de la
plus part de fes affaires , & mefme
de la garde & deffenfe de la Cité,
leur remonftrant que c'eftoit l'intereft commun. Antioche eftoit de

grand garde, parce qu'il en faloit au
chasteau, aux portes, & aux tours,
de sorte que ce peu de Turcs n'y
eust pû fournir sans l'aide des Capitaines. Parquoy quelques-vns des
principaux auoient leurs tours à
garder, & entr'autres cet Hemirferre celle qu'on appelloit la tour
des deux Sœurs, qui estoit tout ioignant vne fausse porte, dont il aduertit Bohemont.

Autre se-
cours
des
Per-
ses.
 Mais auant l'execution de ceste
entreprise, nouuelles vindrent au
camp, & en la ville, qu'vn des Satrapes de Perse apellé Corbane,
auoit dressé vne grande armee pour
le secours de Cassian. Ce qui re-
ioüyt fort les Turcs, & n'affligea pas
moins les Chrestiens qui ne sça-
uoient quel conseil prendre sur ceste affaire. La tréue rompit; Le Côte
de Blois estimé l'vn des plus sages &
vaillans hommes du camp, faisant

entendre qu'il fe trouuoit mal, fe
retira de l'armee, & emmena quatre
mille foldats, fort foupçonné que la
peur le faifoit pluftoft retirer que la
maladie. Apres fon depart, à peine
reftoit il dans le camp la tierce partie de ceux qui auoient accouftumé
d'y eftre. Les Princes regardoient
que s'ils vouloient marcher au de- *Per-*
uant de Corbane, il leur falloit ne- *plexi-*
té des
ceffairement leuer le fiege, en dan- *Chre-*
ftiens.
ger d'auoir bien toft Caffian à dos;
Et s'ils ne bougeoient; cefte grande
armee les viendroit enuironner, fi
bien que d'affiegeans qu'ils eftoient
ils deuiendroient affiegez, & feroiét
contraints de mourir honteufe-
ment de faim. Que s'ils fe diuifoient
auffi, & qu'vne partie allaft aude-
uát des Perfes, & l'autre demeu-
raft au fiege, ceux qui marche-
roient ne feroient pas affez fortz
pour combatre le fecours, ny ceux

qui resteroient au camp pour resister à Cassian : Toutes ces dificultez les mettoient en grande per-
plexité.

Mais Bohemont qui auoit tousiours celé l'entreprise de Hemirferre, leur fit entendre qu'il sçauoit le
moyen de les mettre dans Antioche
sans peine, sans perte, ny sans danger, moyennant qu'elle luy demeu-
rast. Tous les Princes en furent d'a-
cord excepté Raymont , mais la
plus grāde partie emporta la moindre. Ainsi Bohemont ayant aduerti
secrettement Hemirferre, & receu
parauant vn sien fils en ostage, fit
armer ses Italiens à l'entree de la
nuit, & ayant prié les autres Princes de se tenir prests, il marcha vers
la tour que gardoit Hemirferre.
Mais il n'y peut entrer sur l'heure, &
fut presque l'entreprise descouuer-
te, & du tout faillie; A cause que le

Sergent Major d'Antioche qui
eſtoit Turc, faiſant ſouuent la ronde, & a heures diuerſes pour connoiſtre comment ſe portoient les
Citoyens en leur garde, & les ſur-
prendre s'ils y faiſoient faute, eſtoit
lors d'auanture arriué à la tour de
Hemirferre, lequel il trouua véil-
lant, & faiſant bonne mine, dont il
le loüa fort, luy recommandant ſa
garde durant qu'il aymoit ſon hóneur ; Puis paſſa outre ſans auoir
aperceu les noſtres Lors Bohemont
fit dreſſer les eſchelles, & commen-
cerent les Chreſtiens à móter. Quất
ils ſe trouuerent aſſez fortz pour ſe
deſcouurir, ils tuerent les ſentinel-
les, & s'eſtans ſaiſis des prochaines
tours, deſcendirent à la fauſſe porte
de celle de Hemirferre ; laquelle
ayant ouuerte, & fait entrer le reſte *Priſe*
de leurs gens, ils ſe virent maiſtres *d'An-*
tioche
de la ville auant que le jour les euſt *ſur les*
Turcs

F iiij

esclairez. Les Turcs voyant qu'ils
n'auoient plus moyen de se defendre, se retirerent dans le chasteau,
non pas tous , car la plus part fut
taillee en pieces ; Toutes leurs maisons furent pillées, & ce qu'on trouua dedans massacré, les Chrestiens
s'y firent riches, & sanglants de dix
mille meurtres.

Nous voicy donc tantost à la
fin de ce grand & penible Siege ,
& nous n'auons point encore
trouué nostre Duel. A quel propos donc vn si long discours de
tant de stratagemes de guerre pour
chercher la cause d'vn seul deffy ?
Ne dira t'on pas que i'abuse icy de
mon loisir propre & de la patience
d'autruy ? Et que comme Montagne en ses essais , ie prometz de
traiter vne chose , & parle d'vne autre ? A la verité ie me suis laisser porter à la beauté de ceste Histoire , l'e-

ſtimant plus belle que tous les combats particuliers que l'on pourroit
dire. Si quelqu'vn toutesfois trouue mauuais que ie l'aye inſerée parmy ces Duels, il luy doit ſuffire de
ne la voir point ſans blaſmer celuy
qui ne l'y à miſe que pour luy donner du plaiſir & de l'vtilité tout enſemble. Il eſtoit pourtant neceſſaire
que pour parler de ce deſfy que i'ay
promis, ie diſſe quelque choſe de ce
Siege qui en fut la cauſe; Et il m'a
ſemblé ſi rare que non ſeulement
i'euſſe penſé faillir de le tronquer,
Mais ie ferois encore conſcience de
le laiſſer imparfait; car ce qui reſte à
dire eſt encore plus beau que ce qui
a eſté dit. Et les fortunes & les extremitez que nous auons touchées
en la conqueſte de ceſte ville, ne ſót
rien au pris de celles ou les conquerans ſe virent reduitz pour la conſeruer.

Antioche donques fut prise le dernier iour de May huit mois apres
qu'elle euſt eſté aſſiegée, & y trouua ton bien peu de viures, & cinq
cens cheuaux ſeulement de reſte
d'vn ſi grand nombre que les Turcs
y auoient mené. Le Satrape Caſlian
homme fort vieil eſtant eſchapé de
la fureur, s'eſtoit retiré aux montagnes de Syrie, ou il fut tué par les
Païſans. Son fils Senſadole ieune &
diſpos s'enfuyant plus outre, picque iuſqu'atant qu'il euſt rencontré
Corbane. Lequel ne voulant laiſſer
aucune ville ennemye derriere,
auoit en paſſant eſſayé de prendre
Edeſſe ou eſtoit Baudouyn. Mais le
voyant ſi bien defendre, & craignât
de perdre Antioche, il quitta l'vne
pour ſauuer l'autre, & n'euſt pas
fait long chemin qu'il ne trouuaſt
le ieune Senſadole, qui luy raconta

la perte de la ville, & des Turcs qui
n'auoient peu gagner le chafteau;
luy remonftrant que bien que les
Chreftiens fuffent lors vainqueurs
ils auoient toutesfois fi grand deffaut de toutes chofes qu'ils feroient
aifément vaincus, & plus eftroitement affiegez qu'ils n'auoient affiegé les Turcs, veu qu'on les batroit
du dedans & du dehors. Le Satrape efmeu de ces perfuafions, fit tellement hafter fes gens qu'ils arriuerent le lendemain deuant Antioche, & fe camperent en la plaine au
pied de la montagne, & au fom-
met auffi pour metre des gens dedans le chafteau. Cefte montagne
ainfi que nous auons dit, eft ioignant la ville & fe finit en deux hautes roches diuifées d'vne valee fort
large. Celle qui regarde l'Orient eft
plus baffe que l'autre, & moins
droite ayant quelque peu de plain

fur la cime ou fe peut nourrir nombre de beftail ; L'autre qui eft vers
l'Occident eft beaucoup plus haute,
& fe finit prefque en pointe, fur laquelle s'efleue vn chafteau merueil-
leufement fort d'art & de nature.
Car du cofté d'Orient & de Septen-
trion il eft inacceffible. De la part
Occidentale il y a vn tertre vn peu
plus aifé par lequel on peut defcen-
dre dedans la ville. Il a fortie deuers
les champs d'où l'on la peut fecourir
& d'auantage il commande à la
plaine, & bat toute la ville. Toutes
les fois que les noftres s'efforcerent
de le prendre, ils y trauaillerent en
vain; Parquoy ils l'enfermerent d'v-
ne tranchee, & voyant la venuë du
Satrape & de fon armee , connurent qu'vne feule nuit , & vn feul
Hemirferre leur auoit à tous fauué
la vie.

Affie-
se du
Cha-
steau
d'An-
tioche

Les
Chre.

Or ayant deliberé de garder le

camp qu'ils auoient fortifié & la
ville tout enfemble, ils furent fi rudement aſſaillis des Perſes par le dehors, & des Turcs du Chaſteau par
le dedans, que ce fut vn des plus
aſpres aſſautz de tout ce voyage.
Mais ils eſtoient fi eſchauffez au côbat que les plus laſſez ne vouloient
pas quitter la place à ceux qui s'e-
ſtoient, refraiſchis encore qu'ils la
demandaſſent. Quant aux barbares
ils repouſſerent fi rudement Godeffroy qui auoit fait vne faillie fur
eux; qu'il fut contraint de ſe retirer. Le Comte de Flandres eſtoit
dans le fort que le Comte Raimont
auoit fait faire, lequel il garda juſques à la nuit, Mais ſe deffiant du
lieu, il le brula fur le foir & retira ſes
gens dans la ville Ainſi Corbane demeura maiſtre du dehors, dont les
Chreſtiens furent bien eſtonnez,
n'ayant aucuns viures ny commo-

ſtiens aſſie-gez dans Antioche par les Per-ſes.

ditez, & n'esperant ayde ny secours d'aucun endroit de la terre. Ce qui

Effroy parmy les Chrestiens.

effroya tellement les moins asseu-rez, que Guillaume Maisuille qui auoit espousé la sœur de ce braue Bohemont, & vn autre appellé Guy Trousseau, descendirent vne nuit du haut en bas des murailles par vne corde, & se retirans en leur ar-mee de mer, y asseurerent que tout estoit perdu. Le Comte de Blois se transporta aussi par longs & diuers chemins iusques en Grece, ou Trous-seau & luy arriuerent en mesme iour en la ville de Philomele, en laquelle l'Empereur assisté du Prince Guy

Le Cõte fut estimé infa-me de tous les au-tres Prin-ces iuf-ques à ce

frere de Bohemont, & de plusieurs autres Seigneurs de l'Europe, assé-bloit vne grande armée pour secou-rir ceux qui auoient tant souffert au siege d'Antioche. Mais voyant que le Comte de Blois s'en estoit retiré, & que Trousseau asseuroit

tremblant encore de peur, qu'ils
estoient perdus ; que quant à luy ce-
dant à la necessité, il s'estoit sauué
du peril alors qu'il n'y auoit plus aucune esperance de l'euiter.

Il changea d'aduis au grand regret
du Prince Guy, craignât l'entreprise
de ceste guerre, & ne voulant point
mesler ses affaires qu'il connoissoit
estre seures, auec celles des Latins
qu'il croioit estre desesperees. A ce
ste cause il rompit son armee sans
rien faire, qui fut le plus grand
honneur des Princes qui estoient
en Syrie ; Car delaissez & des leurs,
& des estrangers, ils firent des choses qui surpassoient le pouuoir des
hommes , & vainquirent la necessité.

Cependant ils estoient en grand
danger en Antioche ; Et tout ainsi
qu'ils l'auoient euë par escalade, peu
s'en falut qu'ils ne la perdissent de

qu'af-
semblant
nouuelle
armée ,
il re-
passa
en A-
sie dn-
rât la
guerre
de Ie-
rusa-
lem,
en la-
quelle
il ne
sem-
stra
pas
moins
braue
aux
com-
bats
que
sage
au
Con-
seil.

mefme , & ne tombaffent tous à la
mercy des barbares. Car quelques
vns des plus hazardeux des Perfes
s'eftans vne nuit aprochez d'vne
tour, dreffrent leurs efchelles contre la muraille comme fur le changement du guet. Et n'eftans aperceus d'aucun eftoient ja montez
plus de trente, & montoient toufiours à la file. Quant vn nommé
Henry Afca de Mefelanne auec deux
fiens coufins là proches en fentinel-
le les defcouurit , & donnant l'allarme au corps de garde , marcha ce
pendant à l'encôtre. Tous les Chreftiens s'efmeurent au premier bruit,
on court de toutes parts , chacun à
fon quartier, & faifant continuellement la ronde iufques au iour, les
Perfes qui eftoient entrez furent
tués, les autres chaffez des murailles, & la tour reprife. Mais ce peril
efchapé leur laiffa neantmoins vne
grande

grande crainte, considerant combien peu s'en estoit failly qu'ils
n'eussent esté surpris. Parquoy les
soldats voulant à toute force qu'on
les menast combatre les ennemis
en campagne plustost que se laisser
enfermer; les chefz enuoyerent vn
Heraut vers Corbane luy demander sauf conduit pour quelques
Ambassades: Et l'ayant obtenu du
Barbare, ils esleurent Pierre l'Hermite, & vn autre nommé Herluyn;
lesquels estans arriuez au camp des
Perses, l'Hermite parla premierement au Satrape pour la defense de
la foy sans aucune crainte; Luy re-
monstrant, que selon les loix diuines & humaines, Antioche & tout
ce qu'auoient pris les Chrestiens en
ceste guerre leur apartenoit. Que
depuis le temps que saint Pierre
Prince des Apostres auoit conuerti
les Antiochiens, ils auoient tous-

Remon-
stran-
ce de
Pierre
l'Her-
mite à
Cor-
bans.

G

iours suiuy nostre Religion. Que si
pour quelque téps Antioche auoit
esté vsurpée des Turcs, les Chrestiens auoient eu raison de la leur
oster, & luy redonner sa premiere
liberté, laquelle il n'estoit point raisonnable de luy faire perdre pour
la remettre en la puissance des infidelles.

Deffy
de
Her-
luyn
an
mes-
me.
Apres que l'Hermite eust acheué
sa remonstrance Herluyn reprit la
parole, disant à Corbane; Que si
le droit ne pouuoit rien entre les armes, il faloit faire espreuue de la
valeur des deux armées; luy offrant
que s'il vouloit mettre quelqu'vn
de ses Capitaines en camp clos, les
Chrestiens en mettroient vn autre
pour debatre leur diferent. Que s'il
en vouloit mettre d'auantage, ils en
Respô-
ce de
Cor-
bane.
mettroient d'auantage; sinon, armée contre armée, & lieu pareil.
Combien que Corbane fut petit

de corps, il estoit neantmoins grãd de courage; Toutesfois il respon dit aux Ambassadeurs que c'estoit au vainqueur de faire les loix, & dõner les conditions aux vaincus. Que puis que les Chrestiens ne connois-soient pas encore leur mal'heur, où feignoient ne le point connoistre; Ils n'auroient pas ceste faueur de luy de choisir la mort de laquelle ils vouloiét mourir. Que quant à leurs Princes qui contraints & chassez de la pauureté qu'ils souffroient en leurs maisons, estoient venus si te-merairement faire la guerre en O-rient, il les enuoyeroit prisonniers à l'Empereur de Perse, à fin qu'il en ordonnast à sa volonté. Au regard des simples soldats, qu'il ne les re-ceuroit pas seulement en seruitude qu'ils ne fussent demy morts de faim, ou d'autre misere; Et qu'en-core feroit-il tailler en pieces ceux

G ij

qu'il luy plairoit, ainſi qu'on fait les arbres mal'heureux & ſans aucun fruit.

Voila non ſeulement le deffy des Chreſtiens, mais auſſi la réponce de Corbane; A laquelle ie pourrois arreſter ce long diſcours, ſi ie ne penſois qu'il ſeroit extremément indecent de le laiſſer indecis. Quant les Princes Chreſtiens connurent l'audace du barbare, Godeffroy defendit qu'on n'en dit rien aux ſoldats entre leſquels la famine croiſſoit de telle ſorte, qu'on n'entendoit parmy eux que plaintes, deſeſpoirs, & exclamations contre la mort. Il ſe tenoiét dedans leurs logis ſans vouloir ſortir en public, ny par le ſon des tambours, ny par le commandement des Capitaines. Les chefz ne ſçáchant que faire à cela, s'en remirent à Bohemont, lequel voyant que par remonſtrances ny menaces

Deſobeyſſance des ſoldats Chreſtiens chaſtiée par vn eſträge moyẽ.

on ne pouuoit tirer ces soldats de
leurs retraites , commanda qu'on
y mit le feu qui les contraignit d'en
sortir , mais non pas sans en brusler
plus de deux mille , qui par vne
estrange auanture recouurerent vn
peu apres l'esperance qu'ils auoient
entierement perduë.

Quelque Prelats des plus estimez
asseurerent en public d'auoir esté
admonestez la nuit precedéte d'ad-
uertir les Capitaines & soldats que
Dieu estoit irrité contr'eux. Parce
qu'apres leur auoir donné la victoire contre Solyman , oublians ceste
grace , ils ne faisoient plus conscience de l'offenser profanant tout
leur camp qui ressembloit auparauant vn Conuent , & s'adonnant
principalement aux femes Turques,
Parquoy il les auoit voulu punir de
tant de miseres. Vn autre Prestre de
Marseille qui se nommoit Pierre,

G iij

difoit auffi que femblables chofes
luy auoient efté reuelées; Et qu'en
dormant on luy auoit monftré vn
certain lieu dans l'Eglife faint Pierre, ou la lance dont le cofté de noftre Seigneur fut percé eftoit en-
foüye, par le moyen de laquelle ils
deuoient auoir la victoire des infidelles. Ce Preftre mené au Legat,
& deuant les foldats, leur raconta
fes reuelations, les confirmant par
ferment. Qui fut caufe qu'ils fe tráf-
porterent à l'Eglife faint Pierre, ou
ayant dit la Meffe deuotement, on
commença à defcouurir auec toute
reuerence le lieu diuinement reuelé,
auquel il trouuerent la fainte Lance encore teinte du precieux fang
de noftre Seigneur. Dont vn cha-

La
fainte
Lan-
ce.
cun s'efcria de ioye, rendant graces à Dieu auec larmes, & implo-
rant fon affiftance. il fut enioint de
ieuner trois iours, faifans par deuo-

tion, ce qu'ils faisoient auffi par neceffité. Apres ce jûne ils fe confef-
ferét tous, & le lendemain prindrét
les armes de grande allegreffe, Ayant Dieu pour general, & la Lance
pour enfeigne Coronnelle entre les
mains du Legat.

Il eftoit encore matin, & efperoit on ce jour vne grande chaleur,
ce qui decourageoit les foldats; *Belle*
Mais ils ne furent pas fi toft dehors *remô-*
qu'ils furent refraifchis d'vne dou- *france des*
ce rofée, qui leur fut enuoyée du Ciel *Prin-*
comme de la main de Dieu. Les *ces*
chefz leur remonftroient, que puis *Chre-*
que les vainqueurs alloient comba- *ftiens*
tre ceux qu'ils auoient toufiours *fol-*
vaincus, il ne faloit point qu'ils *dats.*
douttaffent de la victoire. Que les
Turcs & les Perfes qu'ils voyoient,
n'eftoient point autres que ceux
qu'ils auoient combatus en Bithi-
nye. Qu'il ne faloit pas feulement

esperer de vaincre ; Mais qu'il le faloit, ou mourir de necessité, ayant
tant de terres, de mers, de montagnes, & de destroits à passer, qu'il
estoit impossible de se sauuer autrement que par la victoire. Qu'ils ne
deuoient point auoir esperance en
l'armée de mer des Italiens, veu
qu'elle s'estoit retirée : Et moins de
retourner dans Antioche, sçachant
bien le defaut deviures qu'il y auoit,
& qu'a grand peine en defendroiét
ils les murailles tous demy morts de
faim & de misere, s'ils ne se pouuoient defendre en ceste bataille.

voyez de cõ bien de de grã reste ambi tion est main venãt estoi gnce de cel te la.
Que demeurans victorieux, ils par-
tageroient entr'eux les Thresors &
Seigneuries des plus grands Roys
d'Orient ; Qu'ils auroient ces riches
Sultans, Satrapes & Califes leurs prisonniers ; Qu'estans venus des dernieres fins de l'Occident & du Sep-
tentrion, ils commanderoient à ce-

ste Region ou le Soleil se léue, lequel tournoyant le rond de c'et
Vniuers, ne verroit rien que leur
vaillance n'eust conquis, & conser-
ué. Que retournans en leurs maisôs
pour voir leurs femmes & leurs enfans, par tous les lieux ou ils paf-
seroient, ils ne verroient que
feux de joye celebrez pour leurs
victoires, ils n'oirroient que les
chansons de leurs loüanges, lefquelles viuroient tousiours & pouf-
seroient l'immortalité de leur re-
nommee iufques à la fin des plus
derniers siecles.

Chacune des nations Chrestien-
nes estoient lors esmeuë des vertus
qui l'honnoroient d'auantage; Les
Anglois, Escossois, & Danois estimez dés lors grands guerriers, se
souuenoient que leur Region produit communement des hommes
fortz & acoustumez au mépris de la

mort. L'honorable titre d'Empire donnoit vn grand courage aux Allemans. Les François se metoient deuant les yeux les braues entreprises de leurs Ancestres, & celles qu'ils auoient faites eux mesmes en ce voyage. Quant aux Italiens ils se representoient l'Vniuers commandé par leur antique vaillance. Bref chacun se souuenant de sa nation se deliberoit de luy faire honneur en ceste iournée.

remõ. strance de Corbane aux Perses.

Corbane d'autre costé ne reposoit pas, Mais allant de rang en rang, & esleuant par ses parolles la gloire des anciens Perses, & leur rememorant les grandes & triomphantes victoires qu'ils auoient euës sur les plus belliqueux & puissans peuples du Monde; méprisoit d'autre part les Chrestiens, comme de pauures gens qui pour s'enrichir estoient passez d'Europe en Asie

fans aucun ordre ny preuoyance.
Qu'il n'en reftoit qu'vne poignee
de ceux qui auoient combatu Solyman, & que de ce peu le courage
eftoit tellement abatu de mifere &
neceflité, qu'ils eftoient tous vaincus, & demy morts, reffemblans
mieux ombres qu'hommes viuans. Que ces gens-là au fortir de
l'Europe en leur premiere vigueur,
de laquelle il ne leurs reftoit pas
mefme le fouuenir, auoient trouué
des nations alliees des Perfes ; Mais
que maintenant, ils rencontreroiét
les Perfes mefmes, & les plus grands
& plus fauoris de leur Empereur,
qui conduifoient vn nombre infiny
de foldats efleus entre les plus braues & plus aguerris, contre quelque
peu de Chreftiens defconfitz.

A ces perfuafions fucceda l'ordre
du Combat. Hugues le grand auec
fes François, faifoit la pointe gau-

L'or-
don-
nance
de la
batail-
le.

che de la bataille, souftenu du Legat Romain. Bohemont eftoit à
droite fecódé du Prince Godeffroy;
Et au milieu le Duc de Normandie
& Tancrede. Quelque peu deuant
que commencer la charge, Corbane auoit faict auancer vn gros hoft
de caualerie pour enuironner les
noftres, & leur donner à dos pendant le combat. Ce que voyant les
Capitaines Chreftiens, tirerent de
chaque compagnie quelque nombre d hommes, qu'ils enuoyerent
fous la charge de Renaut de Veno-
fe pour faire tefte à ces Perfes; Lors
commença l'efcarmouche. Le premier effort fut à l'aifle droite dela
bataille Chreftienne, Bohemont y
fit des merueilles, ne commandant
rien à fes soldats qu'il n'executaft
luy mefme, & combattant comme
fi tout le monde prefent en armes,
euft atten du de luy feul le gain ou la

perte de ceste bataille. Mais les ennemis estoient en si grand nombre,
que si les nostres n'eussent fait que
tuer, encore se fussent ils lassez, ou
leurs espées eussent rebouché. Parquoy ils ne pouuoient plus soustenir le faix d'vne si grande multitude ; Quand Godeffroy s'auança
pour les secourir. Mais Corbane le
voyant branler, enuoya de nouuelles bandes contre luy, qui le rencon-
trerent de telle furie, qu'il fut assez
empesché à se defendre luy mesme.
Et la grosse bataille des Perses enfonça le Duc de Normandie &
Tancrede de telle impetuosité,
qu'elle les recula iusques sur les bras
du Legat. Hugues le Grand, & ses
François enragez de ce qu'il n'e-
stoient aux coups , chargerent les
ennemis qu'ils auoient en front, &
les deffirent en vn moment; Puis allant secourir Renaut qui combatoit

cefte Caualerie qu'auoit enuoyé
Corbane pour les enclorre, vn gen-
darme les aduertit que s'ils ne fecou-
roient Bohemont & Godefroy, ils
eftoient en grand danger d'eftre de-
faicts. A cefte caufe ils tournerent
vifage, & allerent charger ce gros
bataillon des Perfes qui eftoit joi-
gnant la montagne Lefquels bien
qu'ils euffent à faire aux Lorrains
& Italiens, eftoient neantmoins en
fi grand nombre qu'ils receurent

Effort encor les François, & les combati-
du com rent de telle vaillance que tout l'ef-
bat en fort du combat fut en ce lieu. Auffi
tre les le carnage y fut tel que toute la
Fran- campagne eftoit jonchee de corps
çois & morts, nageans dedans le fang qui
les Per- fortoit de leurs horribles & profon-
fes. des playes. La rage, la fureur, la
cruauté, les plaintes des mourans
menoient fi grand bruit, qu'on ne
pouuoit entendre le commande-

ment des Capitaines. Renaut eſtoit
d'autre coſté fort preſſé de la fleur
de caualerie des Perſes qu'il' auoit
ſur les bras dont Solyman luy meſme eſtoit conducteur. Ainſi les
Chreſtiens n'eſperoient point de victoire ſans vne faueur extraordi-
naire de Dieu, qui jeta tel eſſroy
parmy les barbares qu'ils ne firent
plus deſormais que pareraux coups.
A cauſe dequoy le Satrape Corbane ſeul eſpouuantement des Chreſtiens, qui venu en ce lieu pour defendre Antioche, l'ayant trouuée
priſe la vouloit reprendre; fit mettre le feu en pluſieurs monceaux de
paille qu'il auoit faits aſſembler
pour le ſignal aux ſiens de faire la
retraite. Mais ils furent ſi chaudement pourſuiuis, qu'ils furent contraints de tourner le dos & ſe ſauuer
aux montagnes, laiſſant plus de
cent mille Perſes morts ſur la place,

& quatre mille deux cens Chrestiens. On trouua leur camp plein de toute forte de viures, & de richeffes, & print on cinq mille chameaux chargez du meilleur butin. Le lendemain ceux du chafteau, ayans perdu leur efperance, fe rendirent leurs vies fauues; Et apres tant de perils, & d'extremes neceffitez furmontées, laifferent ces inuincibles Heros en poffeffion de la plus fanglante victoire, & de la plus glorieufe conquefte qui fe foit faite depuis au monde.

Autre

Autre deffy de Leopold Duc d'Auſtri-
che contre Richard Roy d'Angleterre
fait deuant l'Empereur Henry,
ſous le regne de Philipes
Auguſte & pourquoy.

CHAP. XI.

CEſtui-cy n'eſt pas proprement
de la nature du premier ſujet
desDuelsdont nous auons parlé cy-
deſſus; Si ce n'eſt entant qu'il procede d'vne cauſe generale, & fut
fait entre deux illuſtres Princes; en
ſuite d'vne guerre ſaincte de laquelle nous venons de parler, qui m'a
donné ſujet de le ranger en cet ordre. Philipes Auguſte Roy de Fran- *Croi-*
ce, & Richard Roy d'Angleterre *ſade*
ſon beau frere, s'eſtans croiſez pour *d'Au-*
guſte
& de
paſſer en la Paleſtine, au temps que *Ri-*
chard
le bon-heur & la vaillâce de Saladin

H

faifoit perdre aux Chreftiens les
premieres conqueftes qu'ils y
auoient faites fous Godefroy. Apres
auoir pris la ville d'Acte à communes armes , & arrefté tout court les
victoires du Sarrafin ; Vne fi grande pefte fe mit en l'armée Chreftié-
ne qu'en moins de rien il y mourut
plus de cinquante qu'Euefques que
grands Seigneurs ; Et entre autres
Philipe Duc de Flandres qui eftoit
retourné en cefte guerre. Le Roy
de France mefme eftant deuenu malade, fit affembler le Confeil, ou fe
trouua le Roy d'Angleterre, & les
principaux du camp ; Aufquels il

Re-
tour
d'Au-
gufte.
remonftra que cet air luy eftoit fi
contraire en cefte faifon ; qu'il luy
eftoit impoffible d'y viure. Que fi fa
mort pouuoit feruir à la Religion,
ou à eux ; Il n'y auoit maladie qui
l'en fceut faire departir. Mais qu'il
leur feroit plus vtile abfent que pre-

fent, & viuant que mort. Qu'il leur laiſſoit cinq cens hommes d'armes, & dix mille hommes de pied Fran-çois ſous la charge du Duc de Bour-gogne , auquel il enuoyeroit la ſolde neceſſaire pour ceſte troupe.

Richard qui auoit eu quelques parolles auec Auguſte à cauſe de ſa femme meſme qui eſtoit ſœur du-dit Auguſte, & croyant qu'il ſe re-tiroit en France pour s'emparer de la Normandie & de la Guyenne, ne pouuoit aprouuer les excuſes de ſon retour ; Et ne ſe peût aſſeurer qu'il ne luy euſt iuré de n'entre-prendre ſur aucune de ſes terres, que cinquante iours apres ſa venuë.

Quelque temps apres Richard ayant de rechef vaincu Saladin, & remply tellement l'Orient de la frayeur deſe nom, que les femmes Sarraſines auoient accouſtumé de faire taire les enfans qui crioient en

nommant le Roy Richard. Il luy
print vne si grande enuie de retourner en son Païs, qu'il fit vne tresue
de cinq ans auec Saladin, à des conditions si desauantageuses, que les
Chrestiens demeurerent obligez de
demanteler toutes les villes qu'ils
auoient fortifiees en Syrie, depuis
la prise d'Acre. Ce que faisoit le barbare pour donner à connoistre que
le passage de deux si grands Rois,
ny tout ce qu'ils auoient peu faire
ne seruoit de rien aux Chrestiens,
veu qu'il ne leur restoit rien d'entier
que ce qu'ils auoient auant leur venuë. Demeurant donques le Comte de Champagne Gouuerneur de
Syrie, le Roy d'Angleterre s'em-
barqua auec ses gens; Et comme il
eust gaigné la mer Adriatique il s'es-
meut vne si furieuse tourmente que
toutes ses nauires furent separées,
relaschant qui ça qui là selon qu'el-

Tréues entre Richard & Saladin.

Retour de Richard & sa prise.

les furent pouffees du vent, ou de
l'impetuofité de la mer. La Royale
fut jetee en la cofte d'Efclauonie
ou print terre ce pauure Prince; lequel quittant toutes fes grandeurs
& la plus part de fa compagnie,
s'achemina vers l'Allemagne fous
vn habit de Templier, efperant par
ce moyen euiter les dangers du
Roy fon beau frere qu'il craignoit
fur tous fes ennemis. Toutesfois le
defaftre luy eftoit preparé d'autre
part, & ne fe pouuoit cefte Royale
face fi connuë par tout le monde,
longuement celer; mefme vn aneau
qu'il auoit au doit le fit connoiftre
à fon hofte, qui le defcouurit à Leo-
pold Duc d'Auftriche, dont les fu-
jetz auoient plufieurs querelles en
cefte guerre auec les Anglois. Leo-
pold comme fi Dieu le luy euft enuoyé pour en prendre vengeance,
le mena incontinent à l'Empereur

Ha-
régne
de Leo-
pold.

H iij

Henry, & le luy preſentant luy fit ceſte Harengue.

C'eſt icy ce Richard, Sacree Ma-jeſté lequel troubla les affaires en Sicile, ou il anoit eſté ſi bien receu & traité luy & ſes ſoldats. C'eſt celuy qui ſe vantant de faire la guerre aux Turcs, l'a faite côtre les Chreſtiens. Il n'eſt jamais arriué en lieu de la Chreſtienté que comme ennemy. Il à ſaccagé le Royaume de Cypre qui eſt Chreſtien, & la donné en proye aux ſiens. En Aſie, il a touſiours enuie la gloire, & hay là vertu du Roy de France, treſ-genereux Prince, & ton ſingulier amy. Il fit tuer deuant Acre tous les infidelles qu'il auoit priſonniers, de peur qu'on n'en fit eſchange auec les Chreſtiens qui eſtoient és priſons du Turc, retenant toutesfois les plus riches qu'il rendit pour de l'ar-gent. Il s'en retourna d'aupres de

Ierusalem sans rien faire. Il ne se
passoit iour qu'il ne receut lettres &
presens de Saladin. Il a si mal traité
les Allemans en Asie, qu'ils l'ont
trouué plus dur ennemy que Saladin mesme. Et cela est si clair que
tout le monde la veu, tout le monde la sceu par lettres, par messagers,
ou par renommée. Que s'il vouloit
nier quelque chose de ce que i'ay dit, *Deffi de Leo-pold.*
me voicy prest pour le luy prouuer
de sa personne à la mienne, & re-
metant l'euenement de cet affaire
à l'arbitrage des armes, finir nostre diferent par vn seul combat.

Apres que le Duc d'Austriche eust
acheué de parler, le Roy d'Angle- *Respõ-ce de Ri-chard*
terre respondit en ceste sorte. Ie
n'ay point troublé les affaires de Sicile, ny ne fus jamais amy des trou-
bles ; Et bien que ie ne deusse endu-
rer qu'on frustrat vne mienne sœur
vefue de son entier doüaire, i'acor-

day neantmoins les chofes le plus
doucement qu'il me fut poflible.
Eftant ietté par la tempefte en la cofte de Cypre, & les Cipriots ne
voulant fouffrir que mes vaiffeaux
brifez de cefte tormente prinfent
terre en aucun de leurs ports, ie fus
contraint d'y entrer par force. Ils fe
font toufiours monftrez ennemis
des Latins, ils m'ont offenfé, ie les
ay dontez. Mais quelle fi grande
proye puif-je auoir emportée de
ceux dont les Grecs par force, & les
Turcs fous ombre d'amitié ont rauy tant de fois le meilleur de leur
vaillant?Ie n'ay point vfé de cruauté
enuers eux; apres la victoire ie leur
ay donné vn Roy Latin, lequel tu
peux changer, Cefar, fi tu ne trouue bon qu'il y foit. On m'accufe d'a-
uoir voulu mal au Roy de France;
j'ay bien plus iufte occafion de me
plaindre, qu'on n'a de raifon de

m'accuser; Veu que tandis que i'e-
stois en la guerre pour la Religion ,
on ma aduerty qu'il cherchoit les
moyens de s'emparer de ma Duché
de Normandie Si i'ay tué des prisonniers Turcs, la desloyauté de Saladin & l'iniure qu'il nous faisoit en
fut cause; car il ne nous voulut jamais rendre la sainte Croix , ny aduoüer les conditions ausquelles s'e-
stoient obligez ses Capitaines en
nous rendant Acre. Quant à la rançon de ceux que ie rendy, elle fut
departie aux soldats Chrestiens.
Pour Dieu contemple les grandes
richesses que i'en raporte , osté l'a-
neau que i'ay au doit , ie m'en retourne pauure & nû. Ie n'ay point
abandonné les nostres en Syrie; Au
contraire ie me retire le dernier des
Princes qui y estoient passez , &
mesme apres ceux qui m'accusent.
Mais comment aurois-ie receu des

presens de Saladin, qui n'a pas seulement satisfait à ce qu'auoient promis ses Capitaines? Comment eusseie aussi mal traité les Allemans en Asie; N'auois-ie point assez d'affaires à gouuerner mes suietz ? Ie te prie, Cesar, ne croy point aux nouuelles de l'Asie, elles sont communément fausses, seditieuses, & le plus souuent controuuées par Saladin ou autres Turcs, & enuoyees par deça pour engendrer des querelles entre les Chrestiens. Il à bien esté bruit que i'auois attitré des hommes pour tuer le Roy de France, ce que croyant pour vn temps il renforça ses gardes, & n'approchoit homme de luy, qui premierement n'eust esté foüillé. Toutesfois ayant cognu que c'estoit vn pur mensonge, il est incontinent sorty de ce soupçon, & renuoyant la plus part de ses gardes, a

confeſſé qu'il ne falloit point ad-
iouſter de foy aux nouuelles de l'A-
ſie. Ne penſe point qu'il en vienne
aucunes dela part des Turcs, que
mauuaiſes & ruineuſes pour nous.
Ils les font, ils les inuentent, & nos
gens font ſi lourdauts qu'ils les re-
çoiuent, & les font courir entr'eux
comme veritables. Si quelque Alleman ſe plaint de moy; croy que
quand nous reuenions del'Aſie ſans
auoir fait ce que nous eſperions de
faire en y allant, nous ſommes tous
courouſſez & contre la fortune, &
contre les hômes, & contre les nations,& contre nous meſmes.Nous
nous plaignons de tout le monde,
nous perſuadant qu'vn chacun n'a
fait en nous office que d'en emy,
& peut eſtre que moy-meſme, ſi ie
ne me voyois accuſé; i'accuſerois les
autres. Quant à la preuue du combat ou m'appelle mon accuſateur;

Ri-
chard
refuse
le com
bat.

I'auois pris la Croix quand ie party pour la deffence de la Religion: si quelqu'vn se prend à elle, ie la defendray ; mais ie ne combatray point pour ma vie. I'ay assez combatu contre Saladin ; il fut plus tué d'ennemis en la bataille que ie gaigné, qu'il n'en est mort en aucune autre qui se soit donnee depuis Godefroy, tellement que i'ay contraint le barbare de donner cinq ans de tréues aux Chrestiens. Cependant ie suis accusé de les auoir abandonnez & trahis, m'en reuenant apres auoir sceu que mon ieune frere vouloit vsurper mon Royaume, & le Roy de France la Normandie.

Voila la responce que fit lors Richard veritablement Royale & Chrestienne, qui fut plus estimé pour auoir refusé ce combat, que pour auoir vaincu Saladin. On le

tient encores aujourd'huy pour
l'vn des plus braues Roys que ce
Royaume ait iamais produits , qui
en a porté neantmoins de tref-ex-
cellents, par ou l'on peut voir qu'vn
homme qui a combatu valeureufe-
ment en de bonnes occafions, ne
perd point la reputation de fa valeur, pour refufer de combatre en
vne mauuaife.

Autre deffy fous Philipe le Hardy,
entre Charles d'Anjou Roy de
Sicile, & le Roy d'Arragon,
& la caufe de leur querelle.

CHAP. XII.

DEvx grands Roys, & vieux
nous fourniffent icy d'vn illuftre exemple, & d'vne preuue Heroïque de nos premiers Duels.

Apres queCharles d'Anjou, Cómte
de Prouence, & depuis Roy de Sicile & de Naples, en euſt depoſſedé
Mainfroy vſurpateur, & váincu &
faiᵭ mourir honteuſement le miſerable Conradin, au grand ſcandale
de tous les Princes de la Chreſtienté, (qui trouuerent ceſte execution
eſtrange & barbare en vn Prince
Chreſtien, par vn autre Prince de
meſme creance, & François; lequel
outre ce qu'il eſtoit genereux &
magnanime de luy meſme; eſtoit
encore frere du plus ſainᴅ & du
plus glorieux Monarque du monde.) Apres, diſ-ie, que non conten:
de poſſeder ces deux Royaumes, &
la plus part d'Italie, il aſpiroit encore à la conqueſte de l'Empire de
Conſtantinople, & du Royaume
de Ieruſalem dont il auoit eſté cou-
ronné par Clement ſecond. Il ſe fit
vne ſecrette coniuration contre luy

par trois grãds ennemis, qui estoient le Pape Nicolas successeur de Clement, l'Empereur de Grece Paleologue, & Pierre Roy d'Arragon, qui auoit espousé Constance fille de Mainfroy, sur lequel Charles auoit cõquis la Sicile, & souffroit vne grãde & violente passion pour la recouurer. Nicolas craignoit la prosperité des François en Italie, & Paleologue en la Grece, dont Baudouyn auoit fraischement enuahy l'Empire. Parquoy tous trois ensemble s'accorderent à leur ruine, par les menees d'vn Seigneur Sicilien appellé Prochite, qui deguisé sous vn habit de Cordelier alloit & venoit seurement de l'vn à l'autre. Pendãt ces allees & venuës, le Roy d'Arragon armoit à la veüe de tout le monde ; mais sous le pretexte commun de secourir les Chrestiens fort affligez en Asie, & en Affrique.

Tellement que noſtre Philipe qui
en premieres nopces auoit eſpouſé
ſa ſœur, luy preſta de l'argent pour
ceſte ſainête guerre, laquelle s'apre-
ſtoit contre nous meſme : Car l'armee ne fuſt pas ſi toſt preſte , que
faiſant ſemblant de donner en Affrique , les Veſpres Siciliennes ſon-
nent par vn beau iour de Paſques,
en vne meſme heure alors qu'vn
chacun penſoit à la deuotion, toute
la Sicile s'eſleue contre les François,
hómes & femmes, ieunes & vieux,
tout eſt maſſacré, les Nauires & Galeres de Charles appreſtees pour
aller en Grece, arreſtees à Meſſine,
& à Palerne, ou le Roy d'Arragon
arriuant peu temps apres auec ceſte
belle armee qu'il auoit faiêt en partie à nos deſpens, fut coronné Roy
de Sicile.

Charles eſtoit lors en Toſcane,
ne ſe doutant de rien moins que
de ce

de ce defaftre, & ne fe pouuant per-
fuader la verité d'vn fi grãd affront.
Il acourt au Pape, au Roy de France, & a tous fes amis pour recoû-
urer fon Royaume , & vanger par
les armes le fang de tant de François fi lafchement refpandu. Et ef-
criuant au Roy d'Arragon fon ennemy capital & mortel ; luy reproche d'auoir pendant vne fainte paix
oubliant leur ancienne alliance, leur
proche parétage, leur grãde amitié,
contre le droit des gens, & le deuoir
des Rois, par vne trahifon detefta-
ble & larcin trop felon , affailly &
vfurpé le Royaume de Sicile, qu'il
tenoit du fainct Siege comme vn
facré depos de l'Eglife.

Pierre refpond, que c'eft luy qui
eft inique vfurpateur ayant raui le
Royaume à Mainfroy ; Qu'il ne
peut ignorer qu'il ne tienne fon lieu
& place pour eftre mary de Con-

I

stance sa fille, & de laquelle il a deux
fils, ausquels il ne peut refuser l'office de pere sans combatre Nature.
Ainsi donc il opose l'auctorité de
Nature à celle du Pape, & d'abon-
dant il ioint à ceste loy naturelle la
bonne foy fondement de la societé
humaine; Estant requis & appellé
par vn peuple iniustement outragé
en ses biens, en sa vie, & en son honneur. Quant au reste de ses lettres,
qu'il n'estoit point de besoin qu'vn
Roy escriuit telles choses à vn autre,
ny qu'il en attendit responce.

Deffy de Charles au Roy d'Arragon l'Histoire de Prouense dit que ce fut par lictere

Ces lettres aigrirent encore plus
fort le courroux de ces deux Rois,
tellement qu'encore que le Roy
d'Arragon eust rompu l'alliance &
amitié qui estoit entr'eux, Charles
toutesfois l'enuoya defier, luy man-
dant que ceste guerre n'estoit point
pour le recouurement de son Royaume; Mais qu'il la luy denonçoit

comme à fon mortel ennemy, & *duPa-* duquel la feule vie le pouuoit fatif-*pe* faire. Et pour le lui tefmoigner, il *tin.Et* remuë le Ciel & la terre contre luy, *de Na* fait que le Pape Martin fucceffeur *que ce* de Nicolas, l'excommunie, degra-*Religieux* de, & met fon Royaume d'Arra-*de* gon en interdit. Toute la France *faind* s'arme à cefte guerre, & menace les *nigne* Siciliens d'vne fanglâte vengeance, *qui porta* dont la crainte les fait repentir de *la pa-* leur forfait, & mediter les moyens de le reparer. Et pour retenir le Pa-leogue, il moyenna que les Chre-ftiens de Cypre, Rhodes, & Mal-the luy fiffent la guerre. Tellement que l'Arragonnois auoit en tefte le Pape & le Roy de Fräce qui luy mu-guettoit fon Royaume d'Arragon, les Siciliens qui marchádoient vne nouuelle reuolte en fes entrailles, & vne grande armee fur le port de Naples toute prefte à luy fondre fur les bras.

A toutes ces epineuses dificultez il trouua cet expedient pour faire morfondre ce grand amas de forces, conjurer la tempeste, & renuoyer cet orage en France, dont il estoit sorti : il represente à Charles par vn Heraut qu'il luy enuoya ; Qu'il deploroit la cõmune misere de tant de peuples qu'il voioit en peine pour leurs quereles particulieres. Qu'il seroit beaucoup meilleur de les decider entr'eux deux, à coups d'espee. Que s'il estoit homme de biẽ, soldat, & Roy; il estoit prest de sa part de le combatre, afin que la Sicile exẽpte de guerre tombast sans estre ruinee entre les mains du victoriux. Veu, disoit-il, qu'il n'estoit pas raisonnable de ruiner la chose de la possession de laquelle on debatoit.

Tous deux estoient vieux & cassez, mais iusques là billes-pareilles.

Deffy de Pierre d'Arragon à Charles

En vne chofe Pierre auoit l'auantage par deffus Charles, c'eft qu'il eftoit plus fin que luy, & que fon but en ce braue deffy eftoit de le tromper comme il fit. Charles porté pluftoft du defir de venger les Vefpres de Sicile, que de recouurer la perte de fon fceptre, qu'il efperoit recouurer par armes pluftoft que le fang de tant de François; defirant d'expier vne tant horrible cruauté par le facrifice d'vn Roy cruel, qu'il f'affeuroit de vaincre en camp clos, & priuer non feulement de la Coronne de Naples, qui eftoit le prix du vainqueur, mais auffi de l'honneur & de la vie; Accepte gayement le combat de cent Cheualiers contre-cent.

Les conditions eftans accordees & confirmees par le ferment des deux Roys, le iour du combat affigné, le champ de bataille pris

auprès de Bordeaux, & le Lieutenât
du Roy d'Angleterre establly pour
Iuge; Toute l'Europe afiolant à ce
Teatre pour y voir la fin d'vne tât
notable querelle par vne si extraor-
dinairé façon. Charles se trouue au
jour & au lieu assignez auec sa troupe choisie des plus braues Gentils-
hommes de son armee. De long
temps ne s'estoient veus tant de
grands & vaillans Seigneurs ensemble ; Aussi n'auoient ils point esté
choisis en ceste affaire qu'on ne les
eust premierement cônus & esprou-
uez en beaucoup d'autres. Bordeaux
regorgeoit par tout d'Estrangers;
Anglois, François, Espagnols, Italiens, voire plusieurs Grecs s'y trou-
uèrent pour voir le combat de ces
deux Rois, moins accompagnez
d'hommes que de fureur, de courage, & de haine. Le fils du Roy de
Marroc deuoit estre de la partie

pour l'Arragonnois , & se deuoit
faire Chrestien en vne occasion tāt
illustre. Le Gouuerneur Anglois so
monstroit esgal à tous, considerant
l'asseurance que deux si grands Rois
auoient euë en la foy du sien , &
l'honneur qu'ils faisoiét à son gouuernement d'en auoir esleu la prin-
cipale ville pour mettre fin à ce dif-
ferét par vn si memorable combat.
Chacun attendoit l'euenement d'v-
ne si dangereuse entreprise, chacun
y auoit l'esprit tendu, la pensee d'vn
chacun y estoit arrestée ; & en fin
chacun fut abusé, & mocqué:Car il *De-*
nesi trouua nul Roy d'Arragon, il *faut*
ne sy trouua nuls Arragonnois:On *di l'Ar-*
l'appelle, on le somme, on protesto *ragō-*
contre luy; Point de nouuelles Ain- *nois.*
si apres toutes ces protestations so-
lemnelles Chacun se retire auec ri-
see, apres auoir attendu tout le lōg
du iour ce braue Champion.

I iiij

Mais il penſoit bien à d'autres
affaires, il aſſeuroit la Sicile par le
moyen de ſa femme Conſtance
qu'il y enuoya, & luy pouruoyoit
à fortifier les lieux lors foibles de la
Sicile & de l'Arragon eſgalement
menacez. Ce ſin Roy auoit fait ce
qu'il auoit voulu faire ; Il auoit eui-
té l'eminent peril, auoit renuoyé les
forces Françoiſes de l'entree de la
Sicile, ſçauoit bien qu'vne armee
vne fois rompue ne ſe peut pas aiſé-
ment raſſembler, meſme encore
qu'elle ſe raſſemble, iamais l'ardeur
n'y eſt telle, ny la volonté ſi bonne qu'au commencement. Ainſi le
Renard trompa le Lion. Charles
deſcheu de l'eſperance de terminer
ce procés par vn Duel, reuient aux
armes, mais auec moins de gayeté.
Et comme il court de ville en ville
pour faire de nouuelles troupes,
voicy la mort qui luy fait prendre le

repos qu'il n'auoit peu trouuer en sa
vie. Ce qui suit de la querelle de ces
deux Royales maisons d'Anjou &
d'Arragon, n'estant point de nostre
discours ; nous passerons à vn autre
deffy qui fut fait entre leurs successeurs pour mesme sujet.

Autre deffy sous Charles sixiesme de
Louys d'Anjou Roy de Naples
& de Charles de Duraz.

CHAP. XIII.

CE Louys icy duquel nous allós
parler estoit frere de Charles le
Sàge, institué Regent du Royaume
aptes son trespas sous la minorité de
son fils, & premier Duc d'Anjou. Il
fut appellé par la Royne Iane &
le Pape Clement septiesme au Royaume de Naples ; Mais il le falut al-

ler conquerir, car le seul titre luy fut offert, & par celle qui le pouuoit donner comme heritiere, & par celuy qui pouuoit auctoriser la donation comme Pape.

Mais pour entendre le sujet de sa querelle auec Charles de Duras, il faut prendre l'Histoire vn peu plus haut, & remarquer, que Charles d'Anjou premier Roy de Naples duquel nous auons n'aguere parlé, laissa Charles second son fils, qui espousa la Princesse d'Hongrie, & en eust Charles Martel Roy de Hógrie, Robert Roy de Naples, Iean Duc de Duras, & Philipe Prince de Tarente, & encore quatre autres qui moururent sans enfans. Charles Martel eust André & Louys d'Hongrie, Robert eust Charles de Calabre qui laissa Iane, & Marie. Iean eust Louys de Duras, & Philipe Louys de Tarente. Tous ces per-

sónages monterôt l'vn apres l'autre
sur ce Teatre, c'est pourquoy ie les
ay couchez icy, dautât plus que nostre Histoire imparfaite quasi par
tout, est extremement embroüillee
en cet endroit, & celle de Prouence encore plus. Iane donques petite fille de Robert & heritiere du
Royaume de Naples, espousa
premierement André de Hongrie
son cousin, qu'elle fit apres estran-
gler & pendre auec vn licol de soye.
Et Louys de Duras espousa Marie
sœur de Iane de laquelle il eust.
Charles de Duras qui fit depuis e-
stouffer Iane sa tante entre deux
couëtes.

Apres que Iane se fut ainsi defaite
d'André, elle espousa Louys de Tarente encore parent, & depuis Iacques infant de Maiorque, & Othon
de Brunsuic l'vn apres l'autre sans
enfans, & finalement adopta Louys

d'Anjou fils du Roy Iean, lors regent en France fous Charles fixiefme.

Or auant cefte adoption Louys de Hongrie frere de cet André que Iane auoit faict mourir, eftant pafïé à Naples pour venger la mort de fon frere, elle s'enfuit en Prouéce, & laiffe le Royaume à Louys, qui s'eftant aquitté du deuoir de frere, le remit en la difpofition de Clement fixiefme lors Pape feant en Auignon, par la faueur & authorité duquel, & moyennant la vente d'Auignon, elle fut reftablie bien toft à Naples.

Mais Clement, & Gregoire Papes mourant bien toft apres. Vrbain fixiefme fut efleu à Rome, & Clement feptiefme à Fundy ville du Royaume de Naples, qui fe retira depuis en Auignon, & demeura toufiours partifan de Iane. & Iane

de Clement, Vrbain pour se venger
de ceste féme, eust recours à Louys
de Hongrie qui l'auoit desia vne
fois chassee de son Royaume, lequel
y enuoya ce Charles de Duras, que
nous auons nommé cy-dessus, auec
vne belle armee. Iane voyant de loin
ceste tempeste fondre sur elle, a recours au Pape Clement, & ce fut
lors que par son aduis elle adopta
ñostre Angeuin.

Mais auant que se pouuoir pre-
ualoir du secours qu'elle esperoit
par le moyen de ceste adoption,
Charles ayant heureusement surgy
en ses païs, auoit deffaict & combatu Othon dernier mary de Iane, &
contrainct Iane mesme de se rendre
à sa mercy, qui fut telle que nous
auons dite, ou comme disent aucuns de la faire pendre à la mesme
feneste, ou elle auoit faict auparauant pendre André son mary; Cho-

se d'autant plus admirable, que ce
Charles, comme nous auons dit,
estoit son nepueu fils de Marie sa
sœur, & de Louys son cousin germain, & auoit esté nourry & entre-
tenu d'elle comme son plus proche
parent, en intention & volonté de
le faire Roy, & son heritier vniuersel.

Louys sçachant la prise de sa mere adoptiue, prend congé du Roy
son neueu, & laisse sa Regence à ses
freres de Berry, & de Bourgogne,
& auec vne armee de trente mille
cheuaux, d'vn nombre innombrable de gens de pied, & d'vn effroyable appareil de toute choses necessaires pour la guerre, passe premierement en Prouence, ou il fut coronné du Pape Clement septiesme Roy
de Sicile & de Ierusalem. Et depuis
descendant en Italie, entendit que
celle qu'il pensoit estre seulement

captiué, eſtoit morte. Ce fut lors
qu'il conuertit le deſir qu'il auoit
de la ſecourir, en celuy de la venger; & qu'enuoyant ſes Ambaſſa-
deurs à Charles, auec lettres de guer- *Am-*
re & deffi mortel, il le ſomma de luy *baſſa-*
de de
rendre le Royaume dont il eſtoit *Loüys*
à
heritier & ſucceſſeur legitime en *Char-*
les.
vertu de ſon adoption, & inueſtiture de Clement vray Pape. Auquel
Charles n'auoit aucun titre ny pre-
tention ſouſtenable, tãt pour auoir
inhumainement par vne tirannie
barbare & forfaiture deſnaturee,
fait mourir Iane ſa priſonniere, & ſa
tante contre toute loy de guerre,
tout reſpect de ſceptre, de ſexe, de
ſang, & de rang; que pour ne pouuoir s'armer d'vn droit imaginaire
& vain, conferé par vn Pape ſchiſ-
matique, violent, vſurpateur &
larron du ſouuerain Pótificat. Que
là où il ne voudroit fleſchir à la rai-

son, & luy ceder son heritage, il l'y contraindroit par la force, & par la fureur de ses armes luy feroit sentir la peine de sa cruelle felonnie, de son horrible assasinat, & vsurpation tirannique.

Et ayant sur cela fait executer publiquement vn Gentil-homme de Charles appellé Mathieu de Sauuages qui l'auoit voulu empoisonner, il escriuit encore vne lettre à vn sien amy, qui tomba entre les mains de Charles, par laquelle il l'accusoit de l'ascheté, perfidie, & de toutes les plus infames meschancetez dont on peut outrager vn mortel & capital ennemy. Ce qui offensa tellement son courage, outré d'ailleurs de tant de reproches, qu'il luy enuoya ce Cartel, auec vne copie de ladite lettre.

Charles

Charles troisiesme par la grace de Dieu
Roy de Ierusalem & de Sicile, Comte
de Prouence, Forcalquier &
Piedmont, à Louys fils du feu
Roy de France.

NOus t'auons autresfois escrit, que lors que Mathieu des Sauuages deuoit estre de retour auec sauf-conduit asseuré, il a esté suplicié contre toute loy & vsage de guerre; pour ceste occasion nous t'enuoyós la copie d'vne lettre par toy enuoyée à quelqu'vn de nos amis, & te disons que s'il est ainsi que tu l'ayes faite, & vueilles dire que nous sommes lasche & meschant, tu en as menti par la gorge; parole que ie suis prest de soustenir, maintenir & deffendre par force d'armes de ma personne contre la tienne. Et bien

Cartel de Charles à Louys

K

que tu ſois en noſtre Royaume, tu
pourras neantmoins connoiſtre auquel le champ demeurera de nous
deux;car tes gens & les miens ne de-
ſirēt rien tant que de voir l'iſſuë de ce
diferēt & de ceſte guerre. Mais il faut
que le combat ſe faſſe par vne façon
ſinguliere de toy à moy , & ſeul à
ſeul, à fin que la victoire & la gloire
en demeurent perpetuellement à
celuy qui gaignera le deſſus & le pris
de ce combat. Quant au droit pre-
tédu par toy ſous ta ſubornée adoption de la Royne Iane; Elle n'a peu
diſpoſer d'vne choſe ou elle n'auoit
aucun droit, puis qu'il apparte-
noit pluſtoſt aux enfans de Charles
Martel, le droit qu'elle y pretendoit
venant pluſtoſt par vſurpation,que
par iuſte & legitime ſucceſſion. Et
poſé le cas que ſon titre euſt eſté
bon, encore n'en pouuoit elle fruſtrer les plus proches du ſang de

Charles, qui legitimement succe-
doient à la coronne & au sceptre de
Naples. Outre qu'elle auoit esté de-
clarée meurtriere infame de son mary, ayant meschamment fait estran-
gler & pendre aux fenestres de son
Chasteau André d'Hongrie son
premier & legitime espoux. Pour le
regard du droit qui nous appartient
attendu que Iane est decedee sans
hoirs de son corps ; nous tenons
pour vaine & pour nulle ta pre-
tenduë adoption, aussi bien que la
donation à toy faite, côme de chose qu'elle n'a pû donner ; pouuant
aussi peu disposer de l'heritage d'autruy, que Clement qui se dit Pape
souuerain, & ne l'est point, en donner l'inuestiture; Vrbain estant tenu pour vray & legitime Euesque
de Rome, Clement pour Antipape
reprouué. Quant à ce qui regarde le
combat ; nous sommes plus prests

& disposez d'en venir promptement
aux effetz, qu'au vaines & inutilles
paroles. Donné à Naples l'an mille
trois cens quatre-vingts deux, & de
nostre Regne le deuxiesme.

CHARLES.

Respõ-
se de
Louys
Ceste lettre fut renduë à Louys
lors qu'il estoit en son camp à Ayrolles en l'Apoüille, qui renuoya le
lendemain auec la copie de sa lettre
ceste mesme response à Charles.

Louys fils du Roy de France, adopté de
Madame Iane par la grace de Dieu
Royne de Ierusalem & de Sicile,
Duchesse d'Apulie, Princesse de Ca-
poüe, Comte de Prouence, Forcal-
quier & Piedmont, son heritier
vniuersel & successeur en ses Royau-
mes, Comtez & Seigneuries, Duc de
Calabre, d'Anjou & de Tarene,
Et Comte du Maine, A Charles de
Duras.

NOus auons aujourd'huy receu la lettre que tu nous as
enuoyée, & pour y respondre, Quát
au premier chef ou tu dis que le
Cheualier Sauuage à nous enuoyé
de ta part, a esté suplicié contre toute bône coustume de guerre ; Nous
te faisons sçauoir, & te disons que
tu as menty par la gorge, ayant esté

sa propre confession qui la códam-
né & códuit à ceste mort. Surquoy
nous sommes prests en lieu decét &
raisonnable de nous exposer defen-
seurs contre toy seul à seul, & corps
à corps. Au second chef, ou tu nous
charges d'vn dementy sur ce que
nous auançons par nostre escrit;
Nous respondons que c'est toy
mesme qui ments, soustenant que
tout ce que par nous a esté couché,
est veritable. Et t'asseurát que pour
venger l'iniure que tu as meschamment faite à nostre tres-honoree
mere, nous sommes prests en lieu
raisonnable, & non suspect, de te
combatre selon droict & Iustice,
tout ainsi que nostre honneur, &
nostre Estat le requierét. Pour l'autre, ou tu dis qu'en ton Royaume
se trouuera lieu seur & non suspect
ou ce debat se pourra vuider; Nous
soustenons & maintenós que nous

*[marginal note: plai-
sans
demé-
tis.]*

sommes au Royaume de nostre tres-honorée mere, & non au tien. Neantmoins à fin que cet affaire ne se consume en cartels, & ne se tire en longueur, tu pourras venir en compagnie de dix Cheualiers des tiens, comme aussi i'auray de ma part mesme nombre des miens, que toy & moy choisirons & depute-rons, à ce qu'ils s'accordét entr'eux d'vn lieu seur & raisonnable au Royaume, ou ce combat se puisse faire, t'asseurant que nous l'acce-pterons ainsi qu'ils l'auront ac-cordé. Et combien que cecy ne me-rite responce, nous surçoirons ne-antmoins le recouurement de no-stre Coronne, iusques à l'accom-plissement & resolution du com-bat. Donné en nostre heureux exer-cite au chasteau d'Ayrolles le vingt & sixiesme Nouembre, mille trois cens quatrevingts-deux.

Faute d'E-stat dau-tant plus grãde, que celle de Char-les pre-mier quilui deuoit seruir d'exem-ple, e-stoit encore recite.

K iiij

Replique de Charles.

COmbien que tu nous ayes ob-
scurément répondu, cherchât
de nouuelles querelles pour n'entrer en ce Duel, ausquelles nous di-
ferons de repôdre iusques à ce que
les premieres soiêt terminees: Nous
n'auôs laissé d'eslire dix de nos Gentils hommes, lesquels auec autant
des tiens se pourront accorder d'vn
lieu conuenable, ou nous puissions
maintenir que tu ments, en ce que
tu dis & soustiens que ie suis lasche,
ingrat, & traistre. Surquoy répons
nous clairement qu'elle est ta derniere resolution, à fin que si tu veux
accepter ce party, tu nous mandes
asseurance pour nos gens, & nous
t'enuoyerons le semblable pour les
tiens. Touchant ce que tu dis, que
nous sommes indignes de poursui-

ure noſtre defenſe, nous diſons encore que tu as menty, & reſeruons
à monſtrer par la definition de noſtre querelle, la condition de ta perſonne, & de la noſtre. Donné à Naples le dernier du mois de Nouembre.

Duplique de Louys.

NOus auons receu tes lettres,
ou tu dis que nous t'auons ſi
obſcurement répondu, qu'il ſemble que nous voulions pluſtoſt diuertir ce premier ſujeƈt que le decider par armes. A quoy nous répon-
dons que tu as menti, par ce que
nous ne deſirons rien de plus ar-
demment que d'entrer en ce Duel,
& nous eſprouuer auec toy. Tu demandes que nous t'enuoyons ſaufconduit pour dix Cheualiers des
tiens, & que tu nous enuoyeras le

femblable pour dix des noftres ;
Nous te l'enuoyons ainfi que tu
demandes pour t'ofter tout moyen
de fuir, auec le nom de ceux qui par
nous ont efté choifis. Parquoy delibere & refouz toy promptement
de ce que tu as à faire : car nous no
voulons plus confumer le temps
en delais & vaines parolles. Donné
au camp d'Ayrolles le huictiefme
de Decembre.

A pres tous fes cartels, & dementis bien efloignez de noftre proceder en ce temps, ou le dementi no
fouffre aucune replique que le fouf-
flet, le bafton où la dague fur le feu
de l'iniure. Louys en executió de fa
derniere réponce, enuoya lettres de
faufconduit à Charles pour accom-
plir ce Duel, par les dix Cheualiers
qu'il auoit choifis pour participer
au peril & à la gloire d'vn fi celebre
Duel, où il y alloit d'vne Coronne,

& de la vie de deux grands Princes,
qui tenoient toute la Chreſtienté
ſuſpenduë en l'attente de ce combat. Le ſaufconduit de Louys fut
tel.

Louys fils du Roy de France à
tous ceux qu'il appartiendra ; Nous
faiſons ſçauoir que nous auons receu des lettres de Charles de Duras,
auſquelles nous auons ſuffiſammét
reſpondu. Et par ce que nous voulons mettre en brief par effet les reſ-
ponces que nous luy auons faites,
ainſi qu'il conuiét à noſtre hóneur.
Nous donnons & octroyons par
ces preſentes tout ſaufconduit &
pleine aſſeurance pour les dix ſei-
gneurs qui feront nommez de ſa
part ; Auſquels ne voulons n'y en-
tendons eſtre faite aucune iniure,
tort, ny deplaiſir en leurs perſonnes
& biens, tant en leur venuë, & ſejour, qu'en leur retour , auec deux

cens cheuaux en leur compagnie.
Si donnons en mandement par ces
présentes à tous Capitaines, Maref-
chaux, gensdarmes & autres nos
subiets, qu'ils n'ayent à molefter,
faire ny dire aucune iniure, deftour-
bier ou empefchement aux dix Gentils-hommes qui feront hommés de
fa part, & aux deux cens qui les ac-
compagneront po[...] les chofes que
deffus, durant l'ef[...] e de dix iours.
Donné en noftre [...]ureux exercite
au chafteau d'Ayr[...] es le treiziefme
Décembre 1382. [...]

Charles ne manqua pas de fa part
d'enuoyer les dix Cheuallers qui deuoient entrer en cefte lice pour fon
parti, auec ine[...] es faufconduit
qu'il auoit receu [...] Mais le tout pour
amufer Louys [...] fit mal fon proffit de l'exemple [...] Charles d'Anjou
& de Pierre d'A[...]ragon. Car Duras
confiderant qu'vne fi grande mul-

ſitude ne pourroit durer longuement ſans ſouffrir infinies & diuerſes incommoditez, le païs n'eſtant
guere propre au naturel du François
& les groſſes armees eſtans ordinairement ſuietes à confuſions, diſſi-
pations, maladies, & autres neceſ-
ſitez. Apres pluſieurs fuites & de-
faites recherchées pour gaigner
temps, & en faire perdre autant à
ſon ennemy, ſe reſolut à la fin de
meſnager mieux ſa vie, & euiter ce
côbat particulier par vne generale
bataille, qui luy fut plus fauorable.
En quoy il fut certainement le plus
fin, & atrapa Louys dans le meſmo
filé que Pierre auoit tendu à Charles; Car l'armee Françoiſe accueillie
de diuerſes maladies, fut deſfuicte, &
Louys bleſſé, mourut quelque téps
apres, laiſſant ſon ennemy exempt
de ce combat, & poſſeſſeur de ſa Cô-
ronne, auec ce teſmoignage que les

François ne font pas fi fages qu'ils
font vaillans, & ne fe perdent pas fi
toft par faute de courage que de iu.
gement & de prudence.

Autre deffy de Charles V. Empereur,
Et du Roy François premier, & les
diuers motifs & euenemens
de leur querelle.

CHAP. XIIII.

CEfte querelle eft la plus fanglante de toutes celles dont
nous auós encores parlé. Les caufes
en furent diuerfes, & deuant qu'elle
fut formee, la diuerfe humeur des
parties les auoit defia difpofees à fe
mal vouloir. Charles n'eftant encore qu'Archiduc deuoit efpoufer
Madame Claude , fille de Louys
XII. qui fut donnee à François, n'e-

ſtant auſſi que Duc d'Angouleſme.
Depuis par vn traicté faict à Paris,
auec François, il deuoit eſpouſer
Renee ſœur de Claude, auec ſix cens
mille eſcus, & la Duché de Berry à
perpetuité, à la charge qu'elle renó-
ceroit à tous droits d'heredité pa-
ternelle, & maternelle; & nommé-
mét és Duchez de Milan & de Bretagne. Mais quád Charles fut Roy
d'Eſpagne, il fut fait vn autre traicté dans Noyon, par lequel ayant
conuenu d'vne entreueuë de leurs
Majeſtez à Cambray, ils accorderent; Que dans ſix mois le Roy Catholique rendroit le Royaume de
Nauarre à Héry d'Albret fils de Iean
d'Albret & de Catherine de Foix;
ou le recompenſeroit à ſon contentement dans ce terme là: ſinon qu'il
ſeroit permis au Roy de luy aider à
le recouurer. Que le Roy treſ-Chre-
ſtien bailleroit ſa fille Louyſe en

mariage au Roy Catholique, &
pour dot le droits qu'il pretendoit
au Royaume de Naples suiuant le
partage fait entre leurs predeceffeurs, à la charge qu'atendant l'aage
de Louyse qui n'auoit encore qu'vn
an, Charles payeroit au Roy cent
cinquante mille ducats annuels.
Que la mort d'icelle arriuât, & que
le Roy en eust vne autre, il la donneroit à Charles à mesmes conditions, & à faute de cela, il espouse-
roit Renee fille du feu Roy.

Depuis Louyse estant morte, &
François ayant vne seconde fille, la
paix fut reconfirmee entre ces deux
Roys selô la premiere capitulation,
auec promesse de la puisnee Alliâce
que l'vn & l'autre Prince témoigna
par grandes demonstrations d'amitié, portant le Roy François l'Ordre de la Toison au iour Sainct André, & Charles celuy de S. Michel
en la

en la feſte dudict Sainct.

Mais la mort de l'Empereur Ma-
ximilian fit naiſtre vne eſgale con-
uoitiſe de l'Empire, en l'ame de ces
deux grands Princes, & la preference de Charles outra le cœur du
Roy d'vn ſanglant d'eſpit, qui ne
pouuoit ſouffrir qu'vn ſien ſujet luy
euſt eſté preferé en ceſte ellection.
Les Electeurs redoutans François
qui eſtoit haut à la main, enflé de
la proſperité de ſes conqueſtes en
Italie, & de ceſte grande victoire
qu'il auoit emportee ſur les Suyſſes
à Marignan, aymerent mieux eſlire
Charles, qui eſtoit vn ieune Prince,
Alleman comm'eux, & lequel ils
eſperoient mieux gouuerner, & en
eſtre plus doucement gouuernez
que de François; En quoy ils ſe
tróperent plus que de moitié. Charles le brigua auſſi d'vne autre façon
que François, mettant le fer aux

L

champs, & enuoyant vne armee à
Francfort fous ombre d'empefcher
qu'on ne fit force à l'ellection; Ce
qui troubla les partifans François
enuers lefquels le Roy n'emploioit
que de l'argēt, redoubla le courage
des fiens, & força en effet la liberté
de l'ellection, qu'en apparence il
vouloit empefcher d'eftre forcee.

Outre cela le Roy defiroit extremement de recouurer le Royaume
de Naples; & prenoit fort a cœur la
reintegration de Henry d'Albret en
celuy de Nauarre; De laquelle il fe
voioit maintenant fruftré, & mefme tout ce qu'il tenoit en Italie en
grand branle, par la foudaine eleua-
tion de Charles.

L'Empereur d'autre part eftoit
indigné de ce que le Roy mefprifant
le premier acord qu'il auoit fait à
Paris, & connoiffant la neceffité de
fon paffage en Caftille pour lequel

il auoit besoin de sa faueut, l'eust
comme contraint de descendre à
des nouuelles pactions. Dauantage
le Roy auoit pris en sa protection le
Duc de Gueldres ennemy des Fla-
mans, qui estoient sujets de Charles. Mais sur tout le recouurement
de la Duché de Bourgoigne engen-
droit de grands eslans au courage
du nouuel Empereur, & la Duché
de Milan fraischement reconquise
par le Roy, ne le trauailloit pas
moins. François depuis la mort de
Louys n'en auoit demandé, ny obtenu l'inuestiture, & pour cela on
pretendoit la nonualuë de la possession, & la perte des droits pretendus sur elle.

Le Roy voyant que l'Empereur
inthimé plusieurs fois, ne satisfai-
soit en façon du monde aux articles
du traité de Noyon ; Enuoye vne
armee en Nauarre sous la conduite

L ij

de l'Esparre frere de Lautrec, lequel en moins de quinze iours remit le Royaume en l'obeyssance de Henry d'Albret. Mais voulant penetrer dans l'Espagne, & licentier ses troupes pour espargner la solde, il reperdit tout ce qu'il auoit conquis, & fut chassé en chien par ceux qu'il auoit vaincus en Lion. Tellement qu'il ne fit qu'irriter le courage de l'Empereur qui s'aigrit encore par ceste occasion.

Robert de la Marq Duc de Boüillon, ayant fait son appointement auec le Roy duquel il estoit auparauant mal content, & quitté l'Empereur vers lequel il s'estoit retiré pendant son mescontentement; l'enuoye maintenant deffier à Vormes (trait-hardy & insolent d'vn petit Seigneur, à l'encontre d'vn Empereur puissant en moyens, en hommes, & en courage; Aussi s'en

trouua t'il mal). Et le deffy donné,
Fleuranges son fis aisné, leue trois
mille hommes de pied & quatre ou
cinq cens cheuaux en France, auec
lesquels il assiege Vireton, petite ville de Luxembourg, appartenant à
l'Empereur. Il est vray qu'il licentia
son armee par le commandement
du Roy, & l'auoit leuee contre son
expresse defense : Mais cela n'apaisa
pas l'Empereur , qui outre cela se
ressentoit viuement de l'entreprise
de Nauarre, & sçauoit fort bien que
le Roy meditoit les moyens de recouurer Naples. Et le Roy qui auoit
tousiours au cœur ceste preference
de l'Empire, estoit encore cour-
roussé de ce que l'Empereur manquoit au payement de la pension
pour le Royaume de Naples, & à
la restitution de celuy de Nauarre.

Le Pape Leon pratiqué par ces
deux grands Princes pour l'attirer

chacun de son costé, feignant au
comencement de fauoriser Fráçois,
Seligua côtre luy mesme auec l'Empereur qu'il inuestit du Royaume
de Naples, & conuient auec luy que
Fráçois Sforce frere de Maximillian
seroit mis en possession de la Duché de Milá. Henry huitiesme Roy
d'Angleterre fit mieux : car il s'offrit d'estre arbitre entre ces deux
Princes, & Calais fut nommé pour
y moyenner vne bonne paix. Mais
l'Empereur demandant la restitution de la Duché de Bourgogne,
& l'abolition de l'hommage qu'il
deuoit à ceste Coronne pour ses
païs bas, n'estant, disoit-il, raisonnable qu'vn Empereur fut vassal
d'vn Roy de France, rendit cet arbitrage inutile.

Les voila donc aux armes, que
nous passerons legerement pour
venir à leur querelle particuliere.

L'Empereur arma le premier sous
la conduite de Henry Comte de
Naſſau, qui ayant pris & razé quelques villes de Robert de la Marq,
& fait pendre la plus part de ceux
qui les deffendoient, ſe declare ouuertement contre le Roy deuant
Mouſon, qu'il print par compoſition. Mais ayant aſſiegé Meſieres,
il fut contraint de leuer le ſiege par
la valeur du Capitaine Bayart, &
Mouſon repris par le Comte de
ſaint Pol.

D'autre part l'Admiral de Bonniuet arriuant à ſainct Iean de Lux
pour l'entrepriſe de Nauarre, ayant
paſſé à gué la riuiere de Behaubie à
la barbe des Eſpagnols qui cam-
poiét dela l'eau en nóbre eſgal, ſous
la charge de Dom Diego de Vere,
& ſ'eſtant ouuert le chemin de Fontarabie place qu'on eſtimoit Imprenable, & l'vne des clefz d'Eſpagne,

L. iiij

close de trois endroits de la mer, de la riuiere, & de la montagne. L'assiege, la bat, & l'assaut si viuemét quoy que la bresche ne fut point raisonnable, qu'il la contraint à se rendre.

Le Roy estoit alors à Feruaques en Picardie ou il auoit assemblé le gros de ses forces ; Ayant ruiné Bapaume, & pris Landrecy, il contraint l'Empereur de se retirer auec son armee dans Valenciennes : Et pour le combatre, où luy faire honteusement quitter le païs. Il faict vn pont sur l'Escau au dessous de Bourchiau. Charles y depesche douze mille Lansquenets, & quatre mille cheuaux pour empescher le passage ; Mais le Comte de saint Pol estoit desia dela l'eau auec six mille hommes qu'il commandoit, rangez en bataille dans les Marais qui sont deuers Valenciennes ; Et le Roy le suiuoit auecqué toutes

ses troupes qui faisoient vingt six
mille hommes de pied, & seize cens
hommes d'armes sans les cheuaux
legers. Ce que voyant l'Empereur,
laissa sept ou huit cens cheuaux
pour couurir la retraite des gens de
pied; Et le lendemain se retira de
nuit en Flandres auec cét cheuaux,
laissant toute son armee, Et Hédin
en proye à l'armee Royale qui l'emporta d'assaut, & le saccagea. L'hyuer suruenant fut cause que le Roy
licentia ses troupes, & ne peut secourir Tournay qui fut rendu par
composition.

Voila donc la guerre acheuee de
ce costé, l'Empereur chassé hóteuse-
ment hors de Fráce, & assailly viuement en Espagne; Mais les armes
du Roy ne prospererent pas si heu-
reusemét en Italie. Lautrec y estoit
General, qui attacqué par le Marquis de Mantoüe, & Prosper Co-

lomne pour le Pape, & du Marquis de Pefquaire pour l'Empereur
apres diuers fuccez, y perdit la Duché de Milan, non par faute de courage ny de valeur, mais de bon-heur
& de vigilance, & notamment par
l'infidelité des Suyffes qui s'allerent
ioindre auec les ennemis à faute de
paye.

Sur lefquelles pertes l'Hiftoire fait
mention d'vne querelle particuliere
entre Iean de Chabanes feigneur de
Vadeneffe & frere du Marefchal de
Chabanes, & le Marquis de Pefquaire, que nous toucherons en paffant
pour eftre de noftre fujet. Le Marquis auoit affiegé Come, dont Vadeneffe eftoit Gouuerneur, qui de-
fefperát de fecours, la rendit à com-
pofition de fortir vies & bagues
fauues, la lance fur la cuiffe, & d'e-
ftre conduits en feureté jufques aux
marches des Venitiens. Contre la-

quelle ayant esté saccagez, Vande- *Appel de Vandenesse & responce du Marquis de Pescaire.*
nesse accuse le Marquis d'auoir ró-
pu sa foy, & l'apelle en Duel. Pour
responce, le Marquis luy manda,
que s'il vouloit souftenir que ce sac
fut aduenu par son commandemét
ou permission, qu'il auoit menty :
Mais la mort de Vandenesse tué peu
de temps apres, pres de Romagnan
à la retraite de l'Admiral Bonniuet,
eftouffa cefte querelle, & laissa l'ar-
rogance dont le Marquis auoit
voulu couurir sa lascheté impunie.

Cependant le Pape Leon mourut,
grand ennemy des François, & en
sa place fut esleu Adrian sixiesme
autresfois Precepteur de Charles.
Le Roy enuoye nouueau secours à
Lautrec, il assiege Milan, & sçachát
l'arriuee de Sforce à Pauie auec six
mille Lansquenetz & trois cens cheuaux, se loge sur le chemin pour
l'empescher d'entrer à Milan. Mais

le Marefchal de Foix reuenant de
France auec argent & troupes d'infanterie, Lautrec pour fauorifer fa
venuë luy enuoye quatre cens lances, & fept mille Italiens ou Suiffes, qui s'eftans ioints enfemble
emporterent Noüarre d'affaut.
Petit gain d'où fenfuiuit vn grand
dommage : car Lautrec s'eftant affoibly d'vne bonne partie de fes
forces donna moyen à Sforce d'entrer dans Milan auec les fiennes, au
grand aplaudiffement des Milan-
nois. Lautrec voyant Sforce deflo-
gé de Pauie, l'affiege, porte trente
braffes de muraille par terre, donne
deux affauts, & comme il fe preparoit au troifiefme, ayát eftonné fes
ennemis tant par la furie du canon,
que par parcelle des affauts precedens, & eftant en grande efperance
de l'emporter, encore qu'il y euft
deux mille hommes de pied, & trois

cens cheuaux, refraifchis de plus de
douze cens Efpagnols ou Corfes.
Voicy Profper Colomne renfor-
cé des troupes de Sforce qui vient
camper à trois mille du camp François. Quel moyen de liurer affaut
ayant à dos vne fi puiffante armee.
Lautrec dóc fe retire à Móce. L'ennemy craignant qu'il voulut gaigner Milan, fe va camper à la Bicoque, maifon d'vn Gentil-homme,
fur le chemin de Laude à Milan, de
fi grand circuit, que vingt mille
hommes f'y pouuoient ranger en
bataille. Icy les Colonnels des Suyffes viennent demander à Lautrec,
argent, congé, ou bataille. Lautrec
efperoit de chaffer Colomne hors
de fon terrier par la faim, n'y ayant
aucune apparéce d'affaillir vn puiffant ennemy dans vn fort releué de
foffez, & flanqué de grandes plate-
formes bien pourueuës d'artillerie.

Mais autant parler à vn Suiſſe, ny
remonſtraces, ny promeſſes, ny authorité ne les purent iamai detraquer de leur reſolution . Et voila
deſia deux mauuais offices que les
Suiſſes rendirent au Roy . nous en
marquerós bien toſt vn troiſieſme
pire que tous. L'autrec dóc cótraint
par ceux, qui luy deuoient obeïr,
donne non la bataille, mais l'aſſaut

Iour-
née de
la Bi-
coque.

à l'armee de la Bicoque , & diſpoſe
ſes troupes auec vn tel ordre „ que
ſelon les efforts qu'elles firent. Il y
auoit apparence qu'il l'euſt emportee, ſi les Suyſſes ne l'euſſent encore
deſſeruy, ſ'auançans quand il ne le
falloit pas, & puis reculant, quand
il ſe falloit auancer. Car Mommorancy qui les conduiſoit, ne les peut
iamais empeſcher de donner dans
le fort de l'ennemy auant que le
Mareſchal de Foix fut preſt de l'aſſaillir de l'autre coſte, & quand le

Mareschal euft enfoncé les gardes
du pont & chargé les ennemis dans
leur fort auec vne grande efperance
dela victoire, il ne les y peut jamais
ramener. Les Venitiens ne firent
pas mieux, tellement que Lautrec
fut côtraint de fe retirer apres auoir
perdu trois mille hommes ; Et les
Suyffes fe débandans d'vn cofté, &
les Venitiés d'vn autre, luy méme fe
retira apres en France, chaffé de
toutes les villes qu'il tenoit en
Italie.

Le Roy n'eftoit pas oyfif, ayant
les forces de l'Empereur & du Roy
d'Angleterre nouuellement liguez
enfemble, en Picardie fur les bras.
De laquelle les ayant chaffez, &
pouruen aux frontieres de fon Royaume, il delibere de repaffer les Alpes luy mefme en perfonne. Pour
s'opofer à fes armes, l'Empereur,
le Pape, le Roy d'Angleterre, l'Ar-

chiduc Ferdinand, Le Duc de Milan, les Venitiens, les Florentins, Genois, Sienois, Luquois, se liguent tous contre luy. Tout cela ne l'eust pas encore arresté, mais le Duc de Bourbon pratiqué par l'Empereur, le faict demeurer en France, & enuoyer l'Admiral en Italie auec mille huict cens lances, douze mille François, dix mille Suysses, six mille Lansquenets, & trois mille Italiens. La plus part

voyez l'Histoire.

desquels, apres plusieurs & diuers euenemens, furent en fin deffaits à Yurec par la faute des Suysses qui

Mort de Bayart, & de Vandenesse.

abádonnerent laschement les François. La moururent ces deux braues Cheualiers, Vandenesse, duquel nous auós parlé cy dessus, & Bayart faisans merueilles d'armes, qui estant blessé au trauers du corps, se fit coucher aupres d'vn arbre par son maistre d'hostel, le visage tourné vers

né vers l'ennemy, auquel il n'auoit
jamais tourné le dos ; Ou ayant esté
troiué par le Duc de Bourbon qui
couroit apres les fuyans. Iay grand
pitié de vous, dit-il, vous ayant
connu si bon Cheualier. Monsieur
répondit Bayart tendant à la fin, il
n'y a point en moy de pitié, car ie
meurs en homme de bien ; Mais
vous estes à plaindre qui seruez contre vostre Prince, vostre patrie, &
vostre serment. L'Admiral mesmes
y fut blessé ; Mais Lorges auec si
peu de François qui restoient, re-
poussa les poursuiuans iusques à
leur gros. Et le Comte de saint Pol
ayant passé la riuiere de Stesie auec
perte de peu mais de braues hommes, bailla l'artillerie entre les mains
des Suysses, auec laquelle ils se retirerent par le val, d'Aouste, & luy
par Thurin.

Cependant les Espagnols assie-

M

gent Bayonne dont ils furent repouſſez par la vertu de Lautrec,
Mais ils reprindrent Fontarabie par
la leſcheté de Frauget qui en porta
la teſte ſur vn eſchaffaut. Et en
meſme temps le Comte de Furſtem-
berg eſtoit deſcendu en Champagne auec douze mille Allemans, &
le Duc de Suffolc auec le Comte de
Bures en Picardie auec ſix mille cheuaux, & vingt cinq mille hommes
de pieds. Mais les vns ny les autres
n'y firent pas mieux que nos hommes en Italie, & toutes ces armees
fondirent contre la France comme
des vagues contre vn Rocher, ſans
y retenir vn ſeul pied de terre.

Le Duc de Bourbon, & le Marquis
de Peſquaire ayant chaſſé les Frāçois
d'Italie, viennent mettre le Siege
deuant Marſeille, & y ſejournerent
ſix ſepmaines; Mais le Roy ſurue-
nant auec vne puiſſante armee leur

fit haster leur retraite, Sur laquelle
le Mareschal de Chabanes qui menoit l'aduangarde, les chargeant en
queuë en deffit grand nombre chacun laissant son bagage, & les soldats iettans leurs armes pour estre
plus legers à la fuite. Le Roy leur
voulant couper chemin, & arriuer
le premier en Italie, picque tellemét
apres qu'en vn mesme iour arriuerent, le Roy à Verceil, & le Marquis
à Albe, le Duc suiuant auec les Lansquenets à vne iournee delà. Le Vice-Roy de Naples voyát que le Roy
tournoit la teste droit à Milan co-
mit dans Pauie Anthoine de Leue
auec douze cens Espagnols, & six
mille Lansquenets, & d'vne extreme diligence auole dans Milan auec
le reste de l'armee; Mais sentát aprocher le Roy, il en sortit auec le Duc
de Bourbon, & le Marquis de Pes-
quaire & se retire à Laude. Le Roy

M ij

prend Milan, & au lieu de suiure l'armee Imperiale qui se retiroit en desordre, harassee du chemin, affoiblie d'hommes, & abatue de courage, tourne visage deuers Pauie sur la fin d'Octobre; Ayant auec luy Henry d'Albret Roy de Nauarre, les Ducs d'Alençon, de Lorraine, d'Albanie, & de Longüeville, les Comtes de saint Pol, de Vaudemont, de Laual, de Tonnerre; les Mareschaux de Foix, de Chabanes, de Mommorency; le Grand maistre bastard de Sauoye, l'Amiral Bonniuet principal autheur de ce conseil; la Trimoüille, la Rochefoucaut, le Marquis de Salusses, le Vidame de Chartres, & vne infinité d'autres Seigneurs qu'on peut voir dans l'Histoire; Deux mille lances, huit mille Aduanturiers, huit mille Lansquenets, six mille Suisses, & quatre mille Italiens dont le nombre s'augmenta depuis de beaucoup.

Auec toutes ces forces il assiege Pauie, la bat en deux endroits, dône l'assaut, on gaigne la bresche; mais de grandes & proffondes tranchees arrestent les assaillans, & les plus prochaines maisós percées bien a propos, & pourueuës d'arquebusiers, les contraignent de l'abandonner. Le Tesin se diuise en deux bras, deux mille au dessus de Pauie, & se reioint vn mille au dessous; Et à cause que la muraille n'estoit remparee du costé du plus gros bras, on entreprend de le couper, & rechasser tout le fleuue dans le moindre, esperant que par vne furieuse baterie la ville seroit forcee auant qu'on eust moyen d'y pouruoir. On y employe plusieurs jours, vn grand nombre d'hommes, & vne dépense infinie. Mais la force de l'eau peut plus que l'art ny l'industrie des

M iij

ingenieurs. Vne longue pluye enfla tellement la riuiere, qu'en vn heure ruynant les escluses & leuees qui se faisoient dans le canal, elle rendit tout ce gros labeur inutille.

Cependant le Pape esmeu de la soudaine conqueste de Milan, se tourne du costé de la fortune, & n'ayant pû disposer ces guerriers à la paix, se ligue auec le Roy croyant qu'il deut estre le plus fort, comme il y auoit grande aparence; Mais il fit icy vne faute qui n'estoit pas la premiere, ny ne fut pas la derniere de ce grand Prince. Car pensant cótraindre le Vice-Roy d'abandonner l'Estat de Milan pour courir à la defense de celuy de Naples, il y enuoye le Duc d'Albanie accompagné de Rance de Cere, six cens homes d'armes, trois cens cheuaux legers, dix mille hommes de pied, & douze pieces d'artillerie. Impruden-

te separation d'armee, dont l'ennemy sceut bien faire son proffit. Il
preuoioit que secourant Naples,
il perdroit Milan. Parquoy il se resout à faire teste au Roy dans la
Lombardie , enuoyant le Duc de
Traiete au secours de Naples. Et le
Duc de Bourbon ayant amené cinq
cens hómes d'armes Bourguignons,
& six mille Lansquenets de renfort,
les Imperiaux partirent de Laude
le vingt-cinquiesme de Ianuier 1524
pour aller secourir Pauie.

L'aproche des Imperiaux asseura
le Roy d'auoir bataille ; La Trimoüille, les Mareschaux de Foix &
Chabanes, & autres experimentez
Capitaines, luy conseilloient de retirer son armee de deuant Pauie, &
sa cáper en quelque lieu fort, comme il s'en trouue beaucoup en ce
païs là pour les canaux qui abreu-
uent les prés. Ils remonstroient que

M iiij

l'armée ennemie defpourueuë d'argent feroit en peu de iours côtrainte de s'efpandre & fe loger dans les villes. Que les eftrangers à faute de payement ne faudroiét à faire quelque tumulte. Que les ennemis ne fe conferuoient enfemble qu'en efperance de donner bataille, & que s'ils voioient la guerre tirer en longueur, ils fe trouueroient enuelopez de plufieurs dificultez & confufions. En fomme qu'il eftoit fort dangereux de s'enfermer entre vne ville defendue par fix ou fept mille hommes, & vne fi puiffante armée qui luy venoit au fecours.

Mais le Roy ne veut laiffer le fiege, & fi veut empefcher que l'ennemy n'entre dans Pauie. Il fe repofoit, dit l'Hiftoire, fur l'Admiral, fur Mômorency, & Philippe de Chabot, perfonnes qui luy eftoient agreables, mais nô encore de gran-

de experience. D'auātage il n'auoit
pas en son armee le nombre d'hommes qu'on luy faisoit acroire. Le
Duc d'Albanie en auoit emmené
partie des gens de cheual, partie
estoit demeuree à la garde de Milá,
& plusieurs s'estoient épandus aux
villes & bourgades circonuoisines.
Il n'auoit que huict cens lances au
camp, & la negligence de ses officiers, la tromperie des Capitaines Italiens nommément, l'abu-
soiēt, ne fournissant le nombre des
gens de pied, dont ils receuoient la
solde.

Plusieurs succez de mauuais pre-
sage arriuerent deuant la bataille;
mais entre autres six mille Grisons
qui venoient en l'armee du Roy,
ayant touché la solde & presté serment, s'en retournerent cinq iours
deuant ceste funeste iournee. Aussi ne falloit il pas qu'ils fissent

mieux que les Suiſſes, n'eſtant pas
plus fideles qu'eux, & eſtant beaucoup moins vaillans, pour nous a-
prédre par tát d'exéples à nous paſſer des eſtrangers, ou pour le moins
ny fonder iamais le gros de nos eſ-
perances. Anthoine de Leue endó-
mageoit extremement nos hommes par diuerſes ſaillies, & auoit le
plus ſouuent l'aduantage. Iean de
Medicis pour ſe venger d'vn affrót
que ſes troupes auoient receu en
vne ſortie; dreſſe vne amorce à ceux
de la ville ſouſtenuë d'vne double
embuſche. Les Eſpagnols pourſui-
uans ceux qui les auoient attaquez,
deſcouurirét la plus eſloignee, comme la plus proche, leur coupát chemin, tous paſſerent au fil de l'eſpee.
Mais Iean de Medicis y euſt l'os du
talon caſſé d'vne arquebuſade, &
eſtant contraint de ſe faire porter
à Plaiſance; ſes troupes s'eſcarterent

tellement, qu'elles affoiblirent l'armee de plus de dix mille hommes, &
son absence refroidit l'ardeur de
ceux qui restoient.

Les deux armees se voisinoient *Assie-*
d'vn demy mille, l'auantgarde du *te des*
Roy conduite par le Mareschal de *ar-*
Chabanes, logeoit auec les Suisses *mees.*
aux Ronces dans le fauxbourg pres
la porte saincte Iustine. Le Roy aux
Monasteres de sainct Pol & sainct
Iacques, lieux eminens & commo-
des pres de Pauie. Le Duc d'Alençon à Mirabel auec l'arrieregarde:
De façon que tenât Pauie enuiron-
nee de toutes parts, les Imperiaux
ny pouuoient entrer sils ne pas-
soient le Tesin, ou le Parc. Les ennemis logeoiét à Prati vers la porte
de saincte Iustine, & s'estendoient
à Treleuere, & la Mote, & dans vn
bois à costé de sainct Lazare, separez d'vn petit ruisseau qu'on appelle

le Vernicule; mais ſi voiſins qu'ils
s'endommageoient grandement à
coups de canó. Les logis des armees
auoient de front, aux eſpaules, &
aux flancs de gros ramparts enui-
ronnez de foſſez & fortiffiez de
baſtions. Mais les Imperiaux auoiét
cet aduátage de s'eſtre ſi fort appro-
chez de la ville, qu'au iour d'vne
bataille, ils pouuoient eſtre aſſi-
ſtez de ceux de dedans. Ils ne pouuoient pourtant ſe maintenir dans
leur fort, faute de deniers les en euſt
bien toſt chaſſez. Si conſideroient-
ils que par leur retraite ils perdroiét
Pauie, & conſequemment tout ce
qui leur reſtoit de la Duché de Milan, d'aſſaillir les François en leur
logis, c'euſt eſté donner de la teſte
contre vne muraille : Auſſi n'eſtoit-
ce pas leur intention, mais de re-
fraiſchir ſeulement la garniſon de
Pauie, ce qu'ils ne pouuoient ſans

paſſer à la teſte du camp François.
Ils ſe diſpoſerent dócà deux effets,
ou d'executer leur deſſein, ou de
combatre le Roy s'il ſortoit de ſon
fort.

La nuit deuant la feſte de Sainct ᴮᵃ⁻
Mathias, iour de la natiuité de l'Em- ᵗᵃⁱˡˡˢ˙
pereur, ils laſſent nos gens par diuerſes alarmes, dreſſent deux eſca-
drons de gens de cheual, & quatre
de pied. Le premier ſous la charge
du Marquis de Gualt, le ſecond ſous
le Marquis de Peſquaire, & les deux
autres par le Duc de Bourbon, & le
ViceRoy. Ils arriuent aux murailles
du Parc, en iettent par terre ſoixáte
braſſes, entrent dedans, prenent le
chemin de Mirabel & laiſſent à gauche l'armee du Roy. Son artillerie
logee en des lieux aduantageux fait
de grandes breſches en leurs bataillons, & les contraint de courir à la
file pour ſe ietter à couuert dans vn

valon. Icy le Roy se laisse emporter
à sa passion, il void filer l'ennemy,
& se persuade qu'il a l'espouuante:
Ioint qu'on luy raporte que le Duc
d'Alençon auoit deffait quelques
Espagnols qui vouloient passer à
main droicte, & leur auoit enleué
quatre pieces de canon. Ainsi le
Roy quitant son aduátage, va chercher ses ennemis, & passant à la
bouche de son Canon l'empesche
de faire son effet. C'est ce que les
Imperiaux demandoient, le Roy
hors de son fort, & eux a couuert de
l'artillerie; Ils tournent donques la
teste vers luy. Le Roy soustenu du
bataillon des Suisses qui estoit sa
principalle force, marche droit au
Marquis de sainct Ange qui menoit
la premiere troupe de leur gendarmerie, la renuerse, en tue grand
nombre, & le Marquis mesme. Mais
les Suisses au lieu d'attaquer vn ba-

Faute signa-lee du Roy.

lasche-té des Suis-ses.

taillon de Lanſquenets qui faiſoit
eſpaule à la caualerie Imperiale, ſe
iectent à quartier, & prenent le chemin de Milan pour ſe ſauuer. Quand
les Suiſſes n'auroient jamais fait autre laſcheté, celle-là n'eſt que trop
inſigne pour faire eſmérueiller tout
le monde, de voir qu'apres cela l'on
achette encor leur alliance. Le Marquis de Peſquaire alloit fondre
auec ſon bataillon ſur le Roy:
François frere du Duc de Lorraine, & le Duc de Nortfolc auec
enuiron cinq mille Lanſquenets,
marchent contre luy la teſte baiſſee.
Mais les voila ſoudain enuelopez
de deux gros bataillllons Allemans.
Ainſi les Suiſſes retirez, les Lanſquenets deffaits, tout le faix de la
bataille tomba ſur le Roy; qui
à la fin bleſſé à la jambe, à la
main & au viſage, ſon cheual tué
ſous luy, ſe defendant juſques à la

derniere haleine, donna sa foy au
Vice-Roy de Naples, lequel luy bai-
sant la main auec vne grande reuerence ; le receut prisonnier au nom
de l'Empereur. En mesme temps le
Marquis du Guast auoit rompu les
gens de cheual qui estoient à Mirabel, & Antoine de Leue qui estoit
sorti de la ville, assailloit les autres
par derriere. L'auangarde soustint
quelque temps le choc, mais en fin
elle succomba par la mort du Mareschal de Chabanes. Le Duc d'A-
lençon ne voyant plus de ressource,
sauua son arrieregarde, & repassa le
Tesin. François fut conduit en Espagne, traité auec tout l'honneur
& le respect qu'on deuoit à la Maiesté d'vn si grand & si braue Roy,
qui n'estoit tombé entre les mains
de son ennemy, que par trop de
courage & de valeur : mais neantmoins quand on vint à traiter des
conditions

conditions de sa liberté, elles furent
si dures, qu'il se resolut à vne cap-
tiuité perpetuelle pluftoft qu'a les
acorder. En fin estant tōbé malade,
la crainte qu'euft l'Empereur de perdre sa rāçon par sa mort, luy fit relaf-
cher quelque chofe, Mais toufiours
le contraignit il a des conuentions
non feulement iniuftes, mais encore impofibles. Et entre autres, qu'il
configneroit six fepmaines apres sa
liberté, la Duché de Bourgogne
à l'Empereur, auec toutes les apar-
tenances & dependances tant de la
Duché que la Comté, qui feroient
fequeftrees de la fouueraineté du
Royaume. Qu'il cederoit tous les
droits pretendus fur les Eftats de
Naples, Milan, Genes, Aft; Quiteroit la fouueraineté de Flandres &
d'Artois ; Et efpouferoit Eleonor
fœur de l'Empereur auec deux cens
mille efcus de dot. Et cependant
N

bailleroit ſes enfans en oſtage juſques à la reſtitution des terres ſuſ-
dites. Au reſte il ne voulut iamais
admettre le Roy en ſa preſence que
premierement l'acord ne fut arreſté,
ou ſur les termes d'vne certaine eſperance de l'eſtre. Et quand il fut
fait, & qu'ils ſe furent entretenus,
& monſtrez en public enſemble, allant en meſme carroſe voir la Reyne
Eleonor, auec beaucoup de ſignes
de bienueillance, & meſmes apres
que le Roy l'euſt fiancee; Il n'en euſt
iamais ſes coudees plus franches, &
fut touſiours auſſi ſoigneuſement
gardé qu'auparauant. Qui n'eſtoit
pas traitement de beau frere, ny
moyen d'adoucir leur anciennes ini-
mitiez par vne ſi nouuelle deffiance;
outre que ces articles extorquez de
force, ne pouuoient eſtre obſeruez
de droit, ce qui s'arrache par violan-
ce n'ayant point de tenue; Auſſi ne

produirent ils que de nouuelles di-
uisions, & d'vne cause publique firent vne querelle particuliere.

Apres que le Roy fut de retour en
France, l'Empereur faisant semblât
de vouloir inuestir le Duc de Bourbô
de la Duché de Milan : Il fut faite
vne ligue à Coignac entre le Pape,
les Rois de France & d'Angleterre,
les Venitiens, Suisses & Florentins
pour la commune liberté d'Italie,
que le Roy fit signifier au Vice-Roy
de Naples, s'excusant de ne pouuoir
tenir sa promesse quant à l'aliena-
tion de la Bourgogne , & offrant
d'acomplir les autres, & pour retirer ses enfans payer deux millions
d'escus. En suite dequoy les confe-
derez assaillirent Milan, mais fort
mal par la faute du Duc d'Vrbin, &
puis Naples non guere mieux par la
faute du Pape, qui ayant fait tréue
auec les Colonnes , & licentié les

gens de cheual & de pied qu'il entretenoit contr'eux;au lieu de prendre Naples, leur vid prendre Rome,
faccager le Palais Pontifical, & les

Prife
de Ro-
me
par les
Colon
nes.

ornemens de l'Eglife de fainct Pierre,luy contraint de fe retirer au chafteau fainct Ange: ou il capitula de
faire retirer l'armee de la ligue hors
de l'Eftat de Milan , & de quatre
mois ne donner fecours aux confe-
derez;tréue extremement oportune
aux affaires de l'Empereur, qui perdoit Milan , & Genes. Fronfperg
amenant là deffus quatorze mille
Lanfquenets, & bon nombre de
chenaux au Duc de Bourbon , il
laiffe dans Milan Anthoine deLeue,
& tire droict à Rome.

Le Pape auoit apellé le Comte de
Vaudemont iffu de la maifon d'Anjou au Royaume de Naples , qui
acompagné de Rance de Cere, dix
mille hommes de pied, & quelque

caualerie, y auoit fait d'heureux progrez , comme le Vice-Roy requit
vne surceance d'armes au Pape; qui
luy acorda vne tréue de huit mois.
Par laquelle chacune des parties ra-
pella ses gens, fit retirer son armee,
& rendit les places prises l'vne sur
l'autre.

Le Duc de Bourbon nonobstant
la tréue ayant pillé le Bolonnois, *Autre*
rauagé la Romagne, se campe fina- *prise*
lement deuant les murailles de Ro- *de Ro-*
mepar
me, qu'il assaut. Mais marchant le *le Duc*
de
premier à la teste de ses troupes l'es- *Bour-*
chelle au poin, vne arquebusade le *tué de*
uant
renuerse mort par terre. Le Prince *les mu-*
railles
d'Orange le fit couurir d'vn manteau pour en oster la connoissance
aux soldats, & poursuiuant chaudement l'entreprise, força la ville.
Les victorieux passent quatre mille
hommes au fil de leurs espees, pil-
lent indiferemment amis & enne-

mis, Prelats, Temples, Monasteres, Reliques. Prennent à rançon les personnes profanes & sacrees, saccagent le palais des Cardinaux, plusieurs desquels plumez par les Espagnols, estoient en fin regratez par les Lansquenets, imbus la plus part de la doctrine de Luther, & ennemis passionnez du Siege Romain. Le Pape assiegé dans le chasteau sainct Ange, mande le Vice-Roy auquel il auoit accordé la tréue; Mais les Imperiaux ayant fait leur general le Prince d'Orange, & luy n'ayât aucune esperã e de secours; connient de payer quatre cens mille ducats, demeurer prisonier auec treize Cardinaux qui l'acompagnoient iusques au payemét de cent cinquáte mille, bailler ostages pour asseurance des autres, remetre le chasteau sainct Ange, les Roques d'Ostie, de Ciuita-Vechia, de Ciuita-Castellana,

& les Citez de Plaisance, Parme, &
Modene entre les mains de l'Empereur. Et d'aller en suite à Naples, ou
Caiette pour y attendre ce qu'il
voudroit ordonner.

Ceste insolente & dure façon de
proceder à l'encontre du Pape, au
grand scandale de la Chrestienté,
occasionna le Roy, assisté du Roy
d'Angleterre, de renuoyer Lautrec
en Italie, auec six mille cheuaux, six
mille Lansquenets, dix mille Suisses, & dix mille François ou Gascons, & huit Galeres sous la charge d'André Doria. Ayant auparauant enuoyé demander à l'Empereur, la deliurance du Pape, & la restitution des enfans de France. Lautrec n'eust si tost le pied dans les
marches de Lombardie, qu'ayant
aduis que le Comte de Lodron
auoit enuoyé deux mille Lansquenets à Bosco, il les inuestit, & les

cannonnant iour & nuit, les contraignit dans le 10. jour du Siege de se mettre à só arbitrage. Ceste petite victoire fut suiuie d'vne plus grande sur les Genois, qui ramena leur ville à l'obeyssance du Roy. Alexandrie renduë, & Pauie assiegee, ou Ludouic de Beljoyeuse cómandoit deux mille cinq cens hómes, fut emportee au second assaut, & saccagee durant huit iours. Milan branloit, mais le Roy traitant la deliurance de ses enfans, ne le voulut point oster à l'Empereur pour le mettre entre les mains de Sforce. Ainsi Lautrec print le chemin de Plaisance, ou le Duc de Ferrare & le Marquis de Mantouë se ioignirent auec le Roy.

L'Empereur preuoyant que l'inuasion du Royaume de Naples par Lautrec, le contraindroit d'y r'apeller les forces qu'il auoit en l'Estat Ecclesiastique; enuoya lors

commiſſion de mettre le Pape
en liberté. Suyuant laquelle il accorda de ne faire aucune entrepriſe côtre l'Empereur ny ſur Milan, ny ſur
Naples, & de payer trois cens cinquante mille ducats, partie aux Láſ-
quenets, partie aux Eſpagnols. Ce
fut le dernier d'Octobre Et le dixieſme de Decembre enſuyuant, les Eſpagnols deuoient conduire le Pape
en lieu de ſeureté; mais ſçachant la
mauuaiſe affection qu'ils luy portoient, & craignant pire condition,
il trompa ſes gardes, & la nuit precedente traueſti en marchand, ſortit ſur la brune ſecrettemét du chaſteau, & ſe ſauua à Oruiete.

Lautrec ſejournoit à Boloigne,
attendant aduis du Roy ſur la reſolution de la paix, ou la côtinuation
des armes; Et le Roy, & l'Empereur
eſtoient ſur ce point d'honneur, ſçauoir lequel des deux ſe fieroit plus

honneſtement l'vn de l'autre. Le
Roy ne vouloit faire partir ſon
armee d'Italie qu'il n'euſt recouuré
ſes enfans, & l'Empereur ſe roidiſ-
ſoit au contraire, diſant qu'il ne ſe
pouuoit fier à celuy qui l'auoit vne
fois trompé. Ainſi leurs diſputes ne
produiſant qu'irreſolution, & dé-
pit, les Ambaſſadeurs des Roys de
France & d'Angleterre denoncent
la guerre à l'Empereur. Il l'accepte,
mais contre le droit des gens les fait
arreſter ſur le champ, leur donne
des gardes d'Archers & hallebar-
diers, leur deffend de cómuniquer
& d'eſcrire, & les fait conduire à
quinze lieuës de Burgos ou eſtoit
la Cour d'Eſpagne.

Le Roy ſçachant la detention de
ſon Ambaſſadeur, fait mettre Granuelle Ambaſſadeur Imperial dans le
Chaſtelet de Paris, & retenir par la
France tous les marchands, ſujeçts

de l'Empereur. Mais auparauant
lòrs que la paix ſe traictoit entr'eux
à Grenade, l'Empereur auoit faict *Deffy*
entendre à l'Ambaſſadeur de Fráce, *l'Em-*
que pour eſpargner le ſang qu'vne *pereur,*
au
infinité d'hommes eſpanchoient à *Roy.*
l'occaſiõ de leurs querelles particulieres, il mettroit volontiers fin aux
differents qu'il auoit auec le Roy
par vn combat ſingulier de ſa perſonne à la ſienne. Et l'Ambaſſadeur ayant fait cet outrage au Roy,
de luy taire ceſte parole, Charles la
ſignifia depuis à celuy qui luy de-
nonça la guerre, blaſmant le Roy
non ſeulement d'auoir violé ſa foy,
mais auſſi d'auoir faict la ſourde-
oreille à ce point.

Voicy donc que le Roy n'a ſi
toſt ouy ce deffy, que le vingtieſme *152⁸.*
de Mars, il conuoque tous les Princes, tous les Ambaſſadeurs, & toute
la Cour en la grand' ſale du Palais à

Cartel du Roy à l'Empereur

Paris; & seant en son Trosne Royal faict lire à haute voix par vn Secretaire d'Estat vn Cartel signé de sa main contenant. *Que l'Empereur accusant le Roy d'auoir fauffé sa foy, auoit dit vne parole fausse; Et que autant de fois qu'il la disoit autant de fois il auoit menty. Afin donc de ne retarder la fin de leurs diferents, qu'il assigne le champ, & luy portera les armes. Protestant le Roy que si desormais l'Empereur escrit ou tient aucune parole contre l'honneur d'iceluy, la honte du delay sera sienne, attendu que le combat est la fin de toutes escritures.*

Suite de la mesme querelle.

CHAP. XV.

D'Autant que Granuelle refusa de se charger de ceste Ambas-

fade, le Roy luy donnant congé
l'accompagna d'vn Heraut pour
presenter cet escrit à l'Empereur; Et
peu de iours apres, Héry Roy d'Angleterre luy enuoya semblable Cartel. D'autre costé Lautrec poursuit
sa pointe, chasse les Imperiaux deuant soy iusques à Naples, & ses armes prosperoient auec vne telle in-
clination des peuples que soit pour
affection du nom François, ou pour
hayne de l'Espagnol, tout l'Estat de
Naples estoit sur le point d'arborer
les enseignes Françoises. Comme le
Prince d'Orange ayant recueilly
cinq mille Allemans, autant d'Espagnols, & quinze cens Italiens,
occasionna Lautrec de reioindre
ses troupes espandues, & tourner
visage aux ennemis auec dessein de
de les combatre. Il auoit trois mille
François, quatre mille Gascons,
huit mille Allemans, trois mille

Suisses, & dix mille Italiens. Auec
lesquels il s'aproche de l'ennemy,
qui se retire à Naples. Melfe fut
premierement attaqué, & emporté d'assaut, six ou sept mille hommes tués dedans, & le Prince qui la
defendoit prisonnier auec sa femme
& ses enfans. Barlete, & toutes
les places des enuirons ayant fa-
cilité le progrez de Lautrec, le voila
campé deuāt les murailles de Naples
Siege
de Na
ples. sur la fin d'Auril. La ville estoit pleine de gens de defense, & leur
experiéce au fait des armes esprou-
uee de longue-main. Ils estoient
dix mille vieux soldats. Les galeres
de Philippin neueu d'André Doria
n'estoient suffisantes de serrer le
port, & celles des Venitiens n'arri-
uoient point. Les cheuaux legers
ennemis qu'ils auoient en grand
nombre, coupoient les viures à nos
gens, la pesanteur ordinaire de l'air

du païs, les pluyes continuelles, &
l'incómodité des soldats qui cou-
choient la plufpart à defcouuert,
rempliffoient le camp de maladies,
la tardiue pouruoyance du Roy, &
le mauuais office des Financiers faifoit que l'argent de France ne pouuoit franchir les Monts, faute qui
auoit cy deuant perdu l'Eftat de Milan. Neantmoins les affiegez ayant
fait vne entreprife fur Philippin, furent batus fi rudement qu'ils y perdirent plus de mille hommes, le Vice-Roy mefme, Fieramofque, &
plufieurs autres Gentils-hommes,
y moururet. Le Marquis du Guaft,
Afcagne & Camille Colonnes, le
Prince de Salerne, & grand nombre d'autres principaux prifonniers
Tellemét que ces premices rempli-
rent les François d'vne grande efperance, & les Imperiaux d'vn horrible eftonnement. Ils voyoient la

fleur de leurs hommes enseuelis sous les ondes, eux priuez de la seigneurie de la mer, & par terre bloquez de si pres qu'ils n'auoient moyen d'estre secourus; Point de farines qu'a force de bras, point d'argent pour leurs soldats, la peste les eclaircissoit tous le iours, tout le païs circonuoisin reclamoit le nom des victorieux; Et pour les acheuer de peindre vingt-deux galeres Venitiennes arriuent au Golfe de Naples qui ne les menacent que d'vne extreme necessité.

Lautrec ayant commandé qu'on enuoyat les prisonniers en France, Philippin les chargea sur deux galeres; Comme ils passent à Genes, André Doria pratiqué par l'Empereur, les retient, couurant ses secrets desseins de ce pretexte, que le Roy ne l'auoit pas satisfait des rançons du Prince d'Orange qu'il auoit pris durant

durant le siege de Pauie, ny de l'e-
stat de ses galeres. Que s'il plaist à
sa Majesté luy faire raison, & rendre à Genes le commerce de la mar-
chandise & gabele du sel qu'il auoit
transporté à Sauohe, il fera auec le
peuple, que pour seureté de sa foy,
il liurera au Roy douze galeres en-
tretenuës , & n'en retiendra que
deux pour la garde du port. Procedure insolente d'vn seruiteur à l'endroit du Maistre. Mais la perte de
ce seruiteur traynoit quant & soy
celle de Genes, du Royaume de Naples, & de l'armee qui l'assiegeoit.
Par ou l'on void que c'est vne des
plus grandes fautes du Roy François, laquelle neantmoins il fit par
conseil, & par le conseil de ce mesme Chancelier qui auoit auparauāt
desesperé Charles de Bourbon. Ces *Voyez*
l'Hi-
demandes doncques n'estant trou- *stoire.*
uees raisonnables, Le Roy depes-

O

che le Seigneur de Barbefieux pour
fe faifir tant des Galeres que de la
perfonne d'André Doria ; lequel en
ayant le vent, fe retire fur fes Galeres vers l'Empereur, luy remet celles du Roy, & fait retirer Philippin
de Naples auec les fiennes , apres
auoir fourny les affiegez de tous les
viures & commoditez qu'il leur
peut donner.

Le depart de Philippin contraignit
les Venitiens de garder le port &
quitter vne tranchee qu'ils faifoient
depuis la mer ; iufques à celle que
Lautrec auoit faite entre la ville, &
le Mont fainct Martin ; Mais eftans
allez en Calabre pour fe pouruoir
de bifcuits, & ayant laiffé le port
ouuert, les affiegez receurent vn re-
fraifchiffement és iours que la neceffité les rendoit la corde au col à
la deuotion de Lautrec. Qui nonobftant la mortalité, refolu de mou-

tir auant que reculer vn pas, folici-
toit le Roy de le fecourir. Le Roy
y dépefche le Prince de Nauatre frere de Henry ; Mais auec fi petite
troupe, dont la plus part eftoient
de ieunes Gentils-hommes volontaires, qu'il falut tirer des gens de
l'armee pour luy faire efcorte ; laquelle paffât au retour deuant Naples, fut affoiblie de deux cens hômes, & de la perte de Candale leur
chef. Ainfi la chance fe tourne en
ces deux armees ; Les Imperiaux
par frequentes faillies, fe pouruoyét
des chofes neceffaires, & en inco-
modent les François, prennent le
bagage & le fourrage iufques aux
fortifications, & les cheuaux à l'a-
breuoir ; l'efperance leur croift auec
les commoditez, leurs Lanfquenets ne tumultuent plus, chacun
repute à grâde gloire ce qu'il à fouf-
fert. Les noftres au contraire dé-

croiffent de forces & de courages,
les gens de cheual s'efcartent , qui
pour fe refraifchir, qui pour euiter
la pefte, les gens de pied faillent de
cœur n'ayant point de caualerie qui
les fouftienne. La cótagion s'affoi-
bliffoit à Naples, & fe renforçoit au
camp. Defia le Comte de Vaudemont , Gruffy & plufieurs autres
Capitaines eftoient couchez dans
le tombeau. Le Prince de Nauarre,
Camille de Triuulce & prefque tous
les hommes de commandement
malades. Et ce qui plus importoit,
Lautrec frapé de maladie ne pouuoit plus remedier aux chofes qui
tendoient à leur declin. Rance de
Cere qu'il auoit enuoyé vers l'A-
bruzze faire vne leuee de quatre
millle pietons, & fix cens cheuaux,
trouuoit des treforiers qui le pa-
yoient de leur refponce ordinaire.
Il n'y a point d'argent aux coffres du

Roy. Il n'y auoit le plus souuent que manger au camp, leau mesme y estoit faillie ; Et pour comble de malheur Lautrec y mourut le quin- *Mort de Lautrec.* ziesme d'Aoust, & auec luy tous les braues desseins qu'il auoit engen- drez.

Le Marquis de Salusses homme courageux, & bien suiuy des soldats, print en main le gouuernement de l'armee, mais elle ne faisoit plus que trayner les esles. De sorte qu'ayant perdu Nole & Capoüe, elle se leue de nuit pour gaigner Auerse, les Imperiaux descouurét leur partement, les fuyuent ; deffont en chemin la bataille conduite par le Prince de Nauarre, & l'arriere-garde que menoient Pomperant, Negrepelisse, & Triuulce, prennent le Nauarrois auec plusieurs autres chefs prisonniers, & assiegent le Marquis dans Auerse, qui n'ayant

dequoy contreluter tant d'efforts,
& gisant au lit malade, tomba finalemét prisonnier entre les mains
de ses ennemis, & de là, peu de iours
apres au sepulcre, auec vne infinité
d'autres marquez en l'Histoire.

Cependant le Duc de Brunsuic
ayant passé l'Adice auec dix mille
Lansquenets, & six cens cheuaux,
marchoit au secours de Naples, &
le Roy luy auoit opposé la Comte
de saint Pol, auec cinq cens hommes d'armes, cinq cens cheuaux legers, six mille François comman-
dez par Lorges, & trois mille Lansquenets, auec comínádement de le
suiure en queüe, & l'engager entre
les deux armees. Mais les prouisiós
necessaires contraignant le Comte
de seiourner quelque iours en Ast,
le Duc print par composition quelques villes, & assiege Laude; ou la
vertu des assiegez le contraignit de

ſen retourner ſans rien faire ; Et le
Comte ioint auec les Ducs de Milan, & d'Vrbin remit en ſon pouuoir ce qu'il auoit pris, & tout ce
qui eſtoit entre le Po & le Teſin,
iuſques à Pauie. Pauie obeyſſoit
lors à l'Empereur, car apres le paſſage de Lautrec, Antoine de Leue l'a-
uoit ſurpriſe. Le Comte l'aſſiege, la
bat de vingt canons, les Venitiens
diſputent la premiere pointe auec
les François, & les chefs l'ayāt com-
miſe au ſort, le dé fauoriſe les Venitiens. Ils donnent, mais eſcarmou-
chant de loin & lentement. Lorges
pouſſé d'ardeur & d'impatience de
leur voir ſi molement executer
l'aduantage que le hazard leur auoit
acquis, ſe iette entr'eux & la breſche, & l'emporte de force auant
que les Venitiens s'en aprochaſſent.
La priſe de Pauie fut contrepoin-
tee par celle de Genes, ſurpriſe par

O iiij

Prise
de Pa-
uie sur
les Im-
pe-
riaux
& de
Genes
sur les
Fran-
çois.

André Doria au milieu d'vne grande peste dont elle estoit affligee.
Quelque Citadins ayant promis au
Comte de la luy faire reprendre, &
luy ayant failly à son entreprise,
Hyuerne en Alexandrie; Et le printemps venu s'estant remis aux cháps
auec peu de gens, & pris Mortare
& Nouarre, & presque toutes les
autres places deça le Tesin, les Ducs
d'Vrbin & de Milan le ioignent à
Marignan. Mais toutes ces forces
ynies n'estoient pas suffisantes pour
assaillir Milan, Antoine de Leue
ayant esté nouuellement refraischy
de trois mille Espagnols. Ils adui-
sent donc que pour leur trancher
les viures, les François iroient à
Biagras, les Venitiens à Cassan, &
les Sforcesques à Pauie. Neátmoins
leComte ayant aduis qu'AndréDo-
ria estoit party de Genes, y tourne
la teste, & au lieu d'aller à Biagras

arriue à Landriane. Mais la nuit vne
pluye enfla tellement la riuiere qu'il
n'euft moyen de paſſer l'artillerie.
Antoine de Leue aduerty du ſejour
qu'y faiſoit le Comte, part de Milan, l'atteint, & le charge deuant
qu'il euſt preſenti ſa venue. D'a-
bord le Comte rembarre l'arquebu-
ſerie Eſpagnolle dans le bataillon
de leurs Allemans, & les Lanſquenets François repouſſent ceux qui
auoient paſſé le ruiſſeau qui ſepa-
roit les deux armees. Guy de Rangon auoit dés le matin pris le chemin de Pauie auec l'Auangarde, &
n'euſt connoiſſance du cóbat qu'a-
pres qu'il fut fait. Les Colonnels
des gens de pied Italiens s'eſtoient
tirez à quartier laiſſans les autres en-
gagez au combat. Iean Ieroſme de
Caſtillon, & Claude de Rangon
faiſoient merueilles. Mais la caualerie Imperiale auec vn gros batail-

lon d'Allemans paſſant le ruyſſeau, nos Italiens tournent les eſpaules, nos Lanſquenets ſe rendent à leurs compatriotes. Le Comte & Anne-baut auec ſi peu de gendarmerie qui leur reſtoit faiſoiét leur retraite tournans touſiours viſage, iuſques atant qu'arreſtez par vn canal que le Comte ne peut franchir par la foibleſſe de ſon cheual, luy & preſque tous ceux qui le ſuiuoient, hormis Annebaut & quelques lances qui ſauterent le foſſé, eſſayerent la rigueur du glaiue, ou de la priſon.

Deſfaiſe du Côté de ſainct Pol.

Ces malheureux ſuccez ayant fait poſer les armes en Italie, & l'Empereur & le Roy eſgalement epuiſez d'argent, ouurent de rechef quelques articles de paix, qui furét traitez à Cambray par Louyſe mere du Roy, & Marguerite tante de l'Empereur, & finalement arreſté. Que le Roy payeroit deux millions

Traité de Cambray.

d'or pour la deliuráce de ſes enfans.
Qu'il aquiteroit l'Empereur de cinq
cens mille eſcus qu'il deuoit au Roy
d'Angleterre, & degageroit la fleur
de lys d'or enrichie de pierrerie &
d'vn tronçon de la vraye Croix, que
Philipe pere de l'Empereur auoit
engagee audit Roy pour cinquante
mille eſcus. Que le Roy quitteroit
la ſouueraineté de Flandres & d'Artois. Qu'il eſpouſeroit Eleonor &
s'il en iſſoit enfant maſle , il auroit
la Duché de Bourgogne. Qu'il rendroit tout ce qu'il poſſedoit encore
à la Duché de Milan , & au Royau-
de Naples. Qu'il anulleroit le procez du Duc de Bourbon , rendroit
l'honneur au defunct , & les biens
à ſes heritiers ; Et à tous autres qui
pour le regard de la guerre en auoiét
eſté dépoüillez.

Suyuant ce traicté Mommorency ſe rend à Bayonne le dixieſme de

Mars auec les deux millions de la
part du Roy, & Velafque Conne-
ftable de Caftille de par l'Empereur.
Et au commencement de Iuillet en-
retour des en fans de Fran ce. fuiuant arriuerent les enfans de
France auec la Royne Eleonor, fur
la riuiere qui paffe au long des murailles de Fontarabie, & fepare la
France d'auec la Bifcaye. Chacun
fçait comment les Efpagnols paffe-
rent au bafteau qui portoit la rançon, & les François en celuy des enfans, qui furent rencontrer le Roy
en vne Abbaye de Religieufes entre Roquehort & Captieux, où il
époufa la Royne. Voyons maintenant l'amitié qu'on efperoit de
cefte alliance.

Nouueaux sujects de querelle entre ces deux Princes.

CHAP. XVI.

CHacun se promettoit vne paix eternelle entre ces grãds Princes ; mais leurs courages estoient outrez. Celuy de François d'vn extreme desir de se ressentir des rigoureuses conditions du traicté de Cambray. La contrainte de renoncer au souuerainetez de Flandres & d'Artois membres anciés de la Couronne, & de quitter ses droits aux Estats de Milá & de Napl s, l'auoit outrémeñt piqué. Celuy de Charles de crainte que le Roy ne voulut remettre ces Prouinces dans les bornes de son Royaume, & par la reprise de Milan, le molester en la possession de Naples & de Sicile. Qui fut cause que pour forclorre au Roy l'esperance d'y retourner, il ayma mieux reintegrer Sforce en l'Estat de Milan, afin de le manier à baguette, & donner pour vn temps ce contentement aux Potentats d'Italie pour les sequestrer de l'alliance Françoise. Dauantage la Sauoye estant assise au passage de France en Lombardie, l'Empereur pour oposer vne forte barriere au deuant du Roy quand il voudroit renouueller ses anciennes querelles, vend au Duc de Sauoye la Comté d'Ast, afin de l'attirer à sa deuotion, comme ayant particulier interest aux guerres de Lôbardie. Et pour troisiesme, il employe ledit Duc pour detraquer les Suysses, & les Grisons de l'amitié du Roy, & les conuertir à la sienne. Icy le Roy ressent vn dommage public fait à son Estat, &

vn mépris particulier à sa personne;
dommage entant qu'il est outra-
geusement tronçonné de la souue-
raineté de deux riches Prouinces; &
mépris entant qu'il void vn Sforce,
fils d'vne bastarde, plusieurs fois appellé traistre par l'Empereur mesme, preferé au Roy son beau frere,
& aux enfans de sa Majesté, que nó
le droit, mais la seule violence des
armes en pouuoit forclorre. Mais
pour dernier office d'allié, sous
quelque ombrage qu'on auoit voulu enleuer les enfans de Fráce, l'Empereur auoit mis à la chaisne la plus-
part de leurs Officiers ; & bien que
sommé par le Roy en vertu du traicté susdit, ne les vouloit point encore eslargir.

Neantmoins les playes des guerres passees estát encore sanglantes,
& les calamitez de celles de l'aduenir se representás aux yeux du Roy,

il aima mieux fonder vn chemin amiable, & moyenner vne entreuenë de leurs majeſtez. Mais l'Empereur en donnant aduis au Pape, l'aſſeure que quelque pratique qu'il ayt auec le Roy, il ne conclurra rien auec luy; tellement que ſa ſainteté ſe plaint au Roy, que telles pratiques ſe menét ſans les luy communiquer; Et le Roy les faiſant ceſſer, s'excuſe enuers le Pape, qu'elles n'eſtoient ſi fort auancees qu'elles meritaſſent de luy eſtre legerement communiquees.

Mort du Seigneur de Merueilles   Peu de temps apres arriua la mort du Seigneur de Merueilles; c'eſtoit vn Gentil-homme Milanois nourry à la Cour depuis le Roy Louys douzieſme en eſtat d'Eſcuyer d'eſcuirie, & pour lors Ambaſſadeur du Roy vers Sforce Duc de Milan; ſecret toutesfois, ayant outre ſes inſtructions & lettres de creance, vne

vne missiue particuliere adressante
au Duc pour la recommandation
de ses afaires; à fin que si l'Empereur fut entré en quelque ombrage
du Duc, il pût faire foy que Merueilles n'estoit point pres de luy en
qualité d'Ambassadeur. Il aduint
donc que Merueilles acompagnant
le Duc par la ville, vn Gentil-homme Milanois de la maison de Castiglion ayant ou par rencontre, ou
par dessein demandé à l'vn desvalets
de Merueilles à qui il estoit; Il respô-
dit qu'il estoit au Seigneur de Merueilles de France. Mais à Merueilles
de la Fourche, replique Castiglion.
Vn suiuant de l'Escuyer recueillant
ceste parole, la reproche au Milanois, il la nye; démentis se donnent
de part & d'autre, & le François se
met en deuoir de soustenir le sien à
la pointe de l'espée, Castiglion de-
daignant peut estre vn homme de

P

plus baſſe condition que luy, ſe retire. Et depuis s'eſtant acompagné
de dix ou douze Eſtafiers armez
d'arquebuſes & pertuyſanes, paſſe
ſouuent au long du logis de Merueilles, rencontre cinq ou ſix de ſes
gens, & s'efforce de les outrager.
Merueilles s'en plaint au Capitaine
de la Iuſtice, qui n'en tient conte.
Caſtiglion pourſuit ſes alees & venuës, & aborde encore vn coup les
ſeruiteurs de Merueilles; Ils le tuent
& mettent ſes gens en fuite. Le lendemain le Capitaine va dés le matin
faire inuentaire des biens de Merueilles, le conſtitue priſonnier, &
tout ce qu'il rencontre de ſes
domeſtiques, donne l'eſtrapade à
vn plus qu'octogenaire & ſourd de
vieilleſſe pour extorquer de luy
quelque confeſſion contre ſon Maiſtre, ne ſouffre qu'aucun de ſes fa-
milliers le voye, deſchire les iuſtifi-

cations que fuyuant la couftume de Milã quelques fiens amis luy auoiét prefentees, fans les daigner lire; Et le Dimanche fuiuant apres minuit, informé premierement de la volonté du Duc, luy fait trancher la tefte à huys clos, & ieter fon corps en la place aux marchands, horrible procedure à l'endroit d'vne perfonne facree & inuiolable; car s'il eft loifible de violer ainfi le droit des gens, quelle affeurance pourront iamais trouuer les Ambaffadeurs?

Le Roy demande au Duc reparation de ceft outrage, en efcrit à l'Emperour, à tous les Princes & Potentats de la Chreftienté, comme ayant tous particulier intereft en cefte offenfe publique. Le Duc s'excufe par fon Chancelier neueu de Merueilles, qui pour fes raifons propofe, que le Duc fon maiftre n'a iamais reconnu Merueilles pour Am-

baſſadeur; Mais que comme d'vn
particulier ſien ſujeƈt, il auoit permis que iuſtice fut faite de l'homi-
cide commis en l'vn de ſes Gentils-
hommes. Que Merueilles eſtoit hôme de vicieuſe conuerſation, ſedi-
tieux, & receleur d'homicides &
conſpirateurs contre la vie du Duc;
qui pour ces cauſes luy auoit ſouuent fait dire que ſa demeure à Milan ne luy eſtoit pas agreable. Mais
il eſtoit dementy par vne lettre qu'il
auoit eſcrite au Roy, contenant que
ſon arriuee de la part de ſa Majeſté,
(de laquelle il eſtoit & deſiroit eſtre
à l'aduenir treſ-humble ſeruiteur)
luy eſtoit fort agreable, & que pour
beaucoup de reſpeƈts il le verroit
touſiours volontiers à Milan. Et ce
neueu deſnaturé mauuais Aduocat d'vne mauuaiſe cauſe, ne pouuoit pas ignorer la qualité de Merueilles, attendu que luy meſmes

auoit à Fontaine-bleau procuré ceste charge à fon oncle, & propofé
ce moyen de recommandation particuliere au Duc pour feruir d'ombre & de couuerture contre lés
foupçons de l'Empereur. Dauantage la procedure precipitée du Vendredy au Dimanche fuiuant, & l'e-
xecution faite de nuit, & au defceu
du peuple, qui peut eftre s'y fait tu-
multuairement opofé craignant de
s'enueloper en la vengeance du
Roy, defcouuroient affez l'iniuftice
de ce Iugement. Auffi le Chancelier fi trouua tellement furpris, qu'a-
pres auoir d'efauoüé la qualité de
Merueilles, & protefté que fon
maiftre ne l'auoit iamais reconnu
pour Ambaffadeur du Roy ; Comme le Roy luy demanda, pourquoy
donc on l'auoit executé de nuit. Il
refpondit que pour le refpect de la
maifon de France, le Duc fon mai-

ftre euft efté bien marry que l'execution en euft efté faite de iour. Qui
eftoit broncher lourdement deuant
vn tel nez que celuy du Roy François.

L'Empereur refpondit à l'Ambaffadeur de Velly, Que Merueilles
auoit bien merité la mort, n'eftant
point reconnu pour Ambaffadeur,
mais Gentil-homme priué fujeçt du
Duc, & pourfuiuant pres de luy fes
affaires particulieres ; c'eftoit la
mefme chanfon. Et quand Velly
luy reprefenta les lettres d'aueu du
Duc mefme au Roy, par lefquelles
il aparoiffoit de la qualité de Merueilles ; Il ne f'en efmeut nullement.
Au cótraire fe voyant dautant plus
affeuré du Duc par l'iniure qu'il auoit
faite au Roy, il enuoya querir en
Flandres fa niece fille du Roy de
Dannemarc, pour la luy donner.

Le Roy ne pouuant auoir reparation de l'indigne mort de son Ambassadeur, se resout à la venger par
les armes, institue les legionnaires
en France à l'exemple des Romains,
depesche le Comte de Furstemberg
en Allemagne faire leuee de vingt
enseignes de Lansquenets ; & demande passage au Duc de Sauoye
par ses païs pour auoir raison de
l'outrage à luy fait par le Duc de
Milan. Le Sauoysien le refuse, & ce
refus pousse le Roy à demander le
partage de Louyse de Sauoye sa
mere.

L'Empereur reuenoit de Thunis,
& monstrant de vouloir contracter
de nouuelles aliãces auec le Roy, luy
offroit vne pension de cent mille
escus sur la Duché de Milan, traitoit les mariages du Dauphin auec
l'infante de Portugal, & du Duc
d'Angoulesme auec celle d'Espagne.

P iiij

(Le Duc d'Orleans estoit desia marié auec Catherine de Medicis) à fin que noüans plus ferme leur amitié par les nouueaux liens de ces conionctions, ils participassent à l'honneur & proffit de la conqueste de Grece. Mais le trespas du Duc de Milan en ce mesme temps, luy en presente d'autres occasions ; par sa mort il pretend de pouuoir disposer à son plaisir de ceste Duché, & donne esperance d'en vouloir non seulement transiger au gré du Roy, mais aussi d'vne guerre commune contre le Turc.

Ce n'estoit que piperie, l'Empereur estoit recru , ses gens dissipez par les fatigues de la guerre, & les grandes chaleurs qu'ils auoiét souffertes en ce voyage. Et le Roy branlant auec vne fraische & puissante armee menaçoit les Duchez de Sauoye, & de Milan. L'Empereur donc

ne taſchoit qu'à l'amuſer par les ouuertures de ces partis. Cependant
que ſous main il faiſoit vne groſſe
leuee en Allemagne par le Comte de
Naſſau, & rapelloit en Italie Ferdinand de Gonſague, auec les Eſpagnols qui eſtoiét demeurez en Sicile.

De fait quand on vint à traicter,
l'Empereur demanda que le Roy ſe
deſiſtat du fait de Genes, qu'il luy
euoyaſt le Duc d'Orleans pour l'aſſi-
ſter en la conqueſte d'Alger, & que
l'excluant de la Duché de Milan, le
Duc d'Angouleſme en fut inueſty.
Le Roy deſiroit bien l'amitié de
l'Empereur, & les alliances qu'il offroit. Il eſtoit content de ſurſoir le
diferent de Genes, de renoncer aux
pretenſions de Naples, & faire ceder ledit d'Orleans aux querelles de
Florence & d'Vrbin, moyennant
l'inueſtiture de Milā. Il promettoit
de s'employer enuers les Princes de

l'Empire, à ce qu'ils receussent Ferdinand Roy des Romains, de secourir l'Empereur en l'entreprise de la guerre sainte de galeres & d'hommes payez ; & de l'accompagner en personne l'annee suyuante au voyage de Constantinople auec toutes ses forces. Mais Forclorre le Duc d'Orleans de cet ancien heritage de ses ancestres que son aisné luy cedoit volontiers en faueur de mariage, pour y installer son plus ieune fils, n'eust-ce pas esté semer des sujets de diuision entr'eux? Et à quel dessein demandoit l'Empereur le Duc d'Orleans que pour le tenir en forme d'ostage? D'ailleurs requerir instamment le Roy que ceste inuestiture de Milan se maniast au desceu du Pape, qui ne faudroit, disoit il, à la trauerser; & neátmoins en donner aduis à la Cour de Rome par André Doria, & l'asseurer qu'encore qu'il preſtat l'oreille aux gens du Roy, il ne concluroit iamais rien auec eux, ſans l'aduis de ſa ſainꞔteté; N'eſtoit-ce pas proceder de mauuaiſe foy, & bander ſes deſſeins à mettre en defiance le Pape auecque le Roy?

Le Roy donc ennuyé de ſi longues diſsimulations, ſe reſout à la guerre, à laquelle l'Empereur ſe preparoit auſſi, quoy que ſous pretexte de l'entrepriſe d'Alger. Et rien ne retenoit plus ces deux infatigables guerriers, ſinon que l'Empereur ne pouuoit pas ſi toſt reſtablir ſon armee, & le Roy nevouloit pas encourir le blaſme d'auoir rópu le traiꞔté de Cambray. Mais ſans le violer, pluſieurs & diuers ſujets d'animoſité le pouſſoient dés long temps contre le Duc de Sauoye. Les bagues que ce Duc auoit engagees pour en preſter l'argent au feu Duc

de Bourbon, & fauorifer fa rebel-
lion contre le Roy ; les lettres qu'il
auoit eſcrites ſe conjoüiſſant de ſa
priſe deuant Pauie, ſa pourſuite, afin
d'alliener les ligues de l'alliance Frá-
çoiſe ; l'achet du Comté d'Aſt ; les
refus de preſter Nice pour l'entreueuë du Pape Clement & de ſa Majeſté, & de donner paſſage contre
le Duc de Milan ; & la detention de
l'heredité maternelle qu'il ne pouuoit auoir que par force. Tout cela
ioint enſemble luy fait dépeſcher
François de Bourbon, Comte de
S. Pol ; lequel deuant que le Duc
euſt moyen de luy opoſer ſes armes,
conquit toute la Sauoye, horſmis
Montmelian, qui ſe rendit en fin;
comme nous l'auons veu rendre de
noſtre temps au feu Roy.

Alors l'Empereur accorda par le
Seigneur de Cannes & de Granuelle, la Duché de Milan au Duc d'Or-

leans. Mais quand on demanda les
feuretez de l'inueſtiture; la réponſe
qu'ils firét à l'Ambaſſadeur de Velly. Qu'il fuffiſoit pour ce coup d'a-
uoir conſenty le principal, que le
reſte ſe traiteroit auec l'Admiral de
France, qu'ils attendoient, & qu'il
ſe faloit bien garder que ceſte con-
cluſió ſecrette ne vint à la connoiſſance de ſa ſainčteté , deſcouurit
aſſez que c'eſtoit vn traičt de leur
diſſimulation ordinaire, pour en-
dormir le Roy ſur le commencement de ſes progrés. En meſme téps
le Roy ſçeut que le Pape auoit eſté
aduerty par les gens de l'Empereur,
de toutes ces pratiques qu'ils feignoient vouloir taičter ſi ſecrette-
ment. Que les Venitiens à l'inſtan-
ce de l'Empereur eſtoient entrez en
ligue defenſiue pour le Duché de
Milan , en faueur de tel perſonnage
qu'il en voudroit inueſtir. Qu'il of-

froit de grands partis au Roy d'Angleterre pour le tirer à sa deuotion.
Que du Prat passant à Milan auoit
porté parole toute contraire aux
esperances & promesses de l'Empereur; & qu'en Flandres il auoit auec
les deputez du païs conceu de grãds
apareils de guerre. Que l'Empereur
prenoit la protection du Duc de Sauoye; & qu'André Doria faisoit de
grands preparatifs sur la mer.

Sur ces aduis le Roy fait son Lieutenant general le Comte de Busan-
çois Admiral, & l'enuoye en Piedmont auec huit cens lances, mille
cheuaux legers, douze mille Legiõ-
naires, six mille Lansquenets, deux
mille François non Legionnaires,
& trois mille Italiés, huit cens pionniers, & six cens quatre-vingts cheuaux d'artillerie. Le Comte de To-
rinel, & le Marquis de Marignan luy
voulurent clorre le passage de Suze:

mais ils sont preuenus & chassez de logis en autre, & Thurin & Chyuas rédus à la premiere sommation. Dom-Laurent Emanuel, & Iean Baptiste Castalde, campoient sur la riuiere de Doaire; les François & Lansquenets impatiens d'attendre que le pont y fut dressé, trauersent l'eau trempans iusqu'en l'estomac, repoussent les Imperiaux, & leur font prendre le chemin de Verceil.

Ces heureux commencemens firent remetre à l'Empereur sur les rangs les susdites ouuertures; Mais auec des procedures si lentes, qu'on pouuoit aisement iuger qu'il ne tendoit qu'a ralentir les forces du Roy. Cependât il solicitoit la Court de Rome, le Senat de Venise, & les autres Potentats d'Italie de s'oposer à l'inuestinure de Milan en faueur d'aucun estranger; & protestoit de rechef au Pape qu'il ne cederoit ia-

mais Milan au Roy, ny ne permetroit qu'il poſſedaſt vn pied de terre
en Italie. Ce qui pouſſa le Roy, à có-
mander à ſon Admiral, qui tempo-
riſoit par le commandement de ſa
Majeſté, de reprendre ſes premieres erres.

L'Empereur fit alors ſon entree à
Rome, (entree qui par la demoli-
tion de cet ancien temple de paix,
donna ſujeꞔt aux plus curieux d'en
tirer vn certain preſage de guerre.)
La ou en pleine Harengue faite au
Pape preſens ſes Cardinaux, & beaucoup d'Ambaſſadeurs, tant diſoit-il,
afin de monſtrer ſa bóne-intention,
& combien il deſiroit la paix de la
Chreſtienté, comme pour eſtre à

offres
de
l'Em-
pereur
au
Roy,
deuãt
le Pa-
pe.
l'aduenir excuſé deuant Dieu, & deuant les hommes. Il offrit de nouueau trois partis au Roy. Le premier
de bailler la Duché de Milan à l'vn
de ſes enfans autre que le Duc d'Orleans.

leans. Le secód de combatre le Roy
cap à cap auec armes pareilles , &
oſtages, en vne iſle, ſur vn pont,
ou ſur vn bateau, pour euiter plus
grande effuſion de ſang ; attendu
qu'il eſtoit raiſonnable que ceux
pour leſquels tant de tempeſtes
eſtoient excitees , vuidaſſent leurs
diferens par vn combat ſingulier.
Mais à condition que le Roy mit en
depos la Duché de Bourgogne , &
luy celle de Milan pour eſtre les
deux adiugees au victorieux. La troi
ſieſme fut vne proteſtatió de ne venir iamais aux armes ſans contrainte , preuoyant la guerre ſi cruelle,
que la victoire n'en pouuoit eſtre
que deplorable. Et pour concluſion
adiouta , que ce qu'il auoit propoſé touchant la paix, ne procedoit de
crainte qu'il euſt, luy qui iamais ne
s'abaiſſoit à demander paix en ſa
perte ; mais la ſçauoit fort bien dó-

Q

ner aux vaincus; Au contraire que
trois grandes & fortes raisons luy
donnoient certaine esperance de la
victoire. Qu'il n'estoit agresseur en
ceste guerre ; Que le Roy l'auoit
commencee en la plus auantageuse
saison que luy Empereur eust sceu
desirer ; Qu'il trouuoit ses Capitaines & soldats si bien disposez, que si
ceux du Roy leur ressembloient, il
voudroit piedz & poins liez, & la
corde au col luy crier misericorde.

Le second de ces trois articles, &
les dernieres rodomontades furent
ainsi que deuant celees au Roy par
les Ambassadeurs ; le Pape les ayant
requis, que sans faire faute enuers le
Roy, ils suprimassent ce qui pourroit aigrir sa Maiesté. Ioint que par
l'explication que dóna depuis l'Empereur à ses parolles à la requeste
des mesmes Ambassadeurs ; qui desiroient sçauoir s'il entendoit auoir

deffié le Roy, ou chargé de quelque
chofe dont on pût offenfer fon hóneur. l'Empereur declara publiquement ainfi que deffus. Que ce qu'il
auoit dit n'eftoit que par aduis &
propofition feulement ; comme
eftant plus conuenable & de moindre inconuenient, que fans expofer
à la mercy des armes les vies de tant
de millers d'ames qui fe battoient
pour leurs querelles, ils les vuidaf-
fent eux d'eux au peril de leur propre vie ; N'entendant aucunement
blafmer le Roy qu'il fçauoit eftre
gråd de cœur & de corps, & moins
le deffier en prefence de fa fainteté,
fans le congé de laquelle il ne le voudroit entreprendre. Ainfi le Roy ré-
pondant feulement aux articles que
luy furent raportez, manqua de re-
partie à ceux qu'il ne fçauoit pas.
Voila quant au Duel propofé par
l'Empereur qui n'auoit veine qui

Q ij

tendit à cela , comme il tefmoigna
depuis. Mais dautant que nous auós
meflé iufques icy les exploits de
leurs armes en general , parmy leur
querelle particuliere. Et que la plufpart de noftre Nobleffe qui ne fe
plaift guere a s'aprofondir en l'Hiftoire , fera bien aife d'en trouuer
icy ce petit abregé, ie fuis content de
l'acheuer ainfi que ie l'ay commencé, le plus fuccintement qu'il me fera poffible.

A pres tant de diffimulations &
deguifemens l'Empereur leue le
Mafque, & dreffe trois armees pour
affaillir en mefme temps les Prouinces de Prouence, Picardie , & Châ-
pagne , & heurter en mefme temps,
& d'vn choc pareil les frontieres de
ce Royaume. Et au lieu de recouurer les terres gaignees par le Roy
fur le Duc de Sauoye fuiuant le confeil qu'on luy en donnoit , Apres

auoir fait à Sauillan , Mondeuis,
Cony, & Tende, groſſe munition
de biſcuits , & prouiſion de toutes les beſtes de charge du païs pour
mener des viures apres ſon camp,
preuoyant le degaſt aduenir ; Laiſſe
dix mille hommes au Siege de Turin, & diſtribuât ſon armee en trois
bandes pour la commodité des paſſages, leur donne rendez vous à
Nice, & places circonuoiſines. En
la premiere eſtoit la gendarmerie
auec les Lanſquenets du Seigneur
de Thamiſe conduiſans l'artillerie
& bagage, leſquels prindrent leur
chemin par la riuiere de Genes. En
la ſeconde Dom Fernand de Gonſague general des cheuaux legers,
auec les hommes d'armes Napoli-
tains , & les Colonnels Reiſtres ;
puis le Marquis du Guaſt auec les
Eſpagnols & la maiſon de l'Empereur, & à ſa queuë Antoine de Leue &

Passage de l'Empereur en Prouence.

les Lanſquenets de Marc Eben-
ſthein ; Apres leſquels marchoit
l'Empereur au milieu d'vne troupe
d'Eſpagnols ſuiuy des Lanſquenets
de Gaſpard de Fonſperg, tirans le
chemin de foſſan à Nice. Et en la
troiſieſme les Italiens qui prindrent
leur chemin par Cony.

Le Roy eſtoit à Lyon pouruoyát
à tous les endroits ou l'ennemy
pouuoit deſcendre : il enuoya le Có-
te de Tende, & le Seigneur de Bonneual ioindre le Comte de Fuſtem-
berg, & les autres Capitaines commis aux paſſages de Roqueſpar-
uiere, & Terreneufue pour faire le
degaſt des bleds, reſſerrer és places
fortes tout ce qui ſeroit en la Campagne, rompre les fours & moulins, bruller les fourrages, deffon-
cer les vins, & ietter des bleds dans
les puys pour corrompre les eaux.
Enquoy tous les peuples aporte-

rent vne si veh mente affection au
bien public , que chacun oublioit
le regret de son dommage particulier. Et dautant que les forces du
Roy n'estoient encores vnies pour
se presenter deuant les Imperiaux
en personne, sa Maiesté fit le grand
Maistre Mommorency , son Lieutenant general; Et ennoya le Mareschal d'Aubigny se saisir d'Auignon
auec huit mille Suisses.

Desia l'Empereur estoit en la plaine de Cannes, & le lendemain Dom
Fernand de Gonsague qui menoit
l'auangarde se deuoit auancer auec
dixhuit cens cheuaux, & six mille
Lansquenets , dont le Maistre de
camp marchoit aucunesfois trois
lieuës deuant toute l'armee. Montejan & Boissy , recherchant en ce
commencement de guerre l'occasion de faire quelque signalé seruice
au Roy , veulent essayer à surpren-

Q iiij

dre ce Maiſtre de camp ; Et eſtans
partis à ce deſſein auec huit vingts
cheuaux, & trois cens hommes de
pied ; rencontrent Dom Fernand
auec ſes gens de cheual qui venoiét
prendre logis pour l'auangarde en
la ville de Luc, luy donnent l'alarme, & ſe retirent ſur la nuit à Brignolles. Dom Fernand aduerty du
petit nombre des noſtres , coſtoye
Brignolles , dreſſe vne forte embuſche ſur le chemin qu'ils deuoient
prendre le lendemain , & les ayant
enuelopez entre ſa troupe & ſon
embuſche , les taille quaſi tous en
pieces horſmis les chefs, qui apres
vn grand combat furent priſonniers, le nombre ayant vaincu la vertu , & l'ennemy perdu deux cens
cheuaux ſans les bleſſez. Mommorency pour faire paroiſtre à l'Empereur que pour vne auantageuſe
rencótre il ne failloit point de cœur,

loge ſes gens en camp, & en choi-
ſit l'aſſiete entre le Rhone & la Du-
rance, l'vne luy fourniſſant ſon oſt
de viures, & l'autre luy ſeruant de
barriere contre l'ennemy;Cependãt
que le Roy eſtoit à Valence, ou cõ-
me Patron commandant de poupe
en prouë, il enuoyoit iournellement de nouuelles forces au grand
maiſtre, & aſſembloit telle puiſſance
que ſi quelque eſchec euſt affoibly
ceſte premiere armee, l'Empereur
euſt eu quand & quant en teſte le
Roy preſt à luy donner vne ſeconde
bataille.

L'Empereur aprochoit d'Aix ;
les païſans & montagnards em-
buſchez és deſtours & paſſages
eſtroits au long des Alpes, & ſor-
tans par occaſions à l'impour-
ueu, tantoſt ſur les coureurs, tantoſt ſur la queuë, l'arreſtoient de
cent en cent pas, ſans moyen neant-

moins d'offenfer cet effain d'hommes, qui f'euanoüiffoient quand
on les preffoit par des chemins in-
connus. Cinquante defquels fe de-
terminans à tous euenemens, f'e-
ftoient enfermez dans vne tour, qui
porte le nom de noftre Dame, à
deffein de choifir l'Empereur au
paffage, & defcharger tous enfemble leurs arquebufes fur luy. Mais
au lieu de l'Empereur, ils tuerent
vn autre qui eftoit veftu d'vn riche
accouftrement fur fes armes, & fui-
uy d'vne troupe de gens qui luy
deferoient beaucoup d'honneur.
L'Empereur y fait emmener le canon, bat la tour, contraint les païs-
fans de fe rendre à difcretió, & pour
expier ce coup, les enuoye tous au
gibet.

Le grand Maiftre f'eftoit defia
groffi de trente mille hommes, &
l'Empereur eftoit touché d'vn ex-

*Nota-
ble re-
folu-
tion de
Pay-
fans.*

treme regret qu'ayant és guerres
paſſees acquis tant d'heureuſes victoires ſous la conduite de ſes Lieu-
tenans, maintenant qu'il marche
en perſonne auec ſi forte & puiſſante armee, il n'ait encore produit aucun honorable exploit militaire;
meſme ayant deſia publié ſes triomphes par tout le monde : car apres la
defaite de Montejan, il auoit eſcrit
à tous ſes alliez, qu'il auoit defait
l'auant-garde du Roy.

Il fait donc le vingt-cinquieſme 1536.
d'Aouſt vn choix de trois mille Eſpagnols, quatre mille Italiens, &
cinq mille Lanſquenets; prend auec
luy le Duc d'Albe Eſpagnol, le Marquis du Guaſt, & Gonſague Italiés,
& le Comte d'Horne Alleman, ſui-
uis de toute la fleur des gens de cheual; s'auance pres de Marſeille, marche en perſonne pour reconnoiſtre
la ville, couuert d'vne maſure de

maifons n'aguere abatuës, & pouffe en auant le Marquis pour remarquer vn endroit commode à l'affiete de fon artillerie vers le plus foi-
ble cofté de la ville. Le guet des rem-
parts defcouure le Marquis, on fait
fortir des gens pour l'enclorre, il fe
retire vers la mafure, & par fa retraite on aperçoit plus grand nombre
d'hommes. On renforce les premiers fortis, & quelques canonades
efcartans les pierres de la mafure,
ruent & bleffent vn grand nombre
d'hommes, & font retourner l'Empereur en fon camp, apres auoir ordonné le Duc d'Albe & le Comte
d'Horne pour feiourner és enuirós
de Marfeille, & le Marquis auec
douze cens cheuaux, & fix enfeignes de gens de pied pour aller reconnoiftre Arles. Mais l'Empereut
ne fut pas fi toft party que le Comte
d'Horne fut tué en cefte mefme

fortie, auec vn autre Capitaine Alleman son parent, & plusieurs autres Imperiaux; Et le Marquis fru-
stré de l'esperance de pouuoir forcer
ny surprendre la ville d'Arles , reprint le chemin de Marseille.

Marseille n'estoit assiegee par le
Duc d'Albe que par contenance, en
esperance d'attirer les assiegez à
quelque temeraire saillie, ou le cáp
Royal a les secourir, & par ce moyen
le combatre auec auantage ; A ce
dessein l'Empereur se tenoit si pres
qu'au premier délogement du camp
François , il le pouuoit facilement
preuenir & ioindre les siens. Mais
ceux de dedans auoient de bons
chefs qui ne laissoient sortir leurs
gens que bien à propos , & tousiours au dommage de l'ennemy. Et
quant au déplacement du camp,
Mommorency ne vouloit hazarder les forces du Roy , esperant par

Siege de Mar- seille.

la route de celles de l'Empereur pre-
feruer les fiennes entieres.

Neantmoins Henry Duc d'Orleans, & alors nouueau Dauphin,
& Duc de Bretagne par la mort de
François fon aifné, defireux de faire
preuue de fa perfonne en fi iufte &
tant honorable g erre, & contre vn
fi digne & fortal e ennemy; Ayant
obtenu auec in ntes prieres ; &
par l'interceffio le ceux qui pouuoient beauco enuers fa Majefté ;
congé d'aller à armee, non pour
commander; i is pour aprendre à
commander, & faire l'aprentiffage
du meftier de la guerre fous le gråd
Maiftre ; Son rriuee occafionna la
ieuneffe à cr bataille : Plufieurs
confideratio les y pouffoient, les
forces du R fuffifantes pour con-
trequarrer les de l'Empereur, la
prefence d'v ieune Prince bruflant
d'ardeur de f'efprouuer à la guerre,

la honte qu'vne telle ville que Marfeille fut affiege à leur barbe; & le
moyen qu'ils auoient de combatre
leurs ennemis auant que l'Empereur pût mener fes troupes au fecours, qui pour la commodité des
viures eftoient contraintes de f'efpandre. Mais le grand maiftre, & les
plus fages trouuoient qu'il eftoit
beaucoup plus certain de rempor-
ter la victoire fans coup fraper, en
coupant les viures aux ennemis côme ils auoient fait iufqu'alors; Marfeille eftoit bien remparé, bien garnie de toutes munitiõs neceffaires,
pourueuë de bons foldats, & de
Capitaines encore meilleurs. Au
contraire la famine & la mortalité
qui trauailloit defia l'ennemy, fe
rêforçoit toufiours en fon camp.
Les païfans auoient de fraifche date
emmené toutes les beftes portans
les Bifcuits qu'il auoit fait faire à

Tolon , & continuant de l'affliger
par tels affronts , reduisoient l'ost
Imperial en extreme necessité. Et les
continuels eschecs que la gendarmerie Françoise y donnoit inces-
samment , faisoit mediter à l'Empereur sa retraite. Mais ce qui l'e-
stonna dauantage , de cinquante
mille combattans qu'il auoit au partir de Nice , a peine s'en trouua t'il
vingt-cinq ou trente mille. Parquoy tout incontinant apres l'arriuee d'André Doria , qui luy aporta
de l'argent & des viures , il fit publier en son camp que tous gens de
guerre se tinssét prests à faire móstre,
& partir au iour qui leur seroit com-
mádé, chacun fourny de viures pour
huit ou dix iours. Cela donna soupçon au Roy qu'il voulut retourner
au Siege de Marseille auec le Duc
d'Albe ; Et l'Empereur s'y trouuant
en personne , il esperoit qu'au mi-

lieu

lieu de deux si grosses armees, il
pourroit parfaire le contenu du cartel qu'il luy auoit autresfois enuoyé.

Mais sa Majesté n'est si tost arriuee de valence en son camp lez Auignon, que comme il se prepare
pour donner ou receuoir la bataille; voicy nouuelles que l'Empereur
est deloge d'Aix; laissant outre les
morts en nombre infiny dont l'air
estoit corrompu tout à l'entour;
vne grande multitude de malades
qui ne pouuoient suiure l'armee.
Ainsi celuy qui n'agueres menaçoit
de sang & de feu les Prouinces dece
Royaume, qui par presomption en
auoit dés long temps engloutty la
Coronne, laisse entre ses principaux arcboutans Antoine de Leue,
Marc Busthein; Baptiste Castalde
& plusieurs autres gens de nom
morts; & se retire amoindry de la
R

moitié de ſes troupes, haraſſé par
les païſans, qui ſe preualans des armes des mourans, aſſiegent les paſſages & deſtroits, demoliſſent les
ponts des torrens alors impetueux,
le chargent en front, en flanc, & en
queuë; Et les cheuaux legers conduits par le Comte de Tende, Bonneual, Langey, & Pol de Cere les
ſerrent de ſi pres, que ſes gens n'ayãt
moyen de fourrager, laiſſent le chemin depuis Aix iuſques à Frejus
ionchez de morts & de languiſ-
ſans, de harnois, lances, piques, arquebuſes, & de toutes autres armes.

Le Roy faiſoit eſtat de marcher
à la pourſuite, & quelque part qu'il
le peut atteindre luy donner bataille
& paſſer d'vn meſme temps en Italie, ou ſon camp eſtoit deſia puiſſant à la campagne. Mais il fut de-
ſtourné par les lettres du Mareſchal

de la Marc assiegé à Peronne par l'armee que l'Empereur auoit sous le Comte de Nassau, qui se retira de nuit sans auoir non plus gaigné sur la Picardie, que l'Empereur en Prouence. D'autre part le Siege de Thurin fut leué, & presque tout le Piedmont reduit en l'obeyssance du Roy. Lequel déployant en sa court de Parlement à Paris, presens les Princes de son sang, Pairs de France, Officiers de sa Coronne, & quarante ou cinquante Euesques, les armes legitimes d'vn Seigneur contre les felonnies de son Vassal; Enuoya sur les frontieres adiourner à son de trompe l'Empereur, pour alleguer ce que bon luy sembleroit contre la demande des Aduocat & Procureur general de sa Majesté, concluans; Que veu les rebellions dudit Empereur à l'encontre du Roy son Prince, naturel, & souue-

Arrest contre l'Empereur

R ij

rain Seigneur à cause des Comtez
de Flandres, Artois, Charolois &
autres places mouuans de la Coronne de Fráce; ils fussent declarez par
Arrest cómis & cófisquez, adiugez
& reunis à la Coróne. En execution
de cest Arrest, le Roy depesche vne
armee sous la charge du grand Maistre deuant Hedin, qui fut emporté
de force, auec sainct Pol, l'Illiers,
& S. Venant. Mais voyát que l'Empereur n'auoit point d'armee, il
rompit la sienne ; Et n'eust si tost
desarmé, que le Comte de Bures arme vingt-quatre mille Lansquenets, six mille valons, & huit mille
cheuaux, reprend sainct Pol de force, & Montreüil par composition
puis vient assieger Theroüenne.

Siege de Theroüenne. L'armee Imperiale ne commença
si tost à marcher, que le Roy re-
dresse la sienne ; le Dauphin acompagné de Mommorency sur inten-

dant de l'armee sous luy, assembloit
ses troupes a Abbeuille, côme ceux
qui estoient assiegez dans Theroüe-
ne, luy donnent aduis qu'ils sont
en grande necessité d'arquebusiers
& de poudres. Pour les en acom-
moder on choisit Annebaut genè-
ral des cheuaux legers. Il part suiuy
de cent hommes d'armes & seize
cens cheuaux legers, prend quatre
cens arquebusiers portans chacun
vn sac de cuir lié autour de soy plein
de poudre, plusieurs Gentils-hommes volontaires grossissent ceste
troupe par leur presence. Desia les
Imperiaux aduertis de ce dessein
estoient à cheual pour en diuertir
l'execution, & les cheuaux legers
poussez par la Noblesse Françoise
leur donnent l'alarme Il estoit nuit,
& l'obscurité des tenebres empes-
chant l'auangarde ennemie de reconnoistre sa bataille qui la venoit

joindre, ils s'entrechargent les vns
les autres, cependant que nos arquebufiers fe iettent dans Theroüenne; lefquels entrez donnent le fi-
gnal auquel Annebaut fe deuoit
mettre à la retraite, qu'il pouuoit
faire fans danger. Mais eftant aduerty que fes cheuaux legers eftoient à
l'efcarmouche, il fe mit en deuoir
de les retirer. L'ennemy le preuient
& luy coupe le chemin au paffage
d'vn pont. Icy le combat fut fanglant, & les plus grand efchec tomba fur les Imperiaux ; Mais toute
leur caualerie arriuant, Annebaut
eft porté par terre, & pris prifonnier, & auec luy prefque tous les
fiens, horfmis ceux qui auoient def-
ja paffé le pont. Ceux-cy (Auffun
entre autres) retirez à Hedin, changent de cheuaux, retournent au
champ du combat, trouuent les Imperiaux en defordre, les chargent,

Combat memorable.

en tuent & prennent grand nombre, recouurent plusieurs de leurs
compagnons prisonniers ; Et leur
retranchent vne grande partie de
leur victoire.

Cependant le Dauphin auoit des-
ja recueilly seize cens hommes d'armes ; deux mille cheuaux legers,
douze mille François, & dix mille
Allemans ; Auec lesquels il pretendoit de combatre les ennemis. Mais
vne treue de trois mois entre les païs
du Roy, & les païs bas de l'Empereur, le porte de la les Monts, & le
Roy mesmes en suite ; ou apres diuers exploits, vne abstinence de ₁₅₃₇
guerre fut acordée de part & d'autre du vingt-huictiesme deNouem-
bre iusques au vingt-deuxiesme de
Feurier. Par laquelle chacun demeurant possesseur de ce qu'il se
trouueroit saisi lors de la publica-
tion, le Piémont demeura presque

R iiij

tout entier au Roy. Depuis s'enfui-
uit vne prolongation de treue pour
six mois à Locate ; Et finalement
l'annee fuiuante , le Pape ayant
moyéné vne entreueuë de ces deux
grands Princes à Nice , & s'y eſtant
trouué luy meſme , agé de ſoixante
& quinze ans , au commencement
de Iuin, ils firent treſue pour dix ans
ne pouuant eſtablir vne paix par
l'entiere deciſion de leurs diferens.

Que-
relle de
Celar
de Fre
goſe ,
et Guy
de Rā
gon ,
contre
Ca-
guin
de Gō-
ſague Icy l'Hiſtoire fait mention d'vne
querelle entre Caguin de Gonſague
& Cefar Fregoſe, beau frere de Guy
Comte de Rangon ; leſquels s'e-
ſtans bandez contre Caguin fonde-
rent vn cartel de deffy, ſur quelques
eſcrits diuulguez au meſpris dudict
Fregoſe ſous le nom de l'Aretin, dōt
ils ſouſtenoient ledit Caguin eſtre
l'autheur. Mais Guillaume du Bellay Seigneur de Langey leur ayant
remonſtré le preiudice que leur que-

rel'e aportoit au seruice du Roy ; Et
que par les chapitres de son ordre,
les Cheualiers ne peuuent enuoyer,
ny receuoir cartel l'vn de l'autre
sans le congé de sa Majesté : leur côbat fut premierement diferé, & puis
rompu.

Autres sujects de querelle entre l'Empereur & le Roy.

CHAP. XVII.

IE ne doute point que ceste dispute ne semble vn peu longue à
plusieurs personnes qui n'ayment
pas tant à s'enfonsser dans l'Histoire ; Mais ils ne la sçauroient trouuer
ailleurs plus courte, ny plus pressee,
si l'on n'en vouloit oster des causes,
& des effects qui la rendent admirable. C'est pourquoy l'ayant com-

mencee, & pourfuiuie auec la liberté de m'eftendre fur fes euenemens ;
Il me femble que ie la laifferois imparfaite fi ie ne l'acheuois auec le
mefme ordre que i'ay gardé, tant
au commencement qu'au progrez.

L'entreueuë de Nice, ainfi que
nous venons de dire, auoit produit
vne tréue de dix mois; Mais Charles
eftoit nay pour eftre le fleau perpe-
tuel de ce Royaume. Les Cantons
f'eftoient rebellez contre luy, &
auoient fecrettement offert obeïffance au Roy comme à leur fouuerain; Qui faifant deuoir de bon frere en auoit aduerty l'Empereur, &
de plus luy auoit donné paffage par
fon Royaume auec des honneurs
exceffifs, pour en aller prendre vengeance. En reconnoiffance de tout
cela, l'Empereur luy auoit promis
l'inueftiture de Milan; mais fommé
de fa promeffe à la premiere ville de

son obeyssance, Il s'en excuse par la loy *Passato el pericolo, &c.* Et pour le mettre en mauuaise intelligence auec tous les Potentats de la Chrestienté, en recópense de tant d'honneur & bons offices qu'ils en auoit receus, leur fait entendre sous main, que le Roy traittoit auec luy des choses à leur desauantage.

Le Roy pour esclaircir ses alliez, & dissiper les mauuaises impressions que l'Empereur leur auoit dónees; depesche Cesar Fregose vers le Senat de Venise, & Anthoine de Rinçon Gentil-homme de sa Chambre vers le grand Turc. Le Marquis du Guast en oit le vent, & pour surprendre ces Ambassadeurs auec leur instruction & creance, dispose des aguets sur tous les passages, & notamment sur le Po, les fait assassiner en leur barque en la plage de Cantalonne trois mille au dessus de

Mort de Fregose & Rinçō Ambassadeurs.

la bouche du Tesin, & met aux basses fosses du Chasteau de Pauie tous les batteliers qui auoient conduit tant les meurtriers comme les meurtris.

Le Seigneur de Laugey Lieutenant General en Piémont pour découurir la verité d'vn fait que le Marquis pensoit auoir fait si secrettement, trouue moyen de faire limer les grilles des prisons qui regardent deuers le fossé du Chasteau, tire dehors les mariniers ; Et aprend d'eux le nombre, les noms, & la nation des assassins, l'ordre, la façon & l'heure du meurtre, & toutes autres circonstances pour conuaincre les deguisemens du Marquis, qui feignoit de faire diligemment informer du crime par le Capitaine de la iustice de Milan.

Le Roy en escrit au Pape, à l'Empereur, & aux Estats de l'Empire,

& demande reparation de ce dernier affront fi outrageux & fanglât.
Mais rien moins , l'Empereur ne
s'efmeut non plus de cefte mort,
qu'il auoit fait auparuuant de celle
de Merueilles. Le Marquis eferit aux
Eftats affemblez lors à Ratifbonne.
Qu'il n'auoit iamais rien fait qui le
peut conuaincre d'auoir rompu la
tréue; Qu'il y auoit deux voyes de fe
iuftifier , l'vne par les loix, l'autre
par les armes , Qu'il offre de defendre ciuilement que de luy n'eft pro-
cedé la rupture de la tréue , & de
conftituer entre les mains du fainct
Pere protecteur d'icelle , & luy &
tous ceux que le Roy allegueroit
fufpets de cefte afaire, afin que la verité en fut efclaircie. Et que fi quelque Cheualier fô pareil luy vouloit
imputer telle chofe, & prouuer fon
intention par les armes, il deffen-
droit qu'il difoit le faux: & qu'autât

de fois qu'il luy auroit donné, ou
donneroit telle imputation, autant
de fois il auroit dit fauſſet. Langey
répondât aux iuſtifications du Marquis, fut le Cheualier qui ſe preſen-
ta pour les voir par l'vne, ou par
l'autre voye. Mais le Marquis auoit
ouuert ce champ au plus loin de ſa
penſee.

Guer-
re con-
tre
l'Em-
pereur

Le Roy donc voyant que laiſſer
le ſang de ſes derniers Ambaſſadeurs ſans vengeance, eſtoit ſe faire
noter de faute de prudence, ou de
courage; ayant deſia denoncé la
guerre à l'Empereur (qui tramoit
d'ailleurs ſous ombre de Paix mille
deſſeins ſur les frontieres de ſon
Royaume) en cas que dans certain
temps il ne ſatisfit à la Iuſtice de tels
meurtres. Depeſche Charles d'Orleans ſon plus ieune fils en la Duché
de Luxembourg, accõpagné de ſix
cens hómes d'armes, ſix mille Fran-

çois, dix mille Lanſquenets: Et de
Claude Duc de Guyſe commandant à l'armee ſous luy, de François
de Bourbon Duc d'Anguien, du
Comte d'Aumale, des Seigneurs de
Sedam, Iamets, la Guiche & pluſieurs autres. Et Héry ſon aiſné aſſiſté du Mareſchal d'Annebaut, & du
Seigneur de Monpeſat en la Comté
de Rouſſillon, auec huit mille Suiſſes, ſix mille François des vieilles
bandes, dót eſtoit Colonnel Charles de Coſſé Seigneur de Briſſac, ſix
mille Italiens, quatre cens hommes
d'armes, & ſeize cés cheuaux legers,
deſquels eſtoit General le Seigneur
de Termes. Et Monpeſat l'ayant
joint auec les legions de Guyenne
& de Languedoc, ſix mille Lanſquenets, & grand nombre de Suiſſes: L'armée ſe trouua compoſee
de quarante mille hommes de pied,
deux mille hommes d'armes, &

deux mille cheuaux legers. Estimāt le Roy que Parpignan assailly au depourueu de plusieurs choses necessaires, l'honneur, ou la crainte de la perte attireroit l'Empereur au combat, & sous ceste esperance, il preparoit le reste de ses forces pour les y mener en personne.

Le Duc d'Orleans pour premier exploit de ses armes assiegea, batir, & emporta d'Anuillier place de Luxembourg; Et la le furent ioindre le Baron de Hedecq, les Comte de Manfeld, Reingraue, & le Colonnel Reychroc auec dix mille Lansquenets. Yuoy estoit la plus forte ville du pays, la mieux pourueuë d'hommes, d'artillerie, & de munitions. Le bastard de Sombret, Gilles de Leuant, & autres iusques au nombre de deux mille hommes la defendoient. Le Duc y tourne la teste, & l'emporte par composition.

tion. Et là le Duc de Cleues groſſit
encore l'armée Royale de dix mille
Lanſquenets, & ſeize cens cheuaux
amenez par Roſſan Mareſchal de
Gueldres. Luxembourg ſembloit
eſtre plus difficile, trois mille hommes de pied, & quatre cens cheuaux
le gardoient. Mais les tranchees, les
aproches, & la breche faite, bien
que non raiſonnable, les aſſiegez
ſe rendirent bagues ſauues. Et bref
les progrés de ceſte expedition furent tels que de la Duché de Luxembourg, Thionuille ſeule reſtoit à
l'Empereur. Mais l'extreme deſir
qu'auoit ce ieune Duc de ſe trouuer
à la bataille qu'il croioit ſe deuoir
donner deuant Parpignan, l'emporta iuſqu'à Monpellier, ou le Roy
ſeiournoit pour eſtre preſt à recüeil-
lir l'Empereur s'il arriuoit au ſecours. Ainſi le Duc preferant vn ape-
tit de gloire incertaine aux fruicts

S

d'vne certaine conqueste fit vn
grand deplaifir au Roy, aporta peu
de renfort a fes troupes, & beaucoup de preiudice à fes afaires.

Le fiege de Parpignan fut infru-
Siege de Par-pignã
ctueux, la ville eftoit bien fortifiee,
& mieux pourucuë, d'hommes,
d'artillerie, & de munitions. Les
affiegeans eftoient en vne plaine ra-
ze derriere de gabions qu'ils ne pouuoient remplir que de fable. L'Empereur pouuoit garder la place fans
hazarder, fa perfonne ny efprouuer
le fort d'vne bataille. Dauátage l'hyuer aprochoit, & à la premiere venue
des pluyes il n'y euft eu moyé de retirer cefte armee, à caufe des torrens
qui de tous coftez coulét des móta-
gnes, & que le voifinage de la mer
fait regorger en la plaine ; de forte
qu'eftás enfermez entre deux mers
& la montagne, les ennemis en euffent eu bon marché. Ainfi le Roy

preuoyant ces inconueniens retira
le Dauphin,& son armee, connoissant , mais tard , qu'il auoit esté
mal seruy.

D'ailleurs Langey estoit demeuré fort seul en Piémont par les troupes qu'Annebaut en auoit tirées
pour mener en ce Siege. Le Marquis
du Guast empoignant ceste occasion , auoit assemblé quinze mille
hommes de pied, & deux mille cinq
cens cheuaux, en intention de passer le Po , & camper à Carignan,
pour oster le plat païs aux François,
affamer Turin, & leur oster la commodité du Marquisat de Salusses.
Cinq mille hommes de pied, & peu
de cheuaux que Langey leur pouuoit oposer n'estoient pas pour luy
rompre le passage. Neantmoins il se
loge le premier à Carignan, s'y fortifie en diligence, & par frequentes
escarmouches empesche le Marquis

de le forcer. Les eaux estoient bassses en Iuillet, on pouuoit aisément passer à gué au dessus, & au dessous de Carignan ; Ces deux armées auoient desia campé quinze iours front à front, & la moindre estoit desia preste à succomber; Langey mesme pour les grãds trauaux qu'il auoit soufferts estoit deuenu per-

Stratageme de Langey.

clus. Toutesfois ayant la langue & le cerueau libres , il pratique dans l'ost Imperial six mille Italiens desquels il se renforce, & affoiblit son ennemy. Le Marquis estonné , & craignant que ces premiers ne luy subornassent les autres , se retire. Langey le veut suiure, & charger en queuë, les Suisses en acceptent la proposition; Mais neantmoins se mutinent à l'acoustumee, & tournent leurs enseignes droit à Pignerol. Langey se voyant abandonné distribue ses Italiens en gar-

nifon , & fe fait porter à Turin.
D'où ayant depuis pris Barges , &
formé vne belle entreprife furCazal
qui ne faillit que par les trauerfes de
fes enuieux,il laiffa leSeigneur d'Annebaut nouuellement arriué de Frãce ,en Piedmont; Et partit de Turin auec congé du Roy , pour luy
declarer des chofes qu'il ne pouuoit
commetre à la bouche de perfonne;
Mais la mort le preuint à fainct Sa-
phorin.

Il y euft plufieurs diuers ftratage-
mes de guerre en Piedmont : mais
le plus memorable de ce temps-là,
eft l'étreprife du Marquis du Guaft
fur Turin. Il deuoit à diuerfes fois
enuoyer au Iuge vn nóbre de charrettes chargees de vin, & dans leurs
vaiffeaux qui font de la longueur
des charrettes , des armes de toutes
fortes pour armer quatre-vingts
foldats; qui déguifez en païfans, &

*Entre-
prife
furTu-
rin.*

portans des viures au marché, se deuoient retirer à la file chez le Iuge:
& au premier tumulte sortir en armes, & gaigner le corps de garde de
la place; pendant que d'autres soldats menez sur cinq charrettes de
foin (six sur chacune, & le foin si
dextrement agencé, que coupant
vne corde par dedans qui le tien-
droit serré, les botteaux cherroient
comme vne trape) combatroient
les gardes de la porte, & fauorise-
roient l'entrée à huit cens cheuaux
& cinq mille hommes de pied qui
se trouueroiét au point de l'alarme.

1543. Le 22. Feurier le foin arriue; Raymont commandant à la porte, fait
par son Lieutenant donner d'vne
corcesque dans le premier chariot.
Il la retire toute sanglante, les soldats sautent en terre, & le premier
donne de l'espee dans le corps de
Raymont; qui le saisit au colet, &

le tuë à coups de poignard. Ils for-
cent toutesfois la garde, & se rédent
Maistres de la porte ; mais leur es-
corte estoit encore à mille ou douze
cens pas. Le Capitaine Saluateur auquel touchoit alors la garde de la
place, oyant l'allarme à la porte &
crier Sauoye, y tourne la teste, &
repousse ces nouueaux Maistres.
Vn Mareschal qui se tenoit aupres
de la porte, monte brusquement
dessus, rompt la chaisne qui tenoit
la sarrazine, & faisant tomber la
herse, oste aux Imperiaux le moyen
d'entrer. Boutieres & Moncins arriuent, Cesar de Naples executeur
de ceste entreprise se retire, laissant
son Lieutenant sur la place, & le
Iuge le lendemain sur vn eschaffaut.

Cependant le Roy estoit en Picardie auec dixhuit cens hommes
d'armes, dix huit cens cheuaux le-

S iiij

gers, douze mille legionnaires, &
douze mille Allemans. Auec lesquels ayant defait diuerses fois les
Imperiaux aupres d'Auennes, Bains,
& Guyse, pris entre autres villes
Landrecy & Luxembourg. Voicy
l'Empereur deuant le mesme Landrecy auec dixhuit mille Allemans,
dix mille Espagnols des vieilles bä-
des, dix mille Anglois (le Roy d'Angleterre s'estoit allié auecque luy
contre le Roy) six mille Valons, &
treize mille cheuaux de ses ordonnances. Le camp logé, & l'artillerie
placee, l'Empereur dresse trois bat-

Siege de Landrecy. teries de quarante cinq pieces, pointe vne longue couleurine, sur vn
tertre qui empesche les assaillis de se
remparer, & venir aux deffenses,
leurs bouleuards & courtines n'e-
stant encore haussez qu'a demy. Il
n'y auoit moyen d'assaillir les Lansquenets qui la gardoient que par vn

costé, & la riuiere qui passoit au re-
tranchement de la ville basse qu'on
auoit abandonnee , estoit entre
deux. Ricaruille , & sainct Simon
ayát entrepris de l'enleuer auec quarante cheuaux , trente hommes de
pied , & quelques pionniers ; passent l'eau , surprennent & mettent
en route les Lansquenets , trayent
la couleurine au bouleuard d'Orleans, & apres auoir tué plusieurs
Bourguignons acourus pour la re-
courre, luy tournent la bouche vers
l'ennemy.

L'Empereur porte par terre vn
pan de muraille , & pour oster aux
assiegez le moyen de defendre ceste
ruyne, iette des hommes en vn portail de la basse ville , & au dessus
des pieces de canon qui comman-
doient à la breche. Il faloit enleuer
ce logis aux Imperiaux cependant
qu'il restoit encore quelque vigueur

en lame des assiegez, qui estoient
desia reduits a demy pain de munition par iour, & pour breuuage à
l'eau pure. Trois cens hommes dóc.
les assaillent au point du iour, & les
denichent du portail auant qu'on
les peut secourir du camp. La breche
les inuitoit à l'assaut, mais la valeur
des assaillis leur en faisoit perdre l'é-
uie. En fin la disette de viures, la foi-
blesse de la place, & leur insuporta-
ble trauail leur fit hazarder Yuille
Capitaine de cinq cens hómes, pour
donner aduis au Roy, que leur extreme necessité, & non la force tant
qu'il y resteroit vn homme en vie,
les chasseroit en bref de la ville.

Le Roy assembloit son camp à la
Fere, & tournant la teste vers l'ennemy, alla camper au Cateau Cam-
bresis, donnant charge à Langey
d'assembler tout le bestail, les farines, & les cheuaux de labeur qui se

trouueroiét aux enuirons ; afin que
comme le Roy donneroit esperance de bataille à l'Empereur, on iettat
ce refraischissement dans la ville.
Suyuant ce commandement il as-
semble dans la Capele douze cens
moutons, neuf vingts oüailles, &
six cens sacs de farine, auec autant
de montures, & de paysans portez chacun auec vn sac sur sa beste.
Douze cens cheuaux batoient la
campagne à costé d'eux. Langey resolu de passer outre, fait marcher
ses paysans en bataille, à guise de
gens de guerre, & les rend auec leurs
viures dans Landrecy, puis se retire
par vn autre chemin à la Capele.

L'Empereur sentant aprocher le
Roy se retira deça l'eau, r'assemblât
toutes ses troupes qu'il tenoit auparauant separees: & le Roy prenât
ceste occasion, depesche le Comte
de sainct Pol, & l'Admiral d'Anne-

baut pour retirer ceux de Landrecy,
& pouruoir la place de nouueaux
foldats. Ayant executé ce deffein à
la barbe d'vn grand Empereur, &
le voyant campé fur vn haut à fon
auantage, ayant vne valee, & vn
ruiffeau mal gueable entre les deux
camps, il dreffe fa retraite vers Guyfe. L'Empereur ne faillit pas à le fui-
ure en queüe ; mais ce fut accroiftre
fa perte, qui luy fit abandonner le
fiege de Landrecy, & fe retirer à
Cambray ; ou il gaigna dauantage
fous la peau du Renard, qu'il n'a-
uoit fait fous celle du Lyon, faifant
condeftédre les habitans, fous ombre que le Roy meditoit d'empieter
leur ville, à la conftruction d'vne
Citadelle, par laquelle de libres
qu'ils eftoiét, ils furent en feruitude.

Cependant Barberouse vint affieger Nice auec cent dix Galeres, armee qui fit peu de feruice au Roy,

& beaucoup de dómage en la Chreftienté. Le Marquis du Guaft print Mondeuis & Carignan en Piémót, & donne la chaffe au Seigneur d'Auffun, & à François Bernardin, fur lefquels il print & tua quelques hommes au paffage d'vne riuiere. Le Comte de Furftemberg que nous auons veu cy deffus armé pour le Roy, vint affieger Luxembourg au nom de l'Empereur. Mais le Prince de Melfe, & Briffac Colónel des cheuaux legers, luy firent leuer le fiege, qui n'eft remarqué que pour la rigueur de l'hyuer. On departoit le vin de la munitió à coups de coignee, & fe debitoit au poix, puis les foldats l'emportoiẽt en des paniers.

D'autre part le Roy depefche le Duc d'Anguien fon Lieutenant general en piémont au lieu de Boutieres ; lequel apres feftre ouuert le

chemin de Carignan par la prife de
quelques villes, tafche de l'affamer.
C'eftoit le principal trophee des victoires du Marquis. Il n'euft voulu
fans contrafte fe le voir enleuer à fa
barbe, ny le Duc defmordre fans
moufles de la proye qu'il voyoit
prefte à fe rédre dans fes panneaux.
Ainfi la Cour fe remplifïant d'vne
extreme efperance de bataille, plus
de cent Seigneurs prindrent la po-
fte auec Monluc qui en auoit obtenu le congé du Roy pour f'y trouuer à point nommé. Et bien à propos : car les finãces du Duc eftoient
fi courtes, que fes treforiers voyoiét
defia le fond de leurs bourfes, &
de ce qu'ils auoient puifé dans leurs
coffres, ou ceux de leurs peres, le
Duc côtenta fes troupes, attendât
lavenuë de quarãte huit mille efcus
que Langey conduifoit, qui ne faifoient pas la quatriefme partie de

ce qu'on deuoit aux estrágers. Mais
pour les tenir en bonne volonté, &
leur oster la cónoissance du deffaut
de leur solde ; on aduise de passer
le septiesme d'Auril veille de Pasques à faire monstres particulieres 1544
enseigne pour enseigne, & leur donner esperance de toucher argent le
lendemain ; preuoyant bien que le
iour de Pasques ne passeroit pas
sans bruit, attendu l'aproche des
armees ; & que la presence des ennemis, & la necessité du combat,
feroient aisement diferer la paye.

Au iour de Pasques iour signalé
par la bataille de Rauenne, chacun
se trouue sous son enseigne; on des-
couure les Imperiaux marchans de
Serisolles à Sommeriue, en intention de passer le Po, renfermer nos
hommes delà l'eau sans viures ny
sans argent, & gaigner le Marquisat de Salusses. Ils estoient asseurez

d'y trouuer affez de grains & farines pour auitailler leur camp, &
la ville; Et ayant fait retirer le Duc,
deubient recueillir dix mille hômes
à Yuree que leur amenoit le Comte de Challon pour fe ietter auec ce
renfort en Sauoye & en Breffe par
le Val d'Aoufte; pendant que l'Empereur deuoit faire fes efforts en
Champagne ; & le Roy d'Angleterre en Picardie. Mais c'eftoit conter fans l'hofte; Le Duc refolu de les
combatre en chemin ; donne l'a-
uangarde à Boutieres reuenu de fa
maifon pour fe trouuer a cefte fefte,
prend la conduite de la bataille ; &
cômet l'arrieregarde à Dampierre.
Auffun attaque l'efcarmouche auec
fa troupe , & quelques arquebufiers. Le Duc fe range en bataille
fur le bord d'vn couftau , d'où trois
moyennes tiroient inceffamment
contre vn bataillon des ennemis
arreftez

arreſtez en la valee ; Le Marquis
craignant d'eſtre combatu en lo-
geant, reprint le chemin de Seriſol-
les. La nuit aprochoit , & le Duc
voyant le Marquis rentré dans Se-
riſolles , ſe retire à Carmagnolle,
laiſſant deux cens cheuaux legers
pour remarquer la contenance de
l'ennemy ; Puis enuiron vne heure
apres minuit ſe reiette en cāpagne.
Le Marquis voyant ceſte retraite
part vne heure auant iour pour l'atteindre , & le combatre au paſſage,
croyant qu'il voulut repaſſer le Po,
& luy abandonner la place.

Dix mille hommes de plus , & l'aſſiete du lieu auantageoient les Imperiaux. Le Prince de Salerne auec dix mille Italiens auſquels faiſoient eſpaule huit cens cheuaux
Florentins, marchoit ſur la main
droite de nos hómes. Et ſur la gauche au droit de nos Gruyens, Dom

Ordre des deux armees.

T

Raymond de Cardonne auec vn bataillon de fix mille vieux foldats
moitié Efpagnols & moitié Allemans; Entre ces deux nations eftoit
le Marquis du Guaft auec pareil nóbre de caualerie, & à l'autre cofté des
Efpagnols le Prince de Sulmone
auec autant de cheuaux; Et dix pieces de canon du cofté des Allemans,
& autant du cofté des Efpagnols,
qui donnoient de haut en bas dans
nos bataillons. Au milieu marchoit
Alifprand de Madruce auec dix mille Lanfquenets tous armez a blanc.
Cet ordre reconnu le Duc range de
mefme fon armee; A la main droite
le bataillon des vieilles bádes Fran-
çoifes faifát enuiron trois mille hómes fans l'arquebuferie códuite par
le Seigneur de Tays leur general,
ayant d'vn cofté les cheuaux legers
fous la charge du Seigneur de Ther-
mes, & de l'autre Boutieres auec

quatre vingts hommes d'armes. A
la gauche quatre mille Italiens &
Gruyens, souftenus par Dampierre
auec tous les guidons & Archers de
la gendarmerie. Et au milieu le bataillon des Suiffes en nombre de
trois mille, renforcez par le Duc
mefme auec vn gros hoft de caualc-
rie. Huit pieces d'artillerie deuât les
Suiffes, & autant deuant les Gruyens. Et deuant tous, huit cens enfans perdus conduits par ce braue
Monluc qui feruit tant à faire donner, & gaigner la bataille.

Au leuer du Soleil les deux armees
fe plantent l'vne deuant l'autre; l'efcarmouche fe dreffe, & dure jufqu'à onze heures, chacun tafchant
à gaigner le flanc de fon ennemy.
Qui fe connoiffant plus fort d'vn
tiers, vient à la charge. Tays s'auance pour combatre le Prince de Salerne; Mais voyant qu'il ne fe mou-

Iourné
nee de
Seri-
folen

uoit point, & que nos Suisses estoiét
foibles pour souftenir le choc des
Lansquenets Imperiaux, tourne la
teste de son bataillon ; & se vient
rendre pres d'eux auecque Boutieres ; les Imperiaux changent aussi de
dessein, & de leur gros escadron en
dressent deux ; l'vn contre les Suisses , l'autre contre les François. En
mesme temps la caualerie Florenti-
ne s'auance pour charger les François en flanc ; Mais Termes la preuient, & la renuersant sur le Prince
de Salerne, donne jusques au milieu
de son bataillon ; ou son cheual tué
sous luy, il fut pris. Cependant les
François & les Suisses attaquent les
Lansquenets, & les ayant combatus long temps auec armes pareilles,
& fort doutteux ; les rompirent finalement à l'ayde de la gendarmerie
Françoise conduite par Boutieres.
Le Marquis voyant ses Allemans

rompus, se retire, & abandonne à
Dampierre les gens de cheual qui
faisoient espaule aux Espagnols.
Au côtraire ce vieux bataillon d'Espagnols & Allemans, charge tellement les Italiens, & Gruyens, qu'il
les met en fuite; Et sans le Duc pas
vn ne se fut sauué. Mais ayant quitté
les Suisses, il enfonsse ce bataillon,
& le prenant par vn coin le trauerse
jusques à l'autre, rompt tout ce
trauers, & ne laisse aucune enseigne debout; Neantmoins auec gra-
de perte des siens. Les Espagnols
qui par la route des Gruyens n'a-
uoient plus de gens de pied à combatre, reuiennent de furie choquer
le Duc, qui les charge encore, &
n'ayant plus d'Infanterie pour le
soustenir, perd à ceste seconde charge plus qu'a la premiere. Le Duc
estoit prest d'estre defait, il n'auoit
aucune nouuelle de ses François, ny

de fes Suiffes; vne coline interpofee
entr'eux & luy, empefchoit la connoiffance des vns & des autres; vn
bataillon de piquiers , & vn nombre d'arquebufiers pefle & mefle à
l'entour de luy, le fuiuoit toufiours
fans rompre fon ordre. En cefte extremité fe retirant à la main droite,
les Efpagnols ont nouuelles de la
defaite de leurs gens , & voyant
quelques troupes fe rallier fous la
cornete de leur chef , fe difpofent à
leur retraitte; Mais ils n'eurent pas
loifir de l'acheuer. Le Duc ordonne
Auffun auec cinquante cheuaux
pour les charger aux flancs, & il leur
donne fur la queüe auec ceux qui
s'affembloient autour de luy. Tout
fait iour, tout eft pris , ou tué. Les
François pourfuiuirent leur victoire vn grand mille , cependant que
le Prince de Salerne faifoit fa retraite
fans beaucoup de dommage,& que

le Marquis gaignoit à toute bride
la ville d'Aſt. Mais il auoit dit au
partir aux habitans , que s'il ne re-
tournoit victorieux , qu'on luy fer-
maſt les portes ; comme ils firent.
Et ſans la laſcheté des Gruyens, le
bataillon des Eſpagnols euſt eſté
defait à la premiere charge, la retraite du Prince de Salerne n'euſt eſté ſi
facile , & le Marquis euſt eſté pris.

Les morts ennemis ſe trouuerent
enuiron quinze mille de toutes nations , des François deux cens de
priſonniers , Allemans deux mille
cinq cens vingt. Eſpagnols ſix cens
trente : cent mille eſcus en monnoye
ou vaiſſelle d'argent , quinze pieces
de canon , huit mille corcellets de
Milan. Ceſte ſanglante deſconfitu-
re auoit effroyé le pays, Milan eſtoit
eſtonné , le Marquis battoit aux
cháps, Et vingt iours s'eſtoiét écou-
lez auant qu'aucun ſe fut rangé ſous

T iiij

ſes enſeignes. D'ailleurs le Roy auoit vne fraiſche leuee de ſix mille Griſons, & ſes alliez en Italie dreſſoient vne armee pour ioindre le Duc. Mais l'Empereur arriuoit ſur le Rhin, l'Anglois eſtoit ſur mer, & leurs troupes menaçoient deſia les frontieres de ce Royaume. Cela fut cauſe qu'apres la priſe de Carignan & autres villes du Piémont qui prindrent loy du victorieux, le Duc enuoya ſix mille François des vieilles bandes & ſix mille Italiens au Roy. Et quelque temps apres, le Marquis fit pratiquer vne ſuſpenſion d'armes, laquelle authoriſee par ces deux Princes, ſuiuit vne treſue de trois mois.

Acheuons ceſte longue querelle par vn dernier effort. L'Empereur auoit promis au Pape, de ne traiter jamais alliance auec le Roy d'Angleterre, qu'il n'euſt reparé l'offen-

Voyez en quel dãger eſtoit l'Eſtat ſi le Roy euſt perdu la bataille.

se faite au sainct Siege. Mais qu'est
ce qu'on ne fait pour se vanger? voicy que pour ruyner son beau frere,
il s'allie de son ennemy. Et par ce
que la liaison des Princes d'Allemagne auec le Roy, auoit grandement trauersé ses desseins; il les persuade tellement, qu'ils se bandent
coniointemét auec luy pour la ruyne de ce Royaume. Ainsi il enuoye
le Comte de Furstemberg auec vne
armee deuant Luxembourg; lequel
rendu à faute de viures, Comercy,
& Ligny emportez de force; L'Empereur en personne tourne la teste
de son armee deuant S. Disier place
mal flanquee, mal remparee, & indigne d'vn camp Imperial. Cependant que le Roy recueilloit ses forces, il enuoye le Comte de Sancerre
à S. Disier, auec la compagnie de
gendarmes du Duc d'Orleans, &
quelques autres troupes de caualo-

rie. La Lande & la Riuiere ayát cha-
cū mille hómes de pied. L'Empereur
ayant fait ſes aproches & tranchees,
met deux bandes de canons en batterie, & ſix grandes couleurines deuers le chaſteau pour batre dans la
ville , & empeſcher les Saillies ; di-
uertit les eaux du foſſé, & les reduit
à l'vſage de trois puits. La Lande haraſſé de trauail ſe retirant le ſoir en
ſon logis, vn coup de canon paſſant
par la breſche a trauers la ville, luy
emporta la teſte. En contreſchange
le Prince d'Orenge allant le iour
meſme viſiter l'Empereur aux tranchees , fut tué d'vn coup de couleurine. La breſche eſtoit raiſonnable,
dixhuit enſeignes Eſpagnolles vont
à l'aſſaut, & cóbattent main à main
vne heure durát contre les aſſiegez.
L'Empereur fait haſter dix mille Allemans pour les ſouſtenir. Mais ſi
l'aſſaut eſt rude, ils ſont encore plus

rudement repouſſez, & renuerſez à force de bras de la breſche dans le foſſé. L'Empereur y renuoye enuiron huit cens caſaques de veloux, la bourguignotte en teſte ; on les culbute de haut en bas. Derechef huit enſeignes d'Allemans renouuellent l'aſſaut auec force barils de poudre, lances & autres artifices à feu. Les voila pareillemét repouſſez auec telle honte & dommage, que tous leurs barils demeurent aux foſſez à la diſcretion des aſſaillis (& fort a propos, car la poudre leur manquoit) & plus de huit cens morts auec eux. Vn coup de canon emporta l'eſpee que le Comte tenoit au poin, ſans l'offenſer que de quelques legeres bleſſures au viſage.

aſſaut opiniaſtre.

L'Empereur croyát que les aſſiegez ſe contenteroient d'vne compoſition honorable, leur enuoye vn trompette. Il n'a point d'audience. On cesse la batterie pour venir à la sape, les assiegez la descouurent, & ayant fait abandonner les tranchees aux Espagnols, amenét quelques pionniers à la ville, & taillét le reste en pieces. Il falloit dóc essayer la ruse, puis que la force ny pouuoit rien. Granuelle auoit surpris vn paquet où se trouua l'alphabet du chiffre, par lequel le Duc de Guyse communiquoit auec le Comte de Sancerre. Par ce moyen ils suposent vne lettre au nom du Duc, & attitrent vn homme inconnu qui la donne secrettement à vn tambour François reuenant du camp pour quelque prisonniers, afin de la faire tenir au Comte. La lettre portoit; Que le Roy sçachant la necessité de viures, & de poudres en laquelle ils estoient, leur mandoit d'auiser à faire telle compositió que les hom-

mes fuſſent ſauuez. De fait leurs
munitions eſtoient ſi courtes qu'ils
n'auoient moyen de ſouſtenir encore vn aſſaut, parquoy ayant obtenu douze iours de tréues pour ſçauoir l'intention du Roy. Ils ſortent
auec leurs armes & cheuaux, l'armet en teſte ; l'infanterie marchant
en bataille, enſeignes déployees, &
tambour battant, emmenant toutes leurs bagues, & quatre pieces
d'artillerie equipees au choix des
aſſiegez.

L'Empereur ſçauoit bien le peu
d'eſperance qu'ils auoient de ſecours, & que dans peu de iours la
faim les ameneroit à ſa diſcretion.
Mais il vouloit ioindre le Roy d'Angleterre qui campoit deuant Bologne & Montreüil, afin que leurs
forces vnies (qui euſſent peu faire
quatre vingts mille hómes de pied,
& vingt mille cheuaux) ils vinſſent

aupres de Paris contraindre le Roy
de les combatre à son desauantage,
ou souffrir la ruine de ses pays & sujets à sa barbe. D'ailleurs il pre-
uoyoit que le Dauphin campé sur
la riuiere de Marne auec les bandes
qui estoient venuës de Piémont,
luy laisseroit cósommer son armee,
pendant que le Roy faisoit vn gros
de quarante mille hommes, qui luy
fondant sur les bras, luy pourroient
faire autant de dómage & de honte, qu'il en auoit receu en la premiere. Mais ayant apris à Vitry que
l'Anglois n'est deliberé de passer
outre qu'il n'ait premierement pris
Bolongne ; Il commence à gouster
quelques ouuertures de paix, faites
deuant sainct Disier par Granuelle
son Confesseur. Il voyoit son armee preste à se rompre, on luy tran-
choit les viures de tous costez. Le
Dauphin estant venu camper à la

Ferté sous-joüarre, auoit enuoyé vn
nombre d'hommes à Meaux pour
luy empescher le passage; parquoy
meditant sa retraite par Soissons, il
tourne chemin vers Villiers. Co-
strets, & sous main, fait reprendre
les propos de paix comméncez auec
le Roy. Le Roy connoissant qu'v-
ne bataille ne se pouuoit donner au
milieu de son Royaume, & si pres
de Paris, sans vne incertaine & perilleuse consequence. Que quand
il seroit victorieux, le Roy d'Angleterre, & le Comte de Bures luy op-
poseroient vne autre armee aussi
puissante que la sienne. Dépescha
l'Admiral d'Annebaut vers l'Empereur en l'Abbaye de sainct Iean
des Vignes aux fauxbourgs de Soissons ; ou finalement fut accordé.
Que Charles Duc d'Orleans espou-
seroit dans deux ans la fille de l'Empereur ; & qu'à la consommation

de ce mariage, il seroit inuesty de la
Duché de Milā, ou Comté de Flandres à l'option de l'Empereur. Ce
faisant, le Roy promettoit de remettre à l'Empereur tous les droits
par luy pretendus à ladite Duché,
& Royaume de Naples, & restablir
le Duc de Sauoye en la possession
de ses pays, lors que le Duc son fils
seroit iouyssant de la Duché de
Milan, ou Comté de Flandres. Et
seroient toutes choses attendant le
terme de deux ans, remises tant de-
çà que delà les Monts, en l'estat
qu'elles estoient lors de la tréue faite à Nice.

Voila le dernier accord de ceste
longue & sanglante querelle entre
l'Empereur & le Roy, qui renas-
quit depuis entre leurs enfans apres
la mort de leur peres; Dieu vueille
qu'elle ne renaisse point encore entre leurs successeurs, & que ceste
derniere

derniere alliance plus heureuse que les precedentes , tienne ces deux grandes Coronnes en paix , & vuide ce qu'elles ont demefler pluftoft par amour que par armes. Car le Roy pourroit auoir mefmes pretentions , & n'a pas moins de droit fur Naples ,& fur Milan que fes deuanciers. Mais pour la Nauarre, il femble qu'il a plus de fuject de la demander pour luy mefme, que fes predeceffeurs pour leurs alliez.

Ie me fuis laiffé porter à ce difcours au delà de mon intention, qui eft de traiter des querelles particulieres , comme eft bien celle-cy; Mais ie ne l'ay pû paffer fans toucher les combats generaux qu'elles enfanterent , comme ordinairemét les querelles des grands fe vuident pluftoft par vne , ou plufieurs batailles , que par vn Duel. Paffons maintenant à des exemples plus par-

V

Diuers Duels mal raportez en noſtre
Hiſtoire, & de celuy qui fut fait
entre le Cheualier Bayard
& Dom Alnſe ſaincte
Maior ſous le Roy
Louys XII.

CHAP. XVIII.

IVſques icy nous auons trouué
pluſieurs querelles, pluſieurs dementis, & pluſieurs deffis ; Mais
point de combats, point de Duel
encore entre tant de grandes diſputes; qui fait voir qu'il ne greſle
pas ſi ſouuent qu'il tonne, & qu'on
ne ſe bat pas toutes les fois que l'on
ſe querelle ; Au moins nos peres,
qui eſtoient plus braues que nous,
ne le faiſoient pas : quoy que nous

nous battions le plus souuent sans
nous quereller, & sans sçauoir bonnement pourquoy. Ce n'est pas
qu'ils ne s'y portassent genereusement quand l'honneur, la raison,
la licence, ou le commandement
du Prince les y apelloit : Mais si rarement, que cela monstre que les
defenses qu'on a faites depuis des
Duels, en ont produit l'abondance. Car il s'en est plus fait sans comparaison depuis soixante dix ans,
qu'il y a qu'ils sont defendus, qu'en
l'espace de quinze cens qu'ils ont
esté permis. Et ce fut la mesme raison pour laquelle sainct Louys les
ayant defendus, Philipe son fils fut
contraint de les permettre, voyant
qu'il s'é faisoit beaucoup plus apres
la defense, qu'au parauant. Mais
ceux du sujет duquel nous parlons
qui se font d'ennemy à ennemy, en
guerre ouuerte & estrangere, ne

furent iamais defendus. Au contraire ils ont tenu toufiours le fupre-
me degré du plus haut honneur,
principalement quand c'eftoit pour
la caufe publique : & n'y a nation
au monde qui ne les aye eftimez dignes de l'immortalité de l'Hiftoire,
excepté la noftre, qui les a le plus
pratiquez. Ce qui ne viét pas de mépris qu'elle en aye fait : Car ou eft-ce
qu'ils ont efté celebrez auec plus
d'honneur, ny coronnez auec plus
de gloire ? Neantmoins le plus riche
pris qui eft d'eftre enregiftré dans la
verité de l'Hiftoire, leur a tellement
manqué par la faute de nos premiers
Hiftoriens ; que bien qu'il foit certain qu'il s'en eft fait vn grand nóbre fous les deux premieres lignees
de nos Rois, à peine en trouue t'on
que fous les derniers de la troifiefme ; Et ceux-là tranchez fi court,
qu'on n'en aprend aucune particu-

larité. Comme de celuy qui fut fait
deuant Charlemagne pour la con-
uerfion d'Aygolant, ainfi que nous
auons touché cy deffus, l'Hiftoire
ne dit pas feulement les noms des
Champions. Et en d'autres endroits
la où elle dit le nom , comme de
Hugues de Puyfeaus, contre vn nómé Anffeau fous Louys le Gros,
elle ne dit rien du combat, finon
que Hugues euft l'auantage. Et ailleurs parlant d'vn autre qui fut fait
à ville-neufue en la profence du Roy
Iean allant vifiter le Pape Vrbain en
Auignon; Elle dit que le Pape ayát
eftroitemét defendu fur peine d'ex-
communication qu'aucun n'euft a
fe trouuer a ce fanglant fpectacle;
Le Roy pourtant ne laiffa d'y prefi-
der, dont il fut puis apres en grand
diferent auec le Pape. Mais elle ne
dit ny le nom des combattants , ny
la caufe du combat, ne parle ny de

V iij

la victoire , ny defaite d'aucun , &
n'aprend sinon que l'vn estoit Anglois , & l'autre François , sans dire
qui la perdu , ny qui la gaigné.

Sous Louys XII. Louys d'Arma-
gnac estât Vice-Roy à Naples pour
sa Majesté , & Consalue en la Poüille , pour Ferdinand , Il fut fait vn
combat entre Adrie & Barlette , de
troize François contre autant d'Espagnols , & Italiens. L'Histoire dit,
que ayant rompu leurs lances sans
auantage de part ny d'autre , &
sautans aux autres armes, vn François porta par terre vn Italien ; lequel voulant tuer , il fut luy mesme
tué par vn autre. Et qu'en fin apres
vn rude , & sanglant combat de
quelques heures , les Italiens ayant
tué plusieurs cheuaux des François
demeurerent en fin Maistres , & du
camp , & des corps , & emmenerent
leurs ennemis prisonniers à Barlet-

te. Mais elle ne nomme perſonne
des combattans, & ne dit aucune
particularité du combat. Ie ſerois
ennuyeux ſi ie voulois raporter icy
tant de Duels ſi mal raportez en
noſtre Hiſtoire: Parquoy i'en choi-
ſiray ſeulement trois ou quatre d'vn
ſi grand nombre, par leſquels on
puiſſe voir les autres, & repreſen-
ter leur vray & ancien vſage ainſi
que nous auons promis. Et ſans remonter à nos Rolants & Renauts,
deſquels la confuſe ignorance de
ce temps-là, ne nous a laiſſé que des
Fables & des Romans ſans rime,
ny ſans raiſon. Nous commence-
rons par vn Cheualier qui par tout
le cours de ſa vie, & par ſa mort
meſme, laquelle nous auons tou-
chee cy-deſſus en la querelle du Roy
François, s'eſt aquis vne eternelle
memoire de ſa vertu, & vne renó-
mee ſi glorieuſe au monde de vail-

V iiij

lant homme & d'hôme de bien, que
sa bôté luy a fait meriter le surnom,
de bon Cheualier, & son courage
celuy de Cheualier sans peur.

C'est Pierre du Terrail autrement
nommé le Cheualier, ou le Capitaine
Bayard. Il estoit en la guerre de Naples contre Ferdinand, Louys XII.
& ledit Ferdinand l'ayant conquis a
communes armes sur Federic, &
partagé depuis entr'eux, eurent dispute à cause de ce partage ; D'où
s'ensuiuit premierement la guerre,
& puis la perte de ce Royaume.
Bayard se trouua en la conqueste, en
la defense, & en la perte, & en reuiét
comblé de gloire & d'admiration
enuers les ennemis mesmes. Mais
auparauant ayant pris en vne rencontre vn Cheualier Espagnol de la
Maison de Cordone apellé Dom
Alonse de saincte Maior, & l'ayant
mené prisonnier à Moneruine lieu

de sa garnison, il luy parla de ceste 1503.
sorte. Seigneur Alonse, ie suis informé par les autres prisonniers de la
grandeur de vostre Maison, & de
la valeur de vostre personne que i'e-
stime encore dauantage ie sçay que
vous auez l'honneur d'apartenir à
Consalue vostre grand Capitaine,
& que vous estes tres-digne de cet
honneur. Parquoy ie ne veux pas
vous traiter en prisonnier; Et si vous
me voulez donner la foy de ne partir de ce Chasteau sans mon congé,
ie le vous bailleray pour prison. Il est
spacieux, vous vous y pourrez esba-
tre auec nous iusques a ce que vous
ayez composé de vostre rançon, en
quoy vous me trouuerez fort trai-
table.

Dom Alonse le remerciant de sa
courtoisie, luy donne sa parole, &
sa foy de ne partir du Chasteau sans
licence. Contre laquelle ayant com-

pofé de fa rançon à mille ducats, il
fe defroba par vn matin auec vn Al-
banois qu'il auoit pratiqué ; mais
eftant repris, & ramené deuant Bayard. Comment ! Seigneur Alonfe,
luy dit-il, eft-ce ainfi que vous tenez
voftre parole ? Ie ne m'y fieray plus.
Car comme ce n'eft pas fait honne-
ftement à vn Gentil-homme de fe
defrober d'vne place ou l'on eft fur
fa foy, auffi ne feroit-ce pas bien fait
à moy de me fier à celuy qui m'a
voulu tromper. Et ne prenant en
payement aucune excufe d'Alonfe,
qui difoit, que fon intétion n'eftoit
point de luy faire tort, qu'il luy euft
enuoyé fa rançon dans deux iours,
& que ce qu'il en auoit fait eftoit
pour le deplaifir qu'il receuoit de
n'auoir nouuelles de fes gens ; le fit
refferrer dans vne Tour.

Au bout de quinze iours, vn Trô-
pette vint demander fauf conduit

pour vn des fiens, qui deuoit àpor-
ter fa rançon : laquelle receuë, &
auffi toft departie par Bayard à ceux
de fa troupe fans qu'il s'en referuaft
vn denier, il mit Alonfe en liberté.
Mais retiré qu'il fut en fa garnifon,
& interrogé par fes amis du traictement qu'il auoit receu, & quel hôme c'eftoit que Bayard. Il leur refpondit, qu'il ne penfoit point quàt
à fa perfonne qu'il y euft homme en
l'armee des François qui luy fut pareil, ny moins oyfif, ny plus difpos,
f'exerçant ordinairement aux armes lors qu'il ne les emploioit, &
tenant plus du feu que des autres
elemens ; Liberal fur tout autres,
jufques à leur conter comment il
auoit departi fa rançon aux fiens en
fa preféce, fans en retenir rien pour
foy. Mais pour le traitement que
i'en ay receu, dit-il, ie ne m'en fau-
rois contenter, ny ne m'en conten-

teray de ma vie; Il ne m'a pas traité
en Gentil-homme comme il deuoit. Les vns s'esbahissoient de ce
propos, & ne le pouuoient croire,
veu l'honneste courtoisie dont Bayard estoit desia renommé; les autres l'excusoient sur l'incommodité
de la guerre, & le chagrin d'vn hó-
me captif qui ne trouue iamais de
belle prison; Ainsi chacun en parle,
chacun en iuge diuersement. Bayard
estant aduerti de ce discours par vn
prisonnier des siens, fait sur l'heure
mesme appeller ses domestiques, &
les adiure de luy dire au vray, s'ils
auoient aperceu qu'on eust fait au
Seigneur Alonse quelque chose qui
ne deut estre faite à vn Gentil-homme prisonnier de guerre, disant que
si l'on auoit failly au traitement dót
il se plaignoit, qu'il le vouloit reparer. Mais tous luy ayant respondu
qu'il n'estoit pas possible de le

mieux traiter, & qu'il se plaignoit
a tort & sans cause; Il luy enuoya ce
cartel.

Seigneur Alonse, i'ay entendu
qu'apres voſtre retour de ma priſon, vous plaignant de moy, vous
auez ſemé parmy les voſtres, que ie
ne vous ay pas traicté en Gentil-hôme. Vous ſçauez bien le contraire:
Mais pource que ſi cela eſtoit tenu
pour vray, il iroit de mon honneur.
Ie vous ay bien voulu eſcrire ceſte
lettre ; par laquelle ie vous prie de
r'habiller vos paroles deuant ceux
qui les ont oüyes, en confeſſant,
comme la raiſon veut, le bon & ho-
neſte traictement que ie vous ay
fait : Ce faiſant vous ſatisferez à voſtre honneur, & au mien que vous
auez foulé côtre raiſon. Et ou vous
ſerez refuſant de ce faire, ie me delibere de vous faire dedire à force
d'armes par combat mortel de vo-

cartel du Cheualier Ba-yard à Dom Alon-ſe.

ftre perfonne à la mienne, foit à pied
ou à cheual, ainfi que mieux vous
plairont les armes. De Moneruine
ce 10. Iuillet 1503.

Ce Cartel enuoyé par vn Trompete du Seigneur de la Palice, Alonfe fans demander confeil à perfonne, luy fit cefte réponfe.

Répô-
fe de
Dom
Alon-
fe. Seigneur Bayard, l'ay receu voftre lettre ; Et quát à ce que i'ay dit,
que vous ne m'auez traité comme
on doit traiter vn Gentil-homme,
il eft poffible que cela foit. Neantmoins puis que vous dittes fi hardi-
mét que vous m'en ferez dédire par
le combat de voftre perfonne à la
mienne, Ie confeffe de l'auoir dit, &
plus fi vous voulez, ne me dédifant
iamais de chofe que i'aye dite. Et
pour vous monftrer que ie ne vous
crains point, ie vous affigne le camp
au dernier iour de Septembre, en la
plaine à dix mille d'Andre.

b Ayant Bayard accepté ceſte aſſi-
gnation, il ne voulut faillir de ſe
trouuer au iour & lieu nommez, encore qu'il fut tourmenté d'vne fieure quarte. Le Seigneur de la Palice
fut ſon Parrein, qui le conduit au
camp tout veſtu de blanc, monté
ſur vn fort & puiſſant courſier, &
acompagné de deux cens hommes
d'armes, ainſi qu'il auoit eſté accordé entre les deux combattans. Arriué qu'il fut au camp, Alonſe luy enuoya vn billet eſcrit en Eſpagnol,
que Symphorian Champier Dau-
finois dit auoir trouué en la bourſe
de la mere de Bayard, dont la ſub-
ſtance eſt telle.

Seigneur Bayard, j'ay entendu
que vous eſtes venu au lieu aſſigné,
pour de ma perſonne à la voſtre faire eſpreuue des armes qu'il me plaira. Ie veux & entends que ſi par aucun de voſtre part m'eſt dóné quel-

Billet de Dom Alonſe à Bayard.

que empefchement, vous vous ren-
diez mó prifonnier cóme fi ie vóus
auois vaincu à force d'armes; comme auffi ie me rendray le voftre fil
y a aucun de noftre garnifon d'Andre qui vous empefche. A quoy
Bayard s'accordant, Alonfe qui n'a-
uoit encore comparu, fçachant en
quel équipage eftoit venu Bayard,
dit au Trompete qui l'eftoit venu
hafter, qu'il vouloit cóbatre à pied,
alleguant que c'eftoit à luy d'eflire
les armes, & à Bayard le camp, bien
qu'il l'euft choifi luy mefme, &
qu'on euft propofé que le combat
fe feroit en accouftrement d'hommes d'armes. Deux confiderations
le mouuoiét à demander le combat
à pied; l'vne qu'il eftoit en la fleur
de fon age, comme de trente deux
ans, plus grand, & plus fort que
Bayard, qui n'auoit encores atteint
fa force naturelle; L'autre que fçachant

chant qu'il auoit la fieure, il penſoit
qu'il n'accepteroit iamais ce party,
ou que s'il en eſtoit d'acord, il en auroit bon marché, tãt pour la foibleſſe ou la fieure l'auoit reduit, que
pour eſtre moins adroit a pied qu'a
cheual. Quant à Bayard, il euſt bien
deſiré de ſe batre à cheual pour les
meſmes raiſons que nous auons dittes ; Mais oyant le raport du Trompete. Retourne mon amy, dit il, &
luy dy qu'il ne tiédra pas a cela qu'il
ne repare auiourd'huy mõ hóneur,
ſoit à cheual, ou à pied. Cependant
il fait dreſſer ſon camp, qui ne fut
que de groſſes pierres arrangees, &
ſe planta à l'vn des bouts, aſſiſté du
Seigneur de la Palice ſon parrain,
des ſieurs d'Oroſe, d'Imbercourt, de
Fontrailles, Baron de Bearn, & pluſieurs autres braues Capitaines qui
priolent Dieu pour leur Cheualier.

Alonſe ne pouuant plus diferer,

X

parut alors acompagné du Marquis
de Licite , de Dom Diego Lieûtenant de Confalue, de Dom Francifque d'Altemeze, & plufieurs autres
de fes amis qui le rendirent iufques
au camp ; ou eftant arriué il enuoya
les armes à Bayard pour en auoir le
choix , qui eftoient vn eftoc , & vn
poignard , eux armez de gorgerin ,
& fecrete. Bayard ayât pris ce qu'il
luy faloit fans s'amufer à choifir, fut
mis dans le camp par Belabre fon
ancien compagnon qu'il prit lors
pour parrain , & le Seigneur de la
Palice pour garde du camp de fon
cofté. Alonfe y fut mis de l'autre par
Dom Diego fon parrain , eftant
Dom Francifque d'Altemeze garde
du camp de fa part. Bayard ayant
fait à genoux fa priere à Dieu , &
baifé la terre , marche fierement côtre Alonfe , auquel il dit en l'abordant. Or ça Seigneur Alonfe, par

vos paroles vainement proferees, nous sommes venus au lieu, ou il faut que deux Chrestiens se combattent à outrance, contre le commandement de Dieu, qui est d'aimer son prochain comme soymesme, & ne mentir point. Neantmoins parce que ie suis innocent des iniures & lachetez que vous m'auez imposees, & que naturellement il est permis de se defendre, ie suis descendu de mon cheual, lequel il semble que vous craignez plus que mon espee. Mais i'ay telle esperance en Dieu qu'il me donnera la victoire contre vous, & pourtãt gardez vous de moy. Alonse ne respondit rien à cela, mais estant tous deux en presence l'vn de l'autre, ils s'entredonnerent vn coup fourré, dont Alonse fut vn peu blessé au visage; Et apres s'estre tirez en vain plusieurs & sẽblables coups de

X ij

pointe ayant tous deux bon pied, &
bon œil; En fin Bayard s'aperceuât
que son ennemy se couuroit le visage aussi tost qu'il auoit tiré son
coup, s'aduisa de tenir son espee
haute iusques a ce que son coup fut
passé: Et quand il le peut choisir à
descouuert luy porta vn si grand
coup d'estoc dâs la gorge, que nonobstant la bonté du gorgerin, l'e-
stoc entra plus de quatre doits, tellement qu'il ne le pouuoit retirer.
Dom Alonse se sentant blessé à
mort, laisse son estoc, & saisit au
corps Bayard qui le prit aussi , &
apres plusieurs tours & secousses
tous ensemble allerent par terre.
Alors Bayard tire son poignard ,
& le luy portant au visage, luy crie;
Rendez vous , Alonse, ou vous
estes mort. Mais il se trouua qu'il
estoit vray , tellement que Dom
Diego parrain d'Alonse, dit à Ba-

yard, qu'il auoit vaincu, l'autre
ne remuant ny pied ny main. Dont
Bayard se monstra fort deplai-
sant, soit à cause de son bon naturel, ou pour le desir qu'il auoit de
le vaincre vif. Neantmoins recon-
noissant la grace que Dieu luy auoit
faite, il se mit à genoux pour l'en
remercier; Et tirant apres son ennemy hors du camp, demanda à
Dom Diego s'il en auoit assez fait.
Trop, respondit l'autre, fort triste-
ment. Vous sçauez dit Bayard, que
ie puis par droit de guerre faire du
corps à ma volonté, toutesfois ie
vous le remets tel qu'il est, & suis
bien marry de ne vous le pouuoir
remettre en meilleur estat. Ainsi s'en
alla Bayard sans vouloir prendre autre chose de son ennemy que ses armes, & non tant en signe de sa victoire, qu'en souuenance de prier
Dieu pour vn hôme qu'il auoit tué

malgré luy pour conseruer son hôneur. Alonse fut emporté par les siens auec autant de dueil que les François eurent de ioye en ramenát leur Cheualier victorieux au son des trompettes iusques en la garnison du Seigneur de la Palice; où auant tout autre chose, il alla rendre graces à Dieu dans le Temple; Ce combat luy ayant aporté autant de reputation & d'honneur enuers l'vne qu'enuers l'autre nation. Et c'est delà que les Espagnols prindrent occasion de dire, qu'il y auoit en France beaucoup de Grisons, & peu de Bayards.

Dixhuit ans apres le mesme Cheualier Bayard commandant à Maisieres pour le Roy François, & estát assiegé par les Imperiaux; ils enuoyerent vn trompete aux assiegez leur demáder s'il y auoit quelqu'vn d'entr'eux qui voulut donner vn

Autre cóbat des Seigneurs de Mommorácy, & de Lorges, cótre le

coup de lance, & que de leur costé
le Comte d'Ayguemont se trouueroit prest en l'isle de Maisieres. Le
Seigneur de Mommorancy se presenta pour en faire passer l'enuie à
ce Comte & accepta l'heure, & le
lieu qui luy fut donné Le Seigneur
de Lorges pensant que c'estoit chose honteuse qu'vn homme d'armes
François fut prouoqué par vn Al-
lemand, demanda aussi s'il y auoit
quelqu'vn au camp qui voulut cōbatre de la pique. Le Sieur de Vau-
dray surnommé le beau du camp
Imperial se presente. Mommorancy, & Lorges se trouuerent sur les
rangs au temps & lieu ordonnez
l'vn à cheual la lance au poin , &
l'autre à pied auecque la pique ; Ay-
guemont & Vaudray de mesme.
Les deux Cheualiers coururent l'vn
contre l'autre de telle roideur , que
Mommorancy rompant sa lance

Cōte d'Ay-guemont & le Sieur de Vau-dray l'an 1541.

X iiij

contre le Comte, luy faussa le corps de cuirasse sans toutesfois le blesser, & le Comte faillit d'attainte par la faute de son cheual. De Lorges & Vaudray s'estans donnez plusieurs coups de pique sans pouuoir rien gaigner l'vn sur l'autre, vn chacun se retira sans auantage. Voyons-en encore vn ou deux de nostre temps sur mesme sujet au Chapitre suiuãt, & puis nous passerons aux autres.

Combat du Seigneur de Crequy, contre Philipin de Sauoye, sous Henry le Grand.

CHAP. XIX.

Vne escharpe de Dom Philipin fut la premiere cause de ce cõbat. Le Seigneur Desdiguieres ayãt 1597 pris vn fort que le Duc de Sauoye

auoit fait ba'tir pres de Chamouf-
fer pour fauorifer le paffage de fon
armee, Et le Seigneur de Crequy f'e-
ftant trouué des premiers à la prife,
on raporta à Philipin qu'il f'eftoit
vâté d'y auoir gaigné fon efcharpe.
Il femble, & il eft vray, que cela ne
pouuoit toucher fon honneur de
pres, ny de loin, car l'vn la pouuoit
auoir gaignee auec gloire, & par
confequent auoit quelque fujet de
f'en vanter ; & l'autre la pouuoit
auoir perduë fans infamie, & par
mefme confequence n'auoit point
fujet de s'en offéfer. Ioint qu'on dit
que l'efcharpe auoit efté au Baron
de Chanuirey qui fut tué dans le
fort, & non pas à Philipin. Toutesfois à qui qu'elle fut : le deplaifir de
voir brauer fon ennemy de cefte efcharpe; Laquelle il auoit peut-eftre
receuë de telle main, qu'elle l'obli-
geoit de la retirer, le porte aux ex-

tremitez d'vn apel. Crequi se rend
sur le lieu; Mais l'apellant retenu par
le commandement du Duc, rendit
ce premier apel sans effet.

Quelque temps apres Crequi fut
fait prisonnier du Duc de Sauoye;
Le stratageme de sa prise merite en
passant d'estre remarqué. Les incó-
moditez du climat & de la saison.
contraignoient l'armee du Roy
d'hiuerner és enuirons de Grenoble,
& les neiges occupoient les passages
du Dauphiné en Sauoye; Quand le
Duc s'aydant du temps & de l'occasion pour recouurer sa Maurienne,
part en Feurier auec douze canons,
& se va camper deuant Ayguebelle.
Au premier bruit le Seigneur Desdiguieres depesche Crequi, qui sur-
monte à pied des montagnes esquel-
les pour la rigueur de l'hyuer il ne
paroissoit aucune trace, & arriue
heureusement à sainct Iean de Mau-

1598.

rienne. Le fixiefme de Mars le Duc
met fon canon en baterie, & l: lendemain le Capitaine de la place la
rendit à condition de n'aller ioindre
le Sieur de Crequi. On eftimoit
qu'elle deut tenir fix fepmaines ; &
le Duc pour amufer Crequi , logé
feulement à trois lieues delà , continuë le tónerre de fes canons en l'air,
afin de luy diuertir l'opinion que la
place fut renduë. Crequi trompé
par ce ftratageme , fachemine auec
vne troupe d'infanterie pour enleuer quelque logis à l'ennemy, croyant toufiours qu'Ayguebelle tint
encore: Et voicy qu'il trouue le Duc
en tefte. D'arriuee il creut que c'e-
ftoit quelque troupe qui s'en alloit
à la guerre, & fe voulant ouurir vn
chemin au trauers , toute l'armee
luy vient fondre fur les bras ; Il veut
regagner les coutaux , mais il trouue que les neiges en ont bouché les,

paſſages ; Tellement que inueſti de
toutes parts, il fut côtraint de prendre loy du plus fort. I'ay voulu remarquer ce trait bien qu'il ne ſoit
point de la querelle, tant pour le
trouuer aſſez ſubtil, que pour me
conſeruer la liberté que ie me ſuis
donnee au commencement de ce liure, de m'eſtendre ſur les exemples
des choſes moins communes qui ſe
trouueront en l'ordre de mon diſcours.

Durant ſa priſon ; la querelle de
l'eſcharpe ſe renouuella tellement,
que ſil euſt eſté en liberté, elle ſe fut
vuidee à Thurin. Mais apres que
par la paix de Veruins, il fut réuoyé
libre en Dauphiné, Philipin le fit
apeller pour la ſeconde fois à Grenoble. Ils ſe batent aupres du fort
de Barraut, & au lieu de recouurer
ſon eſcharpe, Philipin en raporte
vne bleſſure à la cuiſſe ; Ainſi tel pé-

se venger son honneur qui acroist
sa honte. Mais ce combat au lieu
d'estouffer leur querelle en fit nai-
stre vne autre, & vne seconde van-
terie de Crequy le ramena bien tost
à vne seconde prise auec Philipin.
On raporte au Duc qu'il s'estoit
vanté d'auoir eu du sang de Sauoye,
& cela l'offensa tellement qu'il fit
connoistre à Philipin qu'il ne le tié-
droit iamais pource qu'il estoit, ny
ne le verroit iamais, s'il ne tiroit raison de ceste parole. Il n'estoit plus
question d'vne escharpe, il y alloit
alors de l'hóneur, de l'estime, & de
la bóne grace de só Prince, pour lesquelles choses tout homme de bié
hazarderoit mille vies s'il les auoit:
& faloit qu'il fit par necessité, ce
qu'il auoit fait au parauant par Ca-
price. Voila donc vn troisiesme apel
en campagne, lequel fut offert, &
receu aussi alaigremét que les deux
premiers.

La defense que le Roy auoit faite des Duels ne permettoit pas que
le combat se fit en Dauphiné, afin
que l'exemple du gendre du Gouuerneur n'atiraft les autres au mépris de la Loy. Il fut donc resolu
qu'ils se batroient dans les terres du
Duc de Sauoye au deffous de saint
André sur la riue du Rhone, espee &
le poignard, en chemise, & à pied,
comme l'on pratique auiourd'huy;
Que le Baron d'Attignac seconde-
roit Philipin, & la Buisse Crequi;
Qu'autre qu'eux ne se trouueroit
au camp, & ne separeroit les combattans, que la mort de l'vn ou de
l'autre n'euft terminé le combat.
Qu'il y auroit douze Gentils-hommes du cofté de Dauphiné, & autát
du cofté de Sauoye, qui se tien-
droient prefts pour venir prendre le
corps du vaincu, ou pour empécher
qu'aucun tort ne fut fait au vain-

Quelle loy qui defend à l'homme d'vser for d'hu-mani-té, & au Chre-ftien vain-cuent de fan uer la vie au vain-cu.

queur. Que les douze de Sauoye seroient esloignez des combattans de
telle distáce, que ceux du Dauphiné
pourroiét employer de téps pour se
rendre au cháp du combat; laquelle
distáce fut mesuree à la course d'vn
cheual qui partit dudit champ, à
mesure que le bateau partit d'vne
riue pour prendre terre à l'autre. On
disputa long temps si les seconds se
batroient : car la Buisse disoit qu'il
n'y vouloit pas estre autrement, &
que celuy qui va en telle occasion
pour estre seulement spectateur, à
faute d'affection, ou de courage. Ce
sont les raisons qui font batre auiourd'huy les seconds, fussent-ils les
plus grands amis du monde.

Les combatans toutesfois ne le
voulurent iamais permetre, & fut
dit, qu'ils ne se mesleroient point
de la decision de leur combat. Ie ne
yeux pas blasmer les seconds, ny

ceux qui en prennent; ils font quelquesfois neceffaires, & plufieurs
braues courages fen font feruis;
Mais il eft toufiours moins blafina-
ble de fe perdre feul, que de trainer
fes amis enfa perte, & eft chofe hô-
teufe d'engager à la protection de
fon honneur autre valeur & force
que la fienne.

Le iour de l'affignation venu, ils
ferendirent tous au lieu affigné. Le
fieur de Morges paffa le Rhone, &
batit la campagne pour voir s'il n'y
auoit point quelque embufcade,
ou quelque affemblee plus grande
que le nombre des douze, dont l'on
eftoit demeuré d'accord. Les fecóds
firent la vifite des armes & habits
des deux Champions, & les foüille-
rent par tout, pour fçauoir s'ils ne
portoient point de charmes. La
Buiffe n'oublia rien en cette action
de l'office d'vn amy, & dit-on que
fi Crequy

ſi Crequi ne fut reuenu du combat,
que la Buiſſe y fut demeuré pour
tüer Philipin & d Attignac ſon ſecond, ou eſtre tué deux ; Ce qui faiſoit tenir du Belier ſon frere ſur le
bord du Rhone attendant l'iſſuë du
combat, en reſolution de paſſer à
cheual pour auoir ſa part de la gloire, & du peril de ceſte action.

Crequi eſtoit le premier au chāp,
& prenant l'aduantage du Soleil,
l'auoit laiſſé tout entier à ſon ennemy. Philipin y entrant apres, remarqua ceſte ruſe auec non moins de
Iugement que celuy qui l'auoit faite : Parquoy il dit a la Buiſſe ; qu'il
leur partageat le Soleil. Mais en voulant faire le partage luy meſme, il
attaque Crequi d'vne telle violence
que les ſpectateurs douttoiét de l'iſ-
ſue du cóbat. Toutesfois ceſte premiere fureur ne fit que metre Crequi hors du pré, & Philipin hors

d'haleine. Ainſi ceſte impetuoſité
paſſee, Crequi luy portant ſes coups
auec plus de Iugement que de paſſion, luy planta l'eſpee dans le corps
de telle roideur , qu'il le renuerſa
& le couſut contre terre. Tous ceux
de ſa part luy crierent alors qu'il le
tuat. D'attignac au contraire demanda ſa vie. Crequi dit à Philipin
qu'il la demandat ; Mais s'en eſtoit
deſia fait , il n'eſtoit plus en eſtat de
la demander , ny l'autre en puiſſance de la donner.

Ainſi mourut Philipin en ceſte
querelle dont les commencemens
auoient eſté ſi legers ; Crequi repaſ-
ſa le Rhone auec les douze Gentils-
hommes qui le vindrent prendre,
& ſ'en alla rendre graces à Dieu,
ſans vouloir permetre que ſes amys
ſe conioüyſſent auec luy de ſa victoire , les priant au contraire de
n'en plus parler, encore que l'hon-

neur d'auoir vaincu en guerre estrâ-
ge vn ennemy estranger, ne luy soit
commun qu'auec les plus illustres
hommes du monde. Philipin ayant
demeuré quelque temps estendu
sur la place, fut en fin emporté mort
au logis. Les Religieux de sainct
Pierre Chastel luy refuserent la se-
pulture, selon les constitutions de
l'Eglise ; laquelle estime ceux qui
meurent en ceste sorte meurtriers
d'eux mesme. Le Duc de Sauoye se
repentant du commandement qu'il
luy auoit fait, ou pour le remords
de sa conscience, ou par l'aduis de
son confesseur, depescha vn cour-
rier pour defendre le combat, mais
il arriua deux heures trop tard.

Mathieu, & la Talhe en vn discours qu'il a fait des Duels, raportent cestui-cy, sinon en mesmes termes, au moins en substance tel que
ie le viens d'escrire. Mais Cayet en

Y ij

sonHiftoire de la paix le raconte diuerfement, & dit; Que Crequi
ayant pris le fort de Barraut fur le
Duc de Sauoye, y trouua vne efcharpe de Philipin qu'il emporta.
Que Philipin la luy enuoyant demander, il la refufa. Qu'eftant depuis fait prifonier de guerre à fainct
Iean de Maurienne, & mené àChá-
bery, & à Turin; il fe rencontra en
compagnie auec la Dame qui auoit
donné cefte efcharpe à Philipin, lequel les ayant trouuez parlant enfemble, auança quelques propos
qui fembloient offenfer Crequi.
Qu'eftant depuis en liberté à Grenoble, il manda à Philipin, s'il vouloit auoir fon efcharpe, qu'il la vint
querir. Que Philipin l'enuoya lors
apeller; Et que fe battant aux portes de Grenoble, Philipin tomba
par terre d'vn coup d'efpee à trauers
le corps : demanda la vie à Crequi,

qui la luy donna, luy enuoya son
Chirurgien, & se departirent bons
amis. Que la nouuelle de ce côbat
estant venuë aux oreilles du Duc,
il fit dire à Philipin qu'il ne le verroit iamais qu'il n'eust recouuré son
honneur. Que Philipin ayant essayé
tous moyens possibles pour faire
entendre au Duc ses excuses, eust
en fin recours à la Duchesse, de laquelle il fut encore plus rudoyé.
Qu'apres tout cela, il se mit en deuoir de faire encore vn coup apeller
Crequi, lequel se rendit entre Qui-
rieux & sainct André terres de Sauoye, sans alleguer la vie qu'illuy
auoit donnee. Que Philipin s'y rendit aussi auec plus de cinq cens hómes de part ou d'autre, de tous lesquels il ne s'aprocha que d'Attignac & la Buisse seconds. Qu'estant
venus aux mains, Philipin receut
deux coups despee a trauers le corps

Y iij

dont il tomba. Que Crequi s'arreſtant la deſus, & puis ſe iettant ſur luy comme pour l'acheuer, d'Attignac luy demáda la vie de Philipin; & voyant branler ſes amis, pria Crequi de ſe retirer, comme il fit auec les armes de ſon ennemy. Qu'il luy enuoya encore ſon Chirurgien pour le penſer, mais qu'il n'y peut eſtre arriué ſi toſt que Philipin ne fut expiré.

Voila ce qu'en dit Cayer, vn peu diferent quant à la maniere, mais conforme quant à la choſe, & le tout à l'auantage du victorieux qui le peut ſçauoir mieux que tous. Voyons-en encore vn autre de meſme nature, & puis nous paſſerons à ceux du ſecond ſujeĉt.

Combat du Sieur de Briauté contre
Lekerbitkem fait aux pays bas,
sous le mesme Roy.

CHAP. XX.

PEu de temps apres la prise du 1600
fort sainct André en l'Isle de
Bommel par le Prince Maurice.
Briauté Capitaine d'vne compagnie
de caualerie au seruice des Estats, tenant garnison en la ville de saincte
Ghertruydemberghe, receut quelques parolles de mépris tant de sa
personne, que de sa nation, proferees par Lekerbitkem. C'estoit vn
soldat de fortune, qui pour sa valeur
neantmoins estoit Lieutenant de la
compagnie de Grobendonc, gouuerneur de Bosleduc en Brabant :
Et Briauté estoit vn des braues Gen-
Y iiij

tils-hommes qui fuſſent en France
de ſa condition, & de ſon âge (car
il eſtoit encore fort ieune); tellement qu'il n'y auoit point de raport
ny de proportion en leurs qualitez.
Mais l'Hiſtoire dit que Briauté cherchoit les Duels, pour leſquels il s'e-
ſtoit retiré de la Court ; Et ſe me-
ſurant auec tout le monde, ſans có-
ſiderer que c'eſtoient des propos
ordinaires entre les ſoldats, enuoye
vn cartel à Lekerbitkem, le deffiant
corps à corps, cinq contre cinq, dix
contre dix, ou vingt contre vingt.
La derniere condition de vingt à
vingt à cheual fut acceptee, auec les
armes ordinaires qu'ils portoient
iournellement à la guerre.

Le iour & la place deſignee; Briauté ayant choiſi dix & neuf compagnons de ſa fortune preſque tous
François, & luy faiſant le vingtieſme. Donna ſes armes à Vingaerde

Gouuerneur de la place, au cas qu'il
mourut, qui eſtoient les plus belles
qu'on ſceut porter ; Et apres luy
auoir fait entendre que c'eſtoit du
conſentement du Prince Maurice,
(qui le luy auoit neantmoins defendu, luy remonſtrant la legereté de
la querelle, & l'inegalité de la perſonne;) ſortit de ſa garniſon pour
ſe trouuer en la place du combat,
arreſtee de part & d'autre à demy
chemin de Boſleduc, & de Ghertruydemberghe. Mais ne trouuant
point ſon ennemy au lieu aſſigné, il
paſſa plus auát iuſques a demy lieüe
de Boſleduc, ou il le rencontre. D'a-
bord ils s'entrechargerent les vns les
autres, Briauté & les ſiens auec les
ſcopettes, & ſes ennemis auec l'eſ-
copette & la carabine. Les deux
Chefs s'eſtoient ſignalez pour ſ'en-
treconnoiſtre, Briauté d'vne grande plume blanche, & Lekerbitkem

d'vne rouge. Voicy donques Briauté qui affronte son ennemy, luy
donne du pistolet dedans la visiere,
le tue, & enfonsse ses gens de telle
furie, qu'il en demeura cinq de
morts sur la place, dont le frere de
Lekerbitkem en fut vn. Mais Briauté fut mal assisté; Premierement de
ces cinq qui furent tuez à la premiere charge, les deux moururent de sa
main propre; qui fait voir que si ces
amis eussent fait comme luy, il n'y
auoit pas d'énemis à demy pour eux.

Secondement ils s'enfuirent quasi
tous au second effort, & le laisserent
luy quatriesme au milieu de quinze, qui outre l'auantage du nombre auoient encore celuy des armes;
& ce fut ce qui trompa les François,
qui pour toutes armes offensiues
n'auoient aporté que le pistolet &
l'espee; de voir les ennemis auec de
grandes Carabines qu'ils tirerent

d'affez loin au commencement du combat, & puis s'aprocherent auec l'efcopete contre des gens qui n'auoiét plus que l'efpee. Tellemét que Briauté abandonné des fiens, fut pris de fes ennemis auec vn fié coufin, & deux autres, qu'ils menerent auec luy prifonniers à Bofleduc. L'Hiftoire ne met point le nombre des François qui moururent en ce combat, ny le nom des vns, ny des autres, que des deux Chefs. Mais Grobendonc eftant au deuant de la porte de Bofleduc, en attente du retour de fon Lieutenant, & ne le voyant point reuenir auec les autres, demanda ou il eftoit ; on luy refpondit qu'il eftoit mort, & fon frere auffi. Hé pourquoy n'auez vous donc tué ceux-cy ? dit-il. Parolles auffi toft executees que prononcees : car fes gens fe iettans tous enfemble fur le pauure Briauté, & son cousin les massacrerent tous deux de sang froid.

Voila vne fin tragique d'vn commencement bien leger ; Il semble que la cause de ce Duel particuliere, & friuole, & la defense du Prince Maurice General de Briauté, contre laquelle il l'entreprint, le tirent hors du rang de ceux que nous auós dit estre du premier suiect, Mais la cause estant double generale & particuliere, entant que l'honneur de sa nation estoit offensé auecque le sien, & le combat s'estant fait d'estranger à autre, en guerre estrangere, m'a donné suiect de le ranger en cet ordre, auec ceux de Bayard, & de Crequi; bien qu'auec ceste diference qui les rend en quelque chose inferieurs & dissemblables aux premiers; que la cause de leur combat estoit particuliere, & celle des autres publique : Car il n'y à

point de doutté que l'action ne soit
plus heroïque quand on combat
non seulement pour le Prince ou
pour le pays, mais pout quelqu'autre que ce soit auecque raison, que pour soy-mesme; d'autant qu'il n'y a rien de si naturel, ny de si commun que d'exposer
sa vie pour conseruer son honneur,
ou repousser vne iniure qui le flai-
strit. Mais se batre pour autruy, voir
vn Prince acheter la paix de ses sujets au prix de son sang, ou vn sujet
acquerir le repos de son Prince au
peril de sa vie; voir vn Cheualier
chercher l'occasió d'vne mort hon-
norable, en defendant vn pauure
opressé contre vn plus puissant, en
lieu ou la Iustice n'a point de lieu;
Cela n'apartient qu'aux ames extremement rares, & genereuses.

Aussi en auons nous trouué si peu
d'exemples en nostre Histoire, que

nous n'en auons mostré guère que
des deffis , bien que qui voudroit
remonter aux premieres sources,
outre ceux que nous auons raportez cy dessus sous le regne de Charlemagne , trouueroit encores celuy
d'Euerard de Medicis Cheualier
François,& premier tige de ceste Illustre maison, contre vn Gean nommé Mugel, lequel faisoit vne infinité de massacres & brigandages
en vn terroir pres de Florence que
l'on a tousiours depuis appellé Mu-
gello. Des barbaries & cruautez duquel ce Cheualier print occasion de
le combatre corps à corps, pour de-
liurer le païs de la tyrannie, comme
il fit au temps que Charlemagne
chassa les Lombards d'Italie ; laissant mort sur le champ l'impitoya-
ble Mugel, & remportât pour des-
poüille, & marque memorable de
sa victoire, vne masse auec six bou-

Duel
d'Eue
rard
contre
Mu-
gello
l'an
807.

les de fer, dont ce braue guerrier
blasonna depuis ses Armoiries, les
deuisant d'vn champ d'or à cinq
tourreaux de gueules , chargé de
France en chef ; pource qu'en combatant il auoit receu sur son escu
plainement en cham d'or , vn coup
de masse qui y auoit laissé l'impres-
sion de plusieurs boules encore sanglantes , à cause des meurtres, dont
il l'auoit fraischement rougie. On y
pourroit adiouster encore la querelle de Philipe Duc de Bourgogne en faueur de Iean Duc de
Brabant, contre Honfroy Duc de
Cloceftre, pour l'amour de Iaque-
line Comtesse de Hainaut & de
Holande, que lesdits de Brabant, &
de Cloceftre auoient tous deux es-
pousee; ou le Cloceftrien ayant accusé le Bourguignon d'auarice, &
de perfidie, fut dementy ciuilement
par le Bourguignon. Ainsi dit l'Hi-

Occa-
sió des
armes
de Flã-
dres.

ftoire, & que de ces dementis ciuils
on vint au criminel : car le Bourguignon ayãt offert au Duc de Cloceftre de vuider leur different par
vn Duel, afin d'efpargner le fang de
leurs peuples par le leur propre, &
le Cloceftrien l'ayant accepté : tou-
tés chofes eftoient preparees à ce
combat : Mais le Duc de Bethfort
lors Regent en France pour les Anglois, interpofa fon authorité pour
l'empefcher. Et ayant fait vne affemblee des plus notables hommes
de tous eftats à Paris : ordonna par
leur aduis, que cefte iournee feroit
mife du tout à neant, & que pour
cela il ne feroit point d'amandife
l'vn à l'autre, c'eft à dire, qu'il n'y
auoit point de iufte caufe d'apel à
ce combat : duquel ils fe pouuoient
honorablemét departir quoy qu'ils
l'euffét accepté. Notez qu'il y auoit
des dementis. Mais c'eft affez pour
les

lés Duels du premier sujet, páſſons
maintenant à ceux du ſecond.

Diuers Combats du ſecond ſujet, & de
celuy qui fut fait entre Carrouges
& le Grû, ſous Charles VI.

CHAP. XXI.

NOus auons dit en la diuiſion
que nous auons faite cy-deuant des Duels, que le ſecond ſujet
pour lequel ils furent autresfois
permis, eſtoit pour tirer vne preuue
par les armes d'vne choſe qu'on ne
pouuoit verifier en Iuſtice. Reſte
maintenát d'en produire quelques
exemples, & monſtrer que non ſeulement nos Roys, mais leur Cour
de Parlement meſme les a permis,
& authoriſez par arreſt. Et pour có-
mécer par vn des plus memorables, 1386.

Z.

Nos Croniques difent, que fous le
regne de Charles fixiefme fleurif-
foient à la Cour deux Gentils-hommes Normands, l'vn appellé Iean
Carrouges, & l'autre Iaques le Gris;
celuy-là marié auec vne belle & vail-
lante Dame, dit l'Hiftoire vfant des
termes de ce temps-là ; Ceftui-cy
eftant Efchançon de Monfieur le
Duc d'Alençon Prince du fang. Il
arriue que Carrouges s'en eftant allé hors du Royaume contre les infidelles, Le Gris f'oublia tant contre
le deuoir & profeffió d'amitié qu'ils
auoient enfemble, que de violer en
fon abfence l'honneur de fa féme.
Mais il y aporta vn artifice admirable pour couurir cefte violence; Car
pour cófondre toute preuue qu'on
pourroit faire contre luy, & monftrer fon alibi, il s'aduifa en feruant
fon Maiftre à fouper, de luy verfer
du vin fur la manche comme par

mefgarde, afin qu'il s'en peut ref-
fouuenir; Et montant de ce pas fur
vn coureur, arriue fur la minuit en
la maifon de Carrouges, diftante de
fix ou fept lieuës d'Alençon. Et
d'autant qu'il fçauoit tous les eftres
du lieu où il eftoit famillier, il fit
tant qu'il entra dans la chambre, &
au lit de la Dame, laquelle il força;
Et remontant à cheual, fit telle diligence qu'il fe trouue le lendemain
matin au leuer de fon Maiftre, luy
donne de l'eau à lauer les mains, &
contrefaifant l'eftourdy comme au
foir precedent, en laiffe tomber fur
ces machettes, en forte que le Duc
mefme f'en mit à rire.

Cependant la femme de Carrouges offenfee iufques au mourir, attendit en filence le retour de fon
mary pour fe plaindre d'vn tel outrage; Auquel ayant conté ce mef-
chant acte, le coniurant d'en auoir

raison , Carrouges accuse le Gris.
La connoissance en vient à la Cour
de Parlement, qui oit les parties :
Premierement la Dame qui soustient auoir esté violee par le Gris. Il
se defend, & pour verifier son inno-
cence , allegue qu'il auoit seruy le
soir auparauant Monsieur d'Alençon , & le matin apres , aux enseignes que desus : lequel interrogé
depose cela mesme. Neantmoins
Carrouges, & sa femme persistent,
Tellement que la Cour faute de
preuues certaines, ordonne le combat entre ces deux Cheualiers , &
le camp en la closture sainte Catherine à Paris , presente ladite Dame
qui seroit sur vn eschafaut.

Or auant qu'entrer au camp , &
venir aux mains auec le Gris, Carrouges voulant estre asseuré de la
verité par sa femme, l'adiure de la
luy dire, afin de ne soustenir point

Cestui
cy ay
meit
mieux
estre
Corne
lius pu-
bliies,
que
Cornelius
Taci-
tus.

vne querelle mal fondee. Mais elle
luy dit qu'il combatit hardiment,
asseuré de la verité de sa parole &
de la iustice de sa cause. Et sur ceste
asseurance Carrouges attaque son
ennemy au lieu ordonné, ou d'entree il eust du pire, iusques-là que le
Gris le saisit au corps, & le ietta par
terre sous luy, ou il fut quelque
temps en extreme danger de sa vie.
Neantmoins à la fin apres vn grand
& violent effort de tous deux, Carrouges renuersa son ennemy : & le
poignard à la gorge, luy ayant fait
confesser la verité, il fut suiuant l'arrest executé à mort, & la Dame de-
liuree auec reparation d'honneur.

Froissard, Monstrellet, & quelques Autheurs modernes, suiuant
leur aduis, raportent ainsi ce Combat. Mais Iuuenal des Vrsins Archeuesque de Rheims, en l'Histoire
qu'il a faite du mesme Roy Char-

Autre opiniõ touchãt ce combat.

Z iij

les, souftient que le Gris eftoit innocent, & dit, que Carrouges l'ayãt
fait adjourner deuant le Roy en cas
de gage de bataille, il comparut;
que le gage fut ieté, & cefte matiere
renuoyee à la Cour de Parlement,
par lequel, tout veu & confideré, il
fut dit qu'il y cheoit gage (ce font
les termes de l'Arreft;) & le gage
adiugé, fut ordonné que la femme
de Carrouges feroit detenuë pri-
fonniere, & feroit ferment que ce
qu'elle impofoit à Iaques le Gris
eftoit vray : ce qu'elle iura, & ledit
Iaques le contraire. Adioufte que
les parties mifes au camp, & les cris
faits en la forme & maniere accouftumee, Carrouges ayãt les fieures,
en fut furpris à cefte heure-là, nonobftant lefquelles, ils ne laifferent
de combatre l'vn contre l'autre, iufques à tant que le Gris tomba. Et
lors Carrouges montãt fur luy, l'ef-

pee traitre, luy cria qu'il dit la verité;
A quoy il respondit , que sur son
Dieu , & la damnation de son ame.
il n'auoit iamais commis le cas dot
on le chargeoit. Neantmoins Carrouges croyant pluftoft aux paroles de sa femme qu'à ses sermens, luy
mit l'espee par deffous au trauers
du corps, & le tra : Qui fut, dit-il,
grand pitié ; car depuis on sceut
veritablement qu'il n'auoit iamais
commis le cas,& qu'vn autre l'auoit
fait : lequel mourant de maladie en
son lit, le confessa deuant plusieurs
tesmoins en l'article de la mort.

Voila ce qu'en dit Iuuenal , que
i'ay bien voulu raporter , icy pour
l'honneur de ce Cheualier , encore
qu'il ne fasse point à mon sujet : car
il suffit de môstrer, qu'il y eust combat permis par le Roy, & authorisé
par la Cour de Parlement, dequoy
tous les Historiens sont d'accord,

Z iiij

nonobſtāt la diuerſité de leurs opinions quant à la cauſe, & deciſion
d'iceluy.

Autre Duel de meſme ſuiet ſous le meſme
Roy entre Robert de Beaumanoir,
& Pierre de Tournemine.

CHAP. XXII.

EN ce meſme temps il ſe fit vn
autre Duel en Bretagne de meſme ſujet, entre les deux Cheualiers
ſuſnómez, pout vne telle occaſion.
Robert de Beaumanoir auoit vn
ſien parent de ſon nom & de ſes armes, qu'on accuſoit d'entretenir la
fille d'vn laboureur. Tournemine
ſoit qu'il fut ennemy de ce parent
de Beaumanoir, ou qu'il fut amou-
reux de la fille, le dit au pere; Et
adiouſte qu'il eſtoit bien laſche &

meschant de souffrir qu'vn tel abu-
sat ainsi de sa fille, luy conseillant
de le faire tuer, ou le tuer luy mesme. Le paysan porté de la passion
& authorité de celuy qui le conseil-
loit, & de son propre ressentiment,
dressa tant d'aguets à ce Gentil-
homme, qu'en fin il se trouua pris,
& tué tout ensemble. Beaumanoir
aduerti du meurtre de son parent,
fait apeller Tournemine deuant le
Duc de Bretagne, l'acuse que ce laboureur la commis par son indu-
ction, qu'il l'y auoit porté meschá-
ment; Et que s'il le vouloit nier, il
estoit pred de le combatre : Et suiuant la coustume de ce temps-là,
ietta son gage. Tournemine respondit, qu'il n'en estoit rien ; Et sur la
negatiue de Tournemine, & l'offre
de Beaumanoir, le gage fut adiugé,
& dit qu'il y auoit gage de bataille.
Le jour, & lieu assignez, les parties

comparurent en la presence du Duc,
les sermens faits en la maniere ac-
coustumee , & les cris ordinaires
estant acheuez; Ils s'aprocherét l'vn
de l'autre, & combattirent longuement auant qu'on s'aperceut d'aucun auantage, la victoire balançant
tantost d'vn costé, tantost de l'autre,
& tenant toute l'assistance suspen-
due en vne incertaine & douteuse
attente. Mais en fin Tournemine
fut desconfit sans reconnoistre le
cas, & comme mort, fut mis hors
du camp.

Autre *Duel d'vn Leurier d'attache,* contre vn *Archer des gardes de Charles V. dit le Sage.*

CHAP. XXIII.

PAr l'exemple des deux derniers
Duels cy-deuant escrits, on peut
aisément voir comment ils estoient
permis en ce temps-là faute de preuue. Mais cecy est bien plus nouueau,
& plus estrange, qu'on ait accordé
le combat à vne beste contre vn hôme, & contraint vn homme d'entrer en combat, & se mesurer auec
vne beste. L'Histoire en est admirable, & se void encore peinte en la
grand'sale du chasteau de Montar-
gis sur le manteau de la cheminee,
pour vne merueille des faits de
Dieu.

Il y auoit vn Archer des gardes
du Roy, qui auoit demeuré quelque temps abfent de la Cour, auec
vn de fes compagnons, fans l uel
il reuint apres feruir fon quartier.
On luy en demande des nouuelles,
il n'en fçait point; perfonne ne s'en
informe dauantage. Vn iour qu'il
eftoit en garde, voicy vn grand Leurier, qui le vient choifir au milieu
de tous les autres Archers, luy faute
au collet, & fait tout ce qu'il peut
pour le mordre. On le bat, on le
chaffe, il reuient toufiours, & ne le
pouuant aprocher, l'abbaye de loin
fans le perdre. Quelques vns recon-
neurent que ce Leurier eftoit au có-
pagnon de cet Archer, & voyant
qu'il n'en vouloit qu'à luy feul, entrent en quelque foupçon qu'il euft
tué fon maiftre. Il en aduertiffent le
Roy, qui les voulut voir tous deux;
Et lors le Leurier fe fentant affifté

do la prefence du Roy , fe ietta plus
furieufement fur l'Archer, & par vn
pitoyable abboy fembloit crier vé-
geance , & demander Iuftice à ce
Prince. Il obtint auffi : Mais ce Roy
qui ne faifoit rien mal à propos, &
qui a merité le furnom de Sage, fe
confirmant par les actions de cefte
befte en la commune creance qu'vn
chacun auoit que cet Archer euft
tué fon maiftre, le luy voulut faire
côfeffer ; il le nie. Et fans autre preuue que les abbois, & mugiffemens
de ce chien qui ne ceffoient point,
le combat leur eft ordonné, le chien
auec fes dents, & l'Archer auec vn
bafton. Ils font tous deux mis au
camp comme deux Champions, &
le Roy mefme voulut eftre prefent.
Auffi toft que le chien fut lafché, il
n'attendit point que l'Archer vint à
luy, il fçauoit que ceftoit au demá-
deur d'attaquer. Mais le bafton de

l'Archer eſtoit aſſez fort pour l'aſ-
ſommer d'vn ſeul coup : parquoy il
le marchande,& le tourne ores d'vn
coſté, & puis de l'autre, tant que
finalement il ſe ietta d'vn plein ſaut
à ſa gorge, le renuerſe emmy le
champ, & le contraint à crier qu'on
luy oſte ceſte beſte, & qu'il dira
tout. On retire le chien,& vn chacun ſ'eſtant aproché il côfeſſa deuât
tous qu'il auoit tué ſon côpagnon,
ſans autres teſmoins que ce chien
qui l'auoit vaincu, & contraint de
deſcouurir vne verité qu'il penſoit
eſtre ſi cachee.L'hiſtoire dit qu'il fut
puny,mais elle ne dit point de quelle mort, ny pourquoy, ny de quelle
façon il auoit tué ſon amy.Si ce chié
euſt eſté Grec au temps qu'Athenes
eſtoit en ſon luſtre,il euſt eſté nourry aux deſpens du public, ſon nom
ſeroit dans l'Hiſtoire, & ſon corps
enſeuely auec plus de raiſon & de

merite que celuy de Xantipus.

Autre Duel sous Gontran, neufiesme Roy de Bourgogne.

CHAP. XXIIII.

EN voicy vn autre pour vne bié legere occasion. Gontran Roy de Bourgogne estant allé à la chasse par les forests des montagnes de Voge, trouua les brisees d'vn Beuffle qu'on auoit tué. Le voila en fougue, il fait mettre le forestier en prison, & tout incontinent apliquer à la torture pour luy faire dire qui estoit ce presomptueux, qui en vne forest Royale, auoit osé tuer vne telle beste. Le forestier accuse vn des Chambellans du Roy nommé Chandun ; lequel fut pris sur le champ, & mené prisounier à Chaló,

commandant le Roy que son procez luy fut fait. Cestui-cy au premier
interrogatoire, respoïd qu'il n'e-
stoit point si temeraire d'auoir tué
ce Beufflo. Le forestier luy est con-
frôté, & luy soustient ce qu'il auoit
dit; Il asseure que non, l'autre per-
seuere auec pareille asseurance, &
n'y eust torture ny gehenne qui en
peut tirer la verité. Tellement que
le Roy ne peut moins faire que d'accorder le combat aux parties qui le
demandoient auec grande instance.
Toutesfois Chaudun estant malade & hors de combat, presenta vn
sien neueu pour combatre pour sa
cause. Lequel estant accepté par le
forestier, ils entrerent tous deux en
camp clos present le Roy; Et d'arriuee ce neueu de Chaudun blessa son
aduersaire d'vn coup de lance, si
rudemét qu'il tomba à la renuerse;
Mais luy voulant couper la gorge
auec

auec vne dague qu'il auoit à sa ceinture; Dieu permit qu'en se debatant
la dague entra dans le ventre de celuy qui la tenoit, si auant qu'il tomba mort sur son ennemy : lequel
mourut aussi sur le champ. Chaudun estonné de c'est accident, se mit
incontinant en fuite. Mais le Roy
criant qu'on courut apres, il fut pris
auant qu'entrer en l'Eglise sainct
Marcel, ou il se vouloit sauuer en
franchise ; Et attaché par le commá-
dement du Roy à vn poteau, ou il
fut lapidé par le peuple. Ainsi pour
vne beste sauuage tuee, moururent
trois hommes iniustement, dont le
Roy se repentit apres, mais trop
tard. C'est vn Duel sot par tout, sottement permis, sottement fait, &
sottement raporté, sans nommer
ny le temps, ny le lieu, ny le nom des
personnes. Voila que c'est des anciens Historiens de France, peu de

modernes font mieux. Voyons-en
encore vn dernier & plus pertinent
de ceste nature, tiré des memoires de
Martin de Bellay.

Autre Duel des Sieurs de Sarzay & de Veniers, sous François premier.

CHAP. XXV.

CE Duel fut fait à Moulins, ou
estát alors le Roy Fráçois, Mef-
fire Anne de Mómorancy fut hon-
noré de l'estat de Connestable ; Et
de quatre qui estoient compris en la
querelle, les deux seulement se bat-
tirent. L'occasion de leur combat
fut, que Sarzay parlant du Sieur de
la Tour, auoit dit qu'il s'en estoit
fuy de la bataille de Pauie. La Tour
le fait apeller deuant le Roy & luy
demande s'il a tenu ce discours. Il
respond qu'ouy, & qu'il le tenoit

de Gaucourt. Il semble que c'estoit
à la Tour à parler à Gaucourt ; Neantmoins Gaucourt appellé, ce fut
Sarzay qui luy demanda, s'il n'estoit
pas vray qu'il luy auoit dit que la
Tour s'en estoit fuy. Gaucourt sans
l'aduoüer n'y desauoüer, luy respód
ainsi ; Vous m'auez dit vous mesme
que vous le teniez de Veniers. Il est
vray, repartit Sarzay, Veniers le
m'a dit. Alors Gaucourt ayant re-
monstré que puis que Sarzay ad-
ucüoit le tenir de Veniers, il n'estoit
plus tenu de respondre, fut renuoyé,
& Veniers incontinent apellé, qui
dement Sarzay.

Pour en connoistre la verité, &
sçauoir qui estoit faux accusateur, le
Roy ordonne que Veniers & Sarzay combattroient en camp clos ;
Et l'occasion qui porta plus facilement le Roy à leur ordóner le combat, fut que les trois accusateurs ne

s'eſtoiẽt point trouuez à la bataille, mais eſtoient en leurs maiſons bien à leur aiſe, & bien eſloignez des coups, & par conſequent ne pouuoient pas bien iuger de ceux qui auoient fuy, ou combatu.

Le iour du combat venu, Veniers porta les armes qu'ils auoient acordees, qui eſtoient vn corcellet à longues taſſettes, auec les manches de maille, & des gantellets, le morrion en teſte, vne eſpee bien trenchante à la main droite, & vne autre à la gauche. En ceſte equipage ils entrerent tous deux au câp, conduits par leurs parrains, & accompagnez de leurs amis. Le Sieur de Bonneual eſtoit parrain de Veniers, & le Sieur de Villebon de Sarzay en abſence du Sieur de Boiſſy qu'il auoit eſleu. Apres les publications, ſermens, & autres ceremonies accouſtumees, ils furent laiſſez aller, & combatirent

courageusement auec leurs deux
espees: Mais auec si peu d'adresse
comme gens qui n'estoient pas fort
vsitez en telles armes, qu'ils les quit-
terent en fin pour se prendre au
corps. Et alors Veniers ayant desia
le poignard au poin, & Sarzay tirant le sien, le Roy ne voulant qu'ils
passassent outre, ietta le baston; Et
tout incontinant ils furent separez
par les gardes du camp, qui estoient
Monsieur le Connestable, Monsieur le Côte de sainct Pol Duc de
Toute-ville, Louys Monsieur de
Neuers, & le Mareschal d'Annebaut.

Estans les deux champions separez, le Roy donna sa sentence, & les
mit d'accord, remit en son honneur
le sieur de la Tour, & afferma l'a-
uoir veu le iour de la bataille faire
son deuoir pres de luy. Mais pédant
que le Roy auec son Conseil or-

donnoit cela, il aduint qu'vne fieure quarte qui de longue-main tenoit le sieur de Veniers, fut con-
uertie en continuë, faute d'estan-
cher le sang d'vne playe qu'il auoit
receuë au pied, dont peu de temps
apres il mourut. Ce combat se voit
encores representé en vne galerie
de l'hostel neuf de Mommorancy
à Paris ; & nous apréd qu'il y a plus
d'ordre, plus de raison, d'obeyssance, & d'hóneur, & beaucoup moins
de peril, à decider vne querelle par
vn combat accordé par le Souuerain, couuert de bonnes armes, entre des Iuges & de Parrains equita-
bles, qui vous exemptent de toute
crainte de supercherie, & en la presence du Roy mesme qui fait le hola, & ne souffre iamais la perte d'vn
homme de bien qu'auec vn iuste suject : qu'à se porter dans vn pré sur
la foy d'vn laquais, ou d'vn billet

de noſtre ennemy comme nous faiſons, en chemiſes, & ſans autre iugement que la fureur & la paſſion. Ce
qui fait dire aux eſtrangers qu'il ne
faut point tuer les François, attendu qu'ils ſe ſçauent bien tuer eux
meſmes.

Duel du troiſieſme ſujet entre les ſieurs
de la Perrine, & de Vanlay, ſous
le meſme Roy François.

CHAP. XXVI.

NOus voicy maintenant arriuez au troiſieſme ſujet pour
lequel les Duels ont eſté permis,
que nous auons dit eſtre, pour tirer
raiſon d'vne iniure qui ne pouuoit
autrement eſtre reparee. A ceſte cauſe le ieune Sauonieres ſieur de la
Perrine demanda le cóbat au meſ-

me Roy François, contre le ſieur de
Vanlay ſon parent, pour vne telle
occaſion. La Perrine auoit tenu
quelques propos ſcãdaleux de Vanlay, l'accuſant d'vn vice infame que
l'Hiſtoire ne dit point. Vanlay ſen-
tant ſon honneur offenſé, s'aduiſe
d'vn moyen plus artificieux qu'honorable, qui fut de faire vn eſcrit
au nom de la Perrine, par lequel il ſe
deſdiroit du propos qu'il auoit tenu, & confeſſeroit auoir fauſſement
parlé dudit Vanlay ſon parent.

Cela fait, il s'accompagne de cinq
ou ſix hõmes armez, & vient trouuer vn matin la Perrine en la maiſon de ſon pere pres de Blois, comme il s'abilloit en ſa chambre. Et
d'entree, mon couſin, dit-il, il faut
que vous ſigniez cet eſcrit, autremét
vous eſtes mort. La Perrine ſurpris,
préd les premieres armes qu'il trouue ſur ſa table, & ſe mit en deuoir

de se defendre, mais en fin pressé, il signa malgré luy ce qui estoit escrit au billet.

Apres que Vanlay fut party, & qu'il luy eust dit qu'il ne vouloit que cela, il demeura en grande destresse, ne sçachant que deuenir, ny que faire. Mais s'estant resolu par le conseil de son pere d'aller à Villier-Costrets ou estoit le Roy, trouuer Messire Anne de Mommorency, lors Grand Maistre de France, pour en auoir son aduis; il prend la poste, & arriué qu'il fut, luy fait entendre l'affront qui luy auoit fait ; & le grand Maistre le conta, & le fit trouuer si mauuais au Roy, qu'il luy voulut donner audience en public, assis en son trosne en presence des Princes & Seigneurs de la Cour. Ou comparoissat la Perrine apres trois grandes reuerences à la derniere desquelles il mit vn genou à

terre, & ne se leua que par le commandement du Roy; Il deduit bien
au long la façon dont Vanlay estoit
entré chez son pere maistre d'Hostel
ordinaire de sa Maiesté, sous la protection de laquelle il pensoit estre
en seureté, viuant sous les loix esta-
blies en son Royaume ; Se plaint,
& demande Iustice de l'iniure, &
du tort qu'il disoit estre fait à son
honneur par Vanlay , qui l'auoit
forcé a se desdire par escrit signé de
sa main d'vn propos qu'il auoit tenu , & qu'il vouloit soustenir estre
vray; Supliát le Roy de luy octroyer
le combat, à tel iour, & place qu'il
plairoit à sa Majesté d'ordonner, &
n'oublia rien de ce qui pouuoit
agrauer le fait. En l'indignité duquel le Roy se sentit tellement offensé , (qui dailleurs ne vouloit
guere de bien à Vanlay) qu'il dit entre autres choses. Comment! Suis-
je en seureté dans mon Royaume ?

Et quant & quant de l'aduis des
Princes , & Seigneurs la presens
acorda le combat à la Petrine , dans
vn mois qui estoit au premier iour
de l'an prochain , & le camp à Paris
au deuant du Louure. Luy permit
cependant d'enuoyer par vn Heraut d'armes ses cartels à son ennemy quelque part qu'il fut , & luy signifier le camp, comme le Roy de sa
part le feroit sçauoir & publier par
tout, afin qu'il n'en pretendit cause d'ignorance. Le cartel de la Perrine à Vanlay fut fait en ces termes.

Gaucher de Tinteuille , tu sçais le
tort que tu me tiens , de m'auoir cótraint par vn escrit que tu m'as fait
signer de force , à desaduoüer la verité d'vn propos que i'ay tenu de
toy. Ie t'en demande raison ; Et ou
tu me la desniras , ie te fais sçauoir
que i'ay obtenu du Roy mon souuerain Seigneur , le camp deuant le

cartel de la Perri-ne.

Louure à Paris , & le iour au premier de l'an prochain ; ou j'entens
de te combatre à toute outrance, &
te prouuer de ma personne à la tienne , auec telles armes que tu vou-
dras , soit à pied ou à cheual, que tu
as laschement , meschamment fait.
Signé , Iean du Plessis.

 Et par ce que le Heraut ne trouua pas Vanlay chez luy , ny autre à
qui parler qu'vne sienne parente,
qui luy dit qu'il estoit hors du Royaume, Il ne laissa pas de luy inthimer
ledit cartel en parlant à elle , & de
l'attacher aux portes ; faisant és autres maisons de Vanlay ses chama-
des & proclamations, par lesquelles
il luy assigna le camp au iour & lieu
susdit. Et de tout raporta vn acte
signé, dont la Talhe de qui i'ay tiré
ce Duel , dit auoir veu la copie.

 Le iour venu, le Roy se trouua
dés le Soleil leuant sur les Eschaf-

fauts, enfemble les Princes, Seigneurs & Dames de la Cour, entre
lefquelles eftoit Madame la Regéte
fa mere. Au mefme inftant la Perrine accompagné de fon Parrain, &
de deux ou trois Gentils-hommes,
dont l'vn portoit fa lance, l'autre
fon armet, & l'autre fes gantelets;
entre àcheual dans le camp, armé au
refte de toutes pieces, ne fçachát encore de quelles armes fon ennemy
deuoit combatre. Mais apres f'eftre
bien promené tout le long du iour
dans le camp (ou deux pauillons
eftoient tendus à l'oppofite l'vn de
l'autre) fon ennemy ne comparut
point. Ainfi le Soleil eftant preft à
fe coucher, la Perrine mettant vn
genoüil à terre, demanda tout haut
au Roy, f'il auoit fatisfait à fon hóneur. Le Roy luy ayant refpondu
qu'oüy; la Perrine repart; Sire, il fe
peut faire que mon ennemy crai-

gnant voftre fureur, n'a ofé comparoiftre ; vous plaift-il me donner
congé de l'aller chercher hors du
Royaume pour le cōbatre en quelque lieu que ce foit? Le Roy dit qu'il
en auoit affez fait, & fur l'heure ordonna de l'aduis des Princes & Seigneurs la prefens, que les armes
de Vanlay feroient dependuës du
pauillon qu'on luy auoit dreffé,
& baillees à l'executeur de Iuftice
pour eftre trainees par les boües de
la ville, & puis eftre brifees & rom-
puës en prononçant ces mots. *C'eft
le fieur de Vanlay attaint & conuaincu
des cas à luy impofez par le fieur de la
Perrine.*

Quelques vns pour fauuer l'hóneur de Vanlay difent, qu'il ne laiffa
pas de comparoiftre à faute de courage, mais parce qu'il auoit efté aduerty que le Roy luy en vouloit
d'ailleurs, à l'occafion de Madame

la Regente pour quelque sujet que l'on ne sçait pas, & qu'il l'eut fait pluftoft combatre par vn bourreau que par son ennemy. D'autres disent qu'il y fut deguisé, & qu'il se mesla parmy la foule de ceux qui estoient là pour voir le combat, lequel bien que sans combat, toutes les solemnitez neantmoins y furent gardees.

Le mesme Roy en permit encore vn autre à Fontainebleau, à deux Italiens; qui ne furent pas fi toft dás le camp, que l'vn se mit incontinét à fuïr au long des barrieres, criant tant qu'il pouuoit à son ennemy. *Non te quiere Seignor Iuliano, non te quiere.*

autres Duels per- mit par le Roy Fran- çois.

Et sous Louys douziesme son predecesseur. Gaston de Foix Duc de Nemours, & Lieutenant Gene-ral en Italie, en permit vn autre à deux Espagnols, & leur octroya

Par Gaftô de Foix fous Louys XII. 1511.

le camp deuant le Palais du Duc de
Ferrare ; ou l'vn d'eux estant fort
blessé, & porté par terre, ne se voulut iamais rendre. Ce que voyant la
Duchesse de Ferrare, pria Gaston à
mains iointes de les faire separer; lequel respōdit qu'il le voudroit bien
en faueur d'elle, mais qu'honneste-
ment il ne pouuoit, ny ne deuoit
prier le vainqueur contre la raison.
Et falut que le Parrain du vaincu
se rendit pour luy. Alors il fut porté
hors du camp auec ses armes ; Et
parce qu'il ne les vouloit rendre, le
Capitaine Bayard, l'vn des gardes
du camp, eust charge de luy aller
dire, que s'il ne les rendoit, on le feroit raporter dans le camp, & là sa
playe seroit decousuë , & luy mis
en tel estat que son ennemy l'auoit
laissé.

Peu de temps auparauant s'estoit
fait encore vn autre cōbat à che   à
Paume,

me, entre deux autres Espagnols; ou chacun des deux combatans fit *par le* si bien son deuoir, que le Seigneur *Sei-* de Chaumont Lieutenant du mes- *gneur* me Roy qui leur auoit donné le *de Chau* camp, les fit sortir en pareil hon- *mont* neur. L'Histoire ne marque aucune *sous le* particularité de ce dernier, sinon *mes-* qu'il auoit tellement neigé, qu'il *me* ne fut fait autres barrieres pour *Roy.* clorre le camp que de neige.

Bref ce seroit vn discours plus en- nuyeux que proffitable de raporter icy tous les Duels qui ont esté per- mis pour ce sujet la. Il suffit de ceux que nous auons raportez pour en monstrer seulement l'vsage; lequel nous confirmerons par vn seul qui est memorable, & le dernier qui ayt esté permis par nos Roys.

Autre Duel des sieurs de la Chastineraye & Iarnac sous Henry II.

CHAP. XXVII.

C'Est le premier combat que ie trouue auoir esté demandé pour vn dementy, & le dernier qui s'est permis; car nous auons monstré aux premiers Duels que les dementis n'estoient donnez que pour repousser l'iniure qu'on auoit receuë: Et outre ceux que nous auons marquez cy-deuant, ie trouue que le Connestable de sainct Pol qui fut apres decapité sous Louys XI. dementit Imbercourt, & Huguonet Connestable & Chancelier du Duc de Bourgogne, en vne conference tenuë à Roye; Auquel les Bourguignons respondirent modeste-

ment, qu'ils estimoient ceste iniure
faite non a eux, mais au Roy, sous
la parole duquel ils estoient assem-
blez; Et n'en fut autre chose. Il est
bien vray qu'en la querelle de Veniers & Sarzay que nous auons cy-
dessus descritte, nous auons dit que
Veniers dementit Sarzay, non pas
que le combat fut accordé ny demandé pour le dementi; Mais seulement pour connoistre la verité des
choses qu'il auoit dittes, & sçauoir quel des deux estoit faux accusateur. Icy tout au contraire, & voicy comment.

La Chastineraye parlant vn iour
au Roy de Iarnac qui estoit tousiours braue, & richement assorti de
tout ce qui peut faire paroistre vn
Courtisan; Luy dit, que c'estoit à
cause qu'il entretenoit sa belle mere.
Le Roy l'ayant redit à Iarnac en se
ioüant, il s'en offença, & dit au

Roy que sauf le respect de sa Majesté, la Chastineraye auoit menti. Ce que sçachant l'autre, (l'Autheur ne dit point par quel moyen il le sceut) il le deffia, & demanda le cóbat au Roy, qui luy fut octroyé, & le camp assigné à sainct Germain en 1547 Laye dans vn mois, non pour verifier si ce qu'auoit dit le Chastineraye estoit faux, ou vray ; Mais pour tirer raison du dementi de Iarnac.

Pendant ce mois là, Chastineraye eust loisir de s'exercer à toutes sortes d'armes, comme fit bien aussi Iarnac qui en auoit le choix suiuant la coustume qui le donne à celuy qui est deffié. Le iour venu, le Roy, les Seigneurs, & les Dames paroissent sur les eschaffauts. Chastineraye auec son parrain entre le premier au camp, & se range à son pauillon. Iarnac s'estant rendu tout de mesme au sien oposite de l'autre,

accompagné aussi de son parrain,
qui estoit le Seigneur de Boisi grand
Escuyer de France, enuoya par vn
sien Escuyer porter les armes à son
ennemy ; Sçauoir auec l'espee, vn
casquet, vn corcellet, vn braffard
pour le bras gauche qui ne ioüoit
point, deux poignards, l'vn dans
la bottine droitte, l'autre en la main
gauche. Il aduint que comme ledit
Escuyer armoit Chaſtineraye, & luy
mettoit ce braffard au bras gauche,
il s'escria qu'il le bleffoit, & qu'il
l'en feroit repentir. Quand vous aurez fait auec mon Maiſtre, respondit l'Escuyer, ie ne vous craindray
gueres. Dautre part l'Escuyer de
Chaſtineraye vint armer larnac de
pareilles armes, & pour voir auffi
s'il n'en auoit point d'autres sur luy.
Auffi toſt vn Heraut ayant crié de
par le Roy qu'on laiffat aller les vaillans combattans, & qu'on ne fit au-

cun figne en faueur de l'vn n'y de
l'autre, foit de cracher, ou de touffer:
Chaftineraye fort comme en furie
de fon pauillon a pas inefgal & de-
reiglé: Au côtraire Iarnac vient plus
froidement au combat. Alors quelqu'vn des affiftans (c'eftoit fon
Maiftre d'efcrime) dit qu'on verroit bien toft vn jarret par terre ; côme il aduint. Car apres s'eftre tirez
quelques coups d'efpee, Iarnac feignant le fraper au dehors de la iam-
be droite qu'il auoit auancee, d'vn
reuers luy coupe au dedans le iarret,
fi auant qu'il tomba par terre. Lors
Iarnac ployant vn genou dit tout
haut au Roy; Sire, ay-je fatisfait à
mon honneur? Et comme le Roy
euft appellé Monfieur le Connefta-
ble pour en auoir fon aduis, Chaftineraye fe cuida releuer; tellement
que Iarnac reuint à luy pour l'acheuer. Mais le Roy ne voulant qu'on

paſſat outre, ietta ſon baſton, & fit
le hola. Iarnac s'en va auec l'eſpee
de ſon ennemy qui eſtoit par terre,
& qu'il retira auec la pointe de la
ſienne. Alors les Chirurgiens vindrent mettre le premier apareil à la
playe de Chaſtineraye; Mais on tiét
que voulant mourir, il l'arracha, &
deſchira luy meſme. Ce qui le trópa
fut qu'il ſe fioit tellement en la dex-
teritéqu'il auoit à luiter, qu'il s'aſſeuroit de terracer ſon ennemy ſi toſt
qu'il le ſaiſiroit au corps : Mais Iarnac
y auoit bié pourueu au moyé de ce
braſſard qui ne ioüoit point : ce que
le Roy luy ſceut bien reprocher depuis. Iarnac ſe móſtra ce iour là fort
modeſte, & d'vn viſage ſi triſte qu'il
ſembloit qu'il euſt eſté vaincu. Mais
c'eſt vne choſe bien remarquable
qu'il courut vn bruit à Paris plus de
trois heures auant ce combat, que
Iarnac auoit vaincu, & coupé vn iar-

ret à son ennemy. Cependant sa belle mere qui estoit à sainct Cloud,
attendant en dueil & priere l'issuë
de ce combat, receut l'aise qu'on
peut penser de se voir remise en son
honneur par la victoire de son beau
fils. Lequel en ayant rendu graces à
Dieu, fit apendre pour troffee ses armes au Temple de nostre Dame à
Paris, ou l'Autheur dont ie tiens ce
Duel dit les auoir veuës.

Le Roy voyát Chastineraye, qui
estoit vn de ses plus fauoris, vaincu en sa presence, & mort comme
desesperé, extremement marry de
ce qu'il auoit esté cause de ce combat, en conceut vn tel regret, qu'il
iura par sermét solemnel qu'il n'en
donneroit iamais. Ce qui a ouuert
la porte à tous les Duels qui se sont
faits depuis en France, chacun se-
stant dispensé de se batre à sa volonté la ou aupárauant on ne sçauoit

que c'eſtoit de ceſte licence ; d'autant que c'eſtoit vn crime de leze
maieſté de ſe donner camp, & iour
pour ſe batre, d'apeller, ou enuoyer
des cartels, & deſſs ſans l'octroy, &
permiſſion du Prince.

On tient que la cauſe pourquoy
il fit en partie ce ferment, fut que
voulant auoir l'aduis de quelques
Theologiens pour ſçauoir ſi Dieu
n'eſtoit point offencé en la permiſſion de ces Duels, ils reſolurent
qu'oüy ; diſant qu'ils ne doiuent
eſtre permis entre les Chreſtiens, &
meſmes par vn Roy tres-Chreſtien.
Ce qui ſemble de prime face bien
vray, & ſeroit à deſirer que tous ces
combats qui contreuiennent à la
Charité Chreſtienne, ne ſe fuſſent
iamais pratiquez. Mais ces Do-
cteurs ne peſoient pas la conſéqué-
ce de leur aduis, qui a ouuert la porte à vn plus grand mal; D'auantage,

ils ne confideroiët pas que les combats permis par le Magiſtrat ſouuerain, qui eſt la Loy viue, peuuent
eſtre de Iuſtice, quand ils ſont ordonnez pour vne bonne & iuſte
cauſe, & non point d'emandez de
gayeté de cœur, & ſans neceſſité; ce
qu'ils deuoient diſtinguer auant
que reſoudre la queſtion. Mais ie
ne veux pas faire icy le caſuiſte
contre les caſuiſtes. Paſſons aux
Duels qui ſe font faits par galan-
terie, ou pour l'amour des Dames,
ou pour la gloire des armes, que
nous auons dit eſtre du quatrieſme
& dernier ſujet.

*Diuers Duels du dernier sujet, & de
sept Anglois contre sept François
sous Charles VI.*

CHAP. XXVIII.

QVi voudroit recueillir tous
les Duels qui se sont faits en
France, en pourroit faire vn volume plus importun que necessaire;
Mais comme nous en auons laissez
plusieurs des autres sujets que nous
pouuions raporter icy, pour euiter
vne ennuieuse prolixité qui seroit
encore inutile: Aussi n'en prendrós-
nous que quelques vns de ce dernier, d'vne multitude infinie que
nous pourrions alleguer, nous cótentant de monstrer qu'ils estoient
en vsage sous nos Roys en ces quatre manieres que nous auons proposees.

Au temps donques que Charles
sixiesme regnoit en France, ou pour
1402 mieux dire, Philipes de Bourgogne
Regent sous luy, à l'extreme mescontentement, & preiudice du Duc
d'Orleans frere du Roy. Il y eust vn
Cheualier és marches de Guyenne
nommé Iean de Herpedenne, seigneur de Beleuille, & de Montagu,
& Seneschal pour le Roy en Saintonge, lequel fit sçauoir à la Cour,
qu'il y auoit des Cheualiers d'Angleterre qui desiroient de faire armes pour l'amour de leurs Dames:
Et que s'il y auoit quelques Frãçois
de ceste humeur, ils seroient tousiours disposez à les receuoir. Les Frãçois qui estoient à la suite du Duc
d'Orleans, oyant ces nouuelles, le
supplierent de leur permettre d'a-
batre l'orgueil des Anglois auec tãt
d'instance qu'il y consentit ; & la
partie fut arrestee de sept cõtre sept.

Les noms des Anglois estoient le Seigneur de Scales, Aymó Cloyet, Iean Heron, Richard Vvitevale, Iean Fleury, Thomas Trays, & Robert de Scales. Les François estoiét, Arnaud Guillon Seigneur de Barbasan, Guillaume du Chastel, Archambaud de Villars, Colinet de Brabant, Guillaume Bataille, Carouis, & Champagne; Tous choisis, & renommez entre les plus vaillans hommes qui fusſét lors en ces deux nations. Toutesfois on fit quelque dificulté de Champagne, qui n'auoit esté iamais à la guerre, & moins en combat particulier; mais il estoit si adroit, si roide à la luite, que Barbasan dit au Duc. Monseigneur, laissez-le venir : car ſil peut ioindre son ennemy, ie l'estime autant que vaincu. Ainsi fut donné congé à Champagne comme aux autres, & tous ensemble partirent de Paris

bien montez, & bien armez, pour
aller en Guyenne trouuer ledit Seneſchal de Saintôge, Barbaſan eſtât
chefdes Cheualiers François, & le
Seigneur de Scales des Anglois.

Le iour fut pris au dixneufieſme
de May, mais le lieu ne ſe trouue
point (qui eſt vne grande imperti-
nence en cet Hiſtorien, au nom duquel ie pardonne;) ſeulement il dit,
que c'eſtoit en Saintonge: Et remarque que le matin auant le combat,
les François oüyrent la Meſſe en
grand'deuotió, & receurent chacun
le ſainct Sacrement de l'Euchariſtie;
Le Seigneur de Barbaſan leur chef,
les exhortant à bien faire, & conſeruer non ſeulement leur honneur
au pris de leurs vies, mais auſſi là
reputation du nom François que-
rellé de gayeté de cœur par ces eſtrá-
gers ; Et leur remonſtrant la iuſte
querelle que le Roy auoit contre les

Anglois ses anciens & capitaux ennemis, sans auoir esgard à combatre
pour les Dames, ny pour leur gloire particuliere. Quant aux Anglois,
on ne sçait pas bien ce qu'ils firent,
si ce n'est qu'ils desieunerent ens'ha-
billant.

Mais lors qu'ils comparurent
tous aux champs, armez de toutes
pieces. & montez sur les meilleurs
cheuaux qui fussent lors au Royaume, il les faisoit si beau voir, qu'ils
n'estoiét pas moins agreables à l'œil
pour la bonté de leurs cheuaux, &
la beauté de leurs armes; qu'effroya-
bles à la pensee pour la grandeur de
leurs corps, & la fierté de leurs courages. Qui me fait croire que ce n'est
pas du tout sans suiect qu'on à fait
tant de Romans à la loüange des
anciens Palladins de France, & des
Cheualiers de la grand' Bretagne.
L'histoire dit que les Anglois auoiét

de grandes targes & pauois pour parer les coups des lances , & ne fait point mention si les François en auoient, ou non.

Apres que le Heraut eust crié par le commandement du Seneschal de Saintonge , Iuge ordonné du consentement des parties, que chacun fit son deuoir, ils coururent les vns contre les autres de toute la force de leurs cheuaux, & ayant rompu leurs lances sans autre effet, s'affronterent à grands coups de haches. Et par ce qu'il sembloit aux Anglois que s'ils pouuoient abbattre Guillaume du Chastel, qui estoit le plus grand, & le plus fort de tous les François , ils viendroient aisément à bout des autres, ils allerent deux contre luy, tellement qu'Archambaud se trouuant seul, & n'ayant affaire à personne, courut à celuy qu'il trouua premier; (c'estoit Robert

Robert de Scales qui côbattoit contre Carouis) auquel il donna si grád
coup de hache sur la teste qu'il l'esté-
dit roide mort. Quant à Chápagne,
ce qu'en auoit predit Barbasan, arriua ; car ayant ioint son homme, il
le mit par terre, & luy fit rendre les
armes. Archambaut ayant tue Robert de Scales, alla secourir Guillaume du Chaftel qui auoit deux
Anglois sur les bras ; l'vn desquels
fut contraint de le laisser pour arrester Archambaut. Guillaume Bataille fut porté par terre par son ennemy. Mais estant secouru des François, les Anglois pour abreger furent desconfits. Voila le mot de
l'Autheur, & la fin de ce combat;
Duquel en nasquit bien tost vn
autre, que nous allons mettre en
suite.

Six ans apres il y eust vn Anglois
apellé Haymon, qui fit apeller Guil-

*Autre
côbat
deme
mesu-
iet.
1408*

C c

laume Bataille; difant qu'au combat des fept François contre fept Anglois que nous venons de reciter; il f'eftoit rendu à fon frere; Et que bien qu'il euft efte fecouru, il deuoit eftre fon prifonnier Bataille difoit le contraire; & fur cefte contradiction le combat leur fut accordé. L'Autheur fuiuant fa couftume ne met point le lieu ou il fut fait mais il eft a prefumer que ce fut à Paris. Tant y a qu'ils comparurent tous deux en plein champ armez, & montez à l'auantage; ou apres vn grand & long combat, fans que l'vn peut rien gaigner fur l'autre, ils furent tous deux feparez.

Autre tblat. Et en la mefme annee vn autre nommé Cornoüaille qu'on tenoit grand Seigneur en Angleterre, & vaillant Cheualier, vint en France auec faufconduit pour faire armes pour l'amour de fa Dame, voire à outrance. Auquel le Seneschal de Hainaut des plus braues de la Court fit sçauoir qu'il luy en feroit passer l'enuie; Et fut accordé le iour le dixhuictiesme de Iuin, auquel ils comparurent tous deux en armes. Mais le Roy les fit prendre tous deux, & les empescha de se batre. Et deslors fut faite vne loy, que iamais aucun ne fut receu au Royaume à faire fait d'armes, qu'il n'y eust gage adiugé par le Roy, ou la Cour de Parlement.

Autre Duel du Seigneur de Courtenay Anglois, contre le Seigneur de Clary François sous le mesme Roy.

CHAP XXIX.

Q Velquesannees auparauātces derniers combats, & deuant

1,85.

Cc ij

la maladie du Roy : Pierre de Courtenay Anglois, & des plus fauoris
du Roy d'Angleterre, vint en France pour s'esprouuer contre le Seigneur de la Trimoüille, lequel il
deffia en la presence du Roy, bien
que sans autre suiect que pour môstrer sa proüesse. Aquoy le Conseil
s'oposa, disant que telles manieres
d'appel sans raison n'estoient à souffrir. Neantmoins le Seigneur de la
Trimoüille respondit qu'il le com-
batroit, & qu'il y auoit assez de suiect puis que l'vn estoit Anglois, &
l'autre François. Surquoy la iournee
fut assignee à la closture de sainct
Martin. Voicy bien maintenant le
lieu, mais le iour n'y est pas : Il faut
qu'il y manque tousiours quelque
chose. Il y eust des Astronomes à
Paris qui furent trouuer la Trimoüille, luy disant qu'il combatit
hardiment, que la victoire luy estoit

asseuree, & qu'il feroit beau Soleil.
Et tout au contraire il fit vne grande pluye, & le Roy les ayants faits
prendre, leur defendit le combat;
tellement qu'ils se tromperent en
tous les deux.

Courtenay s'en retournant de Paris, defrayé par le Roy, & honoré
de presens, s'en alla vers le Comte
de Saint Pol, qui auoit espousé la
sœur du Roy d'Angleterre; n'oubliant pas à se vanter du deffy qu'il
auoit donné à la Trimoüille, & adioustant qu'il n'auoit trouué Cheualier en France qui l'eust osé combatre. Vn Gentil-homme Seigneur
de Clary homme de petite stature,
mais de grád courage, estoit la pre-
sét; qui ne pouuát suporter ceste vanité, luy dit qu'il le cóbatroit, & qu'il
auoit maintenant en main ce qu'il
disoit n'auoir pû trouuer en tout le
Royaume. Il fut pris au mot par

l'Anglois; & le iour, & le camp af-
fignez, ils y comparurent tous deux
auec les armes accouftumees, qui
eftoient la lance, & l'efpee. Le combat fut grand, long,& doutteux ;&
la victoire balançant incertainemét
d'vn cofté, & d'autre, tint les affiftans longuement fufpendus en vne
craintiue attente. Mais en fin Courtenay fut bleffé, porté par terre &
vaincu , & y aquit Clary vn tref-
grand honneur. Qui faillit à luy
eftre cherement vendu, car l'afaire
venue à la connoiffance du Duc de
Bourgogne, il en fut tref-mal content, & luy voulut faire trancher
la tefte : difant qu'il auoit merité la
mort pour auoir combatu fans la
permiffion du Roy. Clary refpondoit que cela pouuoit auoir lieu entre gens d'vn mefme party , Mais
qu'vn François pouuoit combatre
vn Anglois fon ennemy mortel en

tous les lieux qu'il le trouuoit. Neāt-
moins il falut qu'il s'enfuyt, & se
tint caché, iusques à ce que le Roy
luy euſt pardonné l'offenſe qu'il luy
auoit pû faire en combatant ſans
ſon congé. Notez ce que l'on euſt
fait à vn autre, ou à luy meſme, s'il
euſt combatu contre quelqu'vn de
ſa nation ſans licence comme nous
faiſons.

Cinq annees apres, il s'en fit encore vn autre de meſme ſuiect, entre meſmes ennemis, & pour vne
meſme cauſe, que pour ceſte raiſon
i'ay voulu mettre tout d'vne ſuite,
n'y ayant pas auſſi dequoy faire vn
bon chapitre. Les Anglois tenoient
lors Calais, & conueri.nt quelquesfois auec les François, les appelloiēt
laſches de courage; Et meſme il y
auoit deux Gheualiers d'Angleterre
qui diſoient qu'ils n'auoient trouué
François en tout le Royaume qui ſe

Autre cōbat de Re-naud de Roye, & Geo-froy de Bouſ-ſicaut contre deux An-glois. 1590.

voulut batre auec eux. Ce qu'eſtant
venu à la connoiſſance de Renaut
de Roye, & Geoffroy de Bouſſi-
caut, ils ſuplierent treſ-humblemét
le Roy de leur permettre de les cõ-
batre; Et ayant obtenu congé ſ'en
allerent à Bologne, d'où ils firent
ſçauoir de leurs nouuelles aux Anglois qui eſtoient à Calais. Le camp
fut choiſi entre ces deux places, ou
ils comparurent les vns & les autres,
& combattirent ſans auantage iuſques à ce qu'ils furent ſeparez par
les Iuges auecque pareil honneur; &
ſe departirent tellement amis qu'ils
diſnerent & ſouperent enſemble, &
apres l'eſtre feſtoyez s'entrefirent
des preſens. Ce-cy me fait ſouuenir du combat d'Hector & d'Aiax;
ou Hector ayant reconnu qu'Aiax
eſtoit ſon couſin, luy donna ſon eſpee, & Aiax ſon baudrier au vaillant
Hector. Preſens mal'heureux; car

Hector fut trainé par le baudrier
qu'il auoit receu d'Aiax, & Aiax se
tua de la mesme espee qu'Hector
luy auoit donnee. Ceux-cy ne furent
pas si funestes, & les François
ayant presenté leurs cheuaux & harnois
en l'Eglise nostre Dame de Bologne,
se rendirent aupres du
Roy.

Autre Duel de trois Portugais contre
trois Gascons sous le mesme Roy.

CHAP. XXX.

SAns sortir du regne de ce Prince
qui fut long, & neantmoins
mal'heureux à cause de sa maladie,
nous trouuons encore que les Anglois
estans à Paris pour quelque
traité ; Il y eust trois Cheualiers de
Portugal auec eux, qui demande-

1414

rent le combat contre trois François. Le pretexte estoit l'amour des Dames, mais le suiect estoit la hayne des François, & des Anglois, dont les Portugais estoient lors alliez. François de Grignaux, Archábaud de la Roque, & Maurignon, tous trois Gascons, se presentent. Ils sont acceptez, remerciez par les Portugais, & iour, & lieu assignez entre les parties.

La iournee venuë; les Iuges à ce commis estans aux escheffauts, & les gardes aux camp ; Les Portugais apres quelque dificulté, y entrerent les premiers comme demandeurs, accōpagnez de plusieurs Seigneurs d'Angleterre, & de Portugal. Incontinent apres entrerent les François non moins bien suiuis que les estrangers, les trompettes sonnant de toutes parts. Et apres les cris accoustumez, les Cheualiers ayans rompu leurs lances l'vn contre l'autre, s'entrefraperent à coups de hache. Celuy qui combatoit contre la Roque, luy donna si grand coup sur la teste, qu'il luy entama le tymbre de son armet ; & quand il sentit que le fer de la hache auoit pris dedans le harnois, il redoubla son coup, & enferra tellemenr sa hache, que la Roque se reculant, & le Portugais se baissant, il tomba par terre, la teste emportant le corps. La Roque alors luy donna deux tels coups de hache qu'il l'estourdit ; & tirant l'espee, luy leue d'vne main la visiere, & de l'autre luy porte la pointe au visage, prest à la luy enfoncer dedans, si le Portugais ne se fut rendu.

Alors voyant que ses cópagnons auoient bien affaire, il fut secourir Maurignon, & donna si grád coup de hache à son ennemy qu'il le fit

chanceller, & Maurignon apres
d'vn autre coup l'estendit par terre,
& le contraighit à se rendre. Puis
tous deux ensemble allerent aider
à Grignaux qui en auoit bon besoin, estant fort trauaillé, & blessé
mesmement à la main gauche qu'il
auoit percee de part en part, tellement qu'il ne s'en pouuoit plus ay-
der. Quand le Portugais qui combatoit contre Grignaux vid Maurignon, & la Roque venir à luy, qui
estoit desia blessé aussi bien que sa
partie, & qu'il n'y auoit plus d'aparence de resister : il cria tout haut,
qu'il se rendoit à trois. Et fut dit que
tous auoient tres vaillamment fait,
bien que les François en eussent
l'honneur; qui pour ceste cause s'en
allerent par Paris au son des Trompettes, & à la ioye extreme du peuple.

En ce mesme temps il fut fait en-

core vn autre combat entre vn autre Portugais & Guillaume de la
Haye Cheualier Breton, en la presence du Roy, & d'vn grand nombre de Seigneurs, tant de Frãce que
d'Angleterre, ou les chãpions ayant
esté mis au camp auec les solemnitez accoustumees, furent assis chacun en sa chaire vis à vis l'vn de l'autre (ce que ie n'auois point encore
trouué) iusques a ce que les Herauts
eussent crié qu'on les laissat aller. Et
lors ayant rompu leurs lances, ils
vindrent aux haches, le Portugais
assaillant tousiours le Breton, qui
ne faisoit que parer aux coups, ainsi
qu'il luy auoit esté conseillé, dont
plusieurs assistans s'esbahissoient.
Apres que le Portugais se fut bien
trauaillé, il leua sa visiere pour prendre haleine, & fit signe à son ennemy qu'il haussat la sienne; ce qu'il
fit aussi. Mais y voulant retourner,

Autre
cõbat
de
Guil-
laume
de la
Haye
contre
vn
Portu
gais.

La Haye fans leuer la fienne , luy
porte la pointe de fa hache au vifage, qui fut caufe que le Portugais
commença à reculer. Et lors on cria
par trois fois ho, ho, ho, pour les fe-
parer , & fort à propos pour le Portugais qui eftoit defia hors d'haleine. Ils furent tous deux efgalement honnorez , bié qu'on dit que
la Haye auoit eu l'auantage.

Et pour monftrer que non feulement les fimples Gentils-hommes
& Cheualiers, mais auffi les Princes
entreprenoient gayement ces combats, sás autre fujet qu'vn vain defir
de témoigner leur valeur. Il fe trouue fous le mefme Roy Charles fixiefme , que Loüys Duc d'Orleans
fon frere, enuoya defier Henry cin-
quiefme Roy d'Angleterre, par vn
Roy d'armes nommé Champagne,
& vn Heraut appellé Orleans ; non
pour aucune querelle particuliere

Deffy du Loüys Duc d'Orleans au Roy d'Angleterre.

qu'il euſt à demeſler auec luy, mais
pour vn honorable deſir d'aquerir
de la gloire en le combattant. Ce
qu'il luy fit entendre par ſon cartel,
ou pluſtoſt par ſes lettres, toutes
pleines d'honneur & de courtoiſie,
bien que ſi longues à l'vſage de ce
temps-là, que i'ay mieux aymé les
laiſſer dans Monſtrellet, que les
mettre icy. Mais Henry qui n'entendoit pas raillerie, ſe tenant ſur
le ſerieux, luy reſpondit ſi bruſquement, que d'vn combat de plaiſir
entrepris au cómencemét de gayeté
de cœur; ils en vindrent aux groſſes
parolles, tellement qu'il y a pour le
moins cinq ou ſix dementis en la
derniere reſponce du Roy d'Angleterre. Qui preſſé par Loüys de ſ'accorder du lieu, iour, & nombre des
combattans qui les deuoient aſſi-
ſter ne voulut iamais reſpódre ſinó.
Quand il me plaira, accompagné de

tant, & tels hommes qu'il me plaira, & que bon me semblera. Acheuons par vn dernier exemple de ceste façon de Duels, & puis nous passerons à ceux de ce temps.

Autre Duel de cinq François contre cinq Bourguignons, sous Charles VII.

CHAP. XXXI.

1430 ET auparauant sous Charles VII. le vingtiesme de Feurier il fut fait vn autre combat d'honneur pour la seule gloire des armes en la ville d'Arras, entre cinq Cheualiers du party du Roy, & cinq autres tenans le party du Duc de Bourgogne. Ceux du Roy estoient *Nom des coba-tans.* Theode de Valperge, Pothon de Saintrailles, Philibert d'Abrecy, Guillaume

Guillaume de Bes, & Leſtandard de
Nully. Et ceux de la part du Duc
eſtoient Simon de l'Allain , Pierre
de Bauffremont ſieur de Charny,
Iean de Vauder, Nicolas , & Philibert de Menthon. Mais ce combat
icy fut ſeulement à coups de lance,
à fer eſmoulu , & non point à l'eſpee , & hache comme les autres,
n'y a camp ouuert. Au contraire il
fut preparé vn grand parc ſur le
grand marché tout couuert de ſa-
ble , au milieu duquel auoit eſté fait
vne lice garnie d'aiſelles , afin que
les cheuaux courant l'vn côtre l'autre ne ſe peuſſent rencontrer. Le
combat dura cinq iours, au premier
deſquels coururent Simon de l'Allain , & Theode de Valperge l'vn
contre l'autre par pluſieurs fois, &
rompirent pluſieurs lances ; Mais
à la fin Valperge vuida les Arçons,
& tomba luy , & ſon cheual d'vn

D d

coup de lance. Le second iour courut Philibert d'Abrecy côtre Pierre
de Bauffremont ſieur de Charny:
leſquels firent de grandes preuues
de leur adreſſe, & valeur. Mais à la
troiſieſme courſe la viſiere de Philibert fut leuee par la láce de Charny, & luy entra le fer dedans le viſage ſi auant, qu'il le falut ramener
incontinent au logis en grand danger de ſa vie. Dequoy il ne ſe faut
pas eſtonner veu l'exéple que nous
auons veu des lances mornes, non
ſeulement en la perſonne du Roy
Henry II. tué par Mongomery d'vn
eſclat de lance dans la veuë. Mais
encore depuis peu de temps en celle
du Comte de Lauſun, rompant en
la place Royale contre feu la Chaſtineraye; ou vn pareil eſclat le bleſ-
ſa tellement entre l'œil & le front,
qu'il le falut mener au logis de la
Comteſſe de Reingraue la deuant,

ou il demeura jusques à ce qu'il fut
guery.

Les deux iours suiuans coururent
Pothon de Saintrailles, & Guillaume de Bes, contre Iean Vauder, &
Nicolas de Menthon ; Lesquels
apres auoir rompu autant de lances
qu'on leur peut fournir les vns les
autres, & rendu des preuues d'vne
admirable, & neantmoins esgale
valeur, autant que dureront les deux
iours ; furent fortis du camp auec
pareil honneur, sans accident, ny
sans aduantage.

Mais en la derniere iournee & en
la derniere coursse Philibert de Mé-
thon courant contre l'estandard de
Nully, apres auoir tout rompu le long
du iour l'vn sur l'autre; estant desia
tard, luy enfoss̈a la visiere d'vn coup
de lace, & le blessa au méme endroit
du visage auquel auoit esté blessé
Philibert d'Abrecy, Tellement que

D d ij

ne se pouuât tenir à cheual, il fut ramené dans son logis. L'Histoire remarque que les laces estoiét seruiés aux Fráçois par vn Cheualier nómé de Alardin Mouffay ; Et aux Bourguignons par Messire Iean de Luxébourg. Que durant les cinq iours du combat, le Duc de Bourgogne se trouua tousiours en son eschaffaut. Qu'il sit traiter les deux Cheualiers blessez aussi curieusement que s'ils eufsét esté de sa maison. Et qu'apres qu'ils furét gueris, eux & leurs compagnons prenans tous ensemble cógé du Duc, en receurent de grâds presens, & s'en retournerent tous plein d'honneur.

Il y eust plusieurs autres combats sous le mesme Roy que i'obmets, & entre autres de Iaques, & Antoine de Chabanes Côte de Dampmartin qui combatirent l'vn apres l'autre contre vn Anglois nommé

Flocques lequel mourut peu de
temps apres des playes qu'il receut
au dernier, cóme l'on peut voir en
la vie de ces deux freres , imprimee
ceste mesme annee & dediee au
Roy. Mais il me suffit de ceux que
i'ay raportez pour prouuer ma proposition : qui est de monstrer qu'ils
ont esté permis aux quatre sujets
que nous auós exposez ; de tous lesquels nous n'en auons point trouué de plus vain, ny plus inutille que
ce dernier.

Mais l'vsage que nous pratiquons
en ce temps est encore pire, comme
nous allons monstrer aux exemples
que nous proposerons de nos con-
fusions modernes ; non pas pour les
imiter, ny pour les loüer, mais pour
les detester, & pour les fuir. Car batre pour batre , encore vaudroit il
mieux que ce fut en armes , & à la
veuë du Prince, qui peut honnorer

& reconnoiftre la valeur qu'il admi-
re, que s'eftrangler à noftre mode
derriere vn buiffon. Et ie ne fçay pas
pourquoy les François méprifent
les armes defenfiues, veu qu'elles
ont efté toufiours en eftime parmy
toutes les plus guerrieres nations du
monde, & qu'eux mefmes fe chargent des plus pefantes qu'ils puiffét
trouuer, quand il eft queftion d'aller à la guerre. Mais c'eft vne maladie Françoife de laquelle ie ne puis
parler qu'auecque regret. Que ceux
donc ie nommeray me pardónent,
& que les autres m'en fçachent gré.
Ie penfe que ie les honoreray dauantage par mon filence, que ie ne
pourrois faire par mes loüanges ; Si
ie pouuois loüer des chofes qui ne
peuuent pas eftre feulement ap-
prouuees. Car bien qu'il y aye de la
valeur en nos Duels ; Si eft-ce qu'il y
a plus de fureur & de temerité que

De bont temps leshõmes d'ar- mes Fran- çois ont aste-fté- ably- com- ment ar- mez.

de courage , plus de paffion & de
brutalité que de raifon , & plus de
fortune que de iugement , ny de
conduite.

Duels de ce Temps, & de celuy de Caylus
Maugiron & Liuarrot ; contre
Entraguet Riberac & Chom-
berg : fous Henry III.

CHAP. XXXII.

AYant monftré le vray & ancien vfage des Duels par les
quatre fortes d'exemples que i'en
ay propofez, & eftant venu a bout
de mon deffein pour ce regard ; Il
femble que ie deurois arrefter icy
la courfe de ce difcours, & que c'eft
vn nouueau fuieçt que i'entreprens
maintenant de traiter, tout diferent
du premier. Ce qui eft vray ; Auffi
ne l'ay-ie entrepris que pour faire

D d iiij

voir la diference qu'il y a de noſtre abus à c'eſt ancien vſage. Afin que comme Iſmenias aprenoit à ioüer des Inſtrumens en faiſant ioüer premieremét les plus excellens ioüeurs, & puis les plus mauuais, & diſant à ſes Eſcolliers, faites comme ceux-cy, & ne faites pas cóme ceux-la. Auſſi ayant monſtré à noſtre Nobleſſe ce qu'elle doit imiter, ie luy monſtre maíntenát ce qu'elle doit fuir. Proteſtant encore vne fois que mon intention n'eſt point d'honnorer ny d'immortaliſer perſonne pour ce ſuiect, de peur de conuier à ſe batre par ce moyen, ceux qui ne s'inuitét que trop d'eux meſme; Bien que comme on ne laiſſe pas de teſmoigner de la valeur, & de la generoſité en ces occaſions quoy que mauuaiſes, ie ne laiſſe pas auſſi de loüer ce que ie trouueray de loüable en des actions qui d'elles meſmes ſont dignes d'eſtre blaſmees.

Ie commenceray par celuy de
Caylus & d'Entraguet ſous Henry
III. Caylus eſtoit fils d'Anthoine de
Leuy qui fut Seneſchal & Gouuerneur de Rouergue, & l'vn des premiers Cheualiers de l'Ordre du S.
Eſprit. Quãt à luy il fut des premiers
mignós de ce Prince, qui ſe plaiſoit
à eſleuer des ieunes Seigneurs, leſquels il aymoit par deſſus les communes affections que les Princes
ont accouſtumé de porter à leurs ſu-
iets. Il eſtoit auſſi fort aymable de
luy meſme, beau de viſage, bien
formé de corps, & extrememẽt
adroit & aduenant à toutes choſes.
Entraguet eſtoit cadet du Seigneur
d'Entragues, & appellé depuis Du-
nes; lequel i'ay veu depuis quinze
ou ſeize ans à Tholoſe, ou il mou-
'rut d'vn effort qu'il fit en voulãt retirer vne Dame d'vne meſlee qui s'e-

stoit faite dedãs vn bal, à l'occasion
d'vne querelle. Il estoit desia tout
blanc de vieillesse, mais verd, & vigoureux, & d'aussi bonne mine que
les plus verds galãs qui fussent alors.
Leur querelle à l'acoustumee proceda d'vn leger suiect ; Quelques vns
ont escrit que ce fut pour vn trait de
ialousie que le sieur de Caylus conceut contre Entraguet, le voyant
vn soir sortir de la Chambre d'vne
Dame qu'il aymoit. La Taille qui a
descrit ceste querelle, dit que Caylus luy dit en iouant qu'il estoit vn
sot, & que Entraguet luy respondit en riant de mesme, qu'il auoit
menty. Le sieur de Serignac qui est
encore à la Cour, & qui y estoit
alors auec Caylus, m'a bié dit, qu'ils
eurent quelques parolles sur mesme
suiect, mais non pas si offensiues ;
Et au contraire qu'elles estoient tellement indiferentes que personne

ne s'estoit doutté qu'il en deut venir
aucune dispute. Ils arresterent neantmoins la partie & de deux seconds auec eux, pour empescher
qu'aucune supercherie ne fut faite à
l'vn, ny à l'autre; Mais non pas si
secrettemét qu'on n'en eust le vent.
Toutesfois on ne la peut iamais
rompre. Caylus se desroba de nuit,
auec Maugiron (qui estoit aussi mi-
gnon du Roy, & qui ne luy cedoit
en valeur, ny en beauté; si ce n'est
en la perte d'vn œil qu'il auoit laissé,
côbatant genereusemét sur la bresche d'Yssoire;) Et Liuarrot qui fut
le tiers, estoit encore mignó du mesme Prince, & ne cedoit a pàs vn des
autres. Nous parlerons en suite d'vn
autre. Liuarrot parent de cestui-cy,
qui est mort depuis deux ans des
playes qu'il a receuës en pareil combat: laissant hors de là, vne honno-
rable memoire de sa vie, & vn fre-

re des plus vertueux Gentils-hommes que ie connoisse. Les seconds
d'Entraguet estoient Riberac, &
Chomberg Le champ du combat
fut au parc des Tournelles, ou est
maintenant la place Royale : & les
armes, l'espee & le poignard.

Si tost que les parties s'entreuirent, Riberac s'auance deuers Caylus, & parlant à Maugiron. Il me
semble, dit-il que nous deurions
plustost accorder, & rendre amis
ces Gentils-hommes, que les laisser
entretuer. A qui Maugiron. Ie ne
suis pas venu pour enfiler des per-
les, ie me veux batre. Et à qui te vou-
drois tu batre, Maugiron tu n'as
point d'interest en la querelle : dit
Riberac ; Dauantage il n'y a icy aucun qui te soit ennemy. C'est à toy,
dit Maugiron. A moy ! dit Riberac,
prions donques Dieu. Ce disant il
tire son espee, qu'il croise auec son,

poignard , & se iettant à genoux
fit sa priere assez briefue , mais
neantmoins trop longue au gré de
Maugiron ; Qui s'escria en iurant
que c'estoit trop prié. Alors prenant
ses armes il enfonsse furieusement
Maugiron, qui le reçoit de mesme,
& s'enferrant tous deux, tomberent
morts sur la place. On dit que Maugiron fut blessé deuant Riberac, &
que le poursuiuant ainsi qu'il tom-
boit, il s'enferra luy mesme dans les
armes de son ennemy.

Quant à Caylus , il s'estoit porté
sur la place auec l'espee seule ; &
voyant Entraguet auec l'espee & le
poignard, il luy dit qu'il le deuoit
quitter. Entraguet luy respondit,
que c'estoient les armes qui auoiét
esté accordees. Mais cela n'est pas
sans dispute, à sçauoir si ce n'e-
stoit pas de la franchise d'vn braue
courage de le quitter. Caylus neant-

moins qui eſtoit trop genereux
pour rompre, ou diferer vne partie
pour cela, ne laiſſe d'alier à luy, luy
perce le bras d'vne pointe, & en reçoit trois ou quatre dans le corps,
dont il tombe à terre. Il eſt à pre-
ſuppoſer que n'ayant point de poignard, il taſchoit à paſſer ſur ſon ennemy, qui ayant ceſt auantage ſur
luy, l'arreſta de grands coups d'e-
ſtoc qu'il luy tiroit de pied ferme.

Chomberg s'eſtoit adreſſé à Liuarrot, & voyant leurs amis aux
mains, ils ſe batent, dit-il, que ferós
nous? Battons-nous auſſi pour noſtre honneur, reſpond Liuarrot.
Reſponce qui fut trouuee fort e-
ſtrange de ce temps-là, ou les ſeconds n'auoient point accouſtumé
de ſe batre. Mais on le feroit bien
encore dauantage, ſi l'on reſpon-
doit autrement en ceſtui-cy, ou l'on
ne pourroit auec honeur voir batre

ſes amis les bras croiſez, ſans faire
autre choſe que les regarder. Ils cō-
mencent donc à ſ'entrecharger,
Chomberg qui eſtoit Allemād d'vn
coup de taille à la mode de ſon païs,
ouure à Liuarrot toute la ioüe du
coſté gauche. Mais Liuarrot plus
adroit, luy donne d'vne eſtocade
dans la mamelle qui le porta mort
par terre, & tombe auſſi de l'autre
coſté eſtonné du grand coup qu'il
auoit receu, & de l'abondance du
ſang qui ſortoit de ſa playe. Ainſi
demeurerent morts ſur la place
Maugiron & Chomberg, & bleſſez
Caylus, & Liuarrot qui furent portez à l'hoſtel de Boiſſy là aupres; &
Riberac à l'hoſtel de Guyſe, ou il
mourut le lendemain. Entraguet ſe
ſauua bleſſé à la faueur de Mōſieur
de Guyſe; & bien luy en prit, car le
Roy l'euſt fait mourir, pour la grāde affection qu'il portoit à Caylus,

auquel il donnoit les boüillons luy
mefme, ayant promis cent mille efcus aux Chirurgiens f'ils le luy rendoient guery. La Taille dit qu'il
auoit vn coup mortel, & que tout
l'art, & l'induftrie des Chirurgiens
ne luy fceut prolonger la vie que de
dixhuit iours. Mais ie tiens d'vn
vieux Gentil-homme du païs nommé la Planio, qui eftoit lors à la
Court, qu'il eftoit defia guery, &
fe promenoit par la maifon; tellement que trois fepmaines apres fon
combat, il le vit à la Court de fon
logis, ou il eftoit forty auec fa robe
de chambre pour voir des cheuaux
qu'on luy auoit amenez. Neantmoins il eft bien certain qu'il en
mourut peu de iours apres, foit qu'il
fit quelque excez, ou qu'il euft efté
mal penfé. Liuarrot fut en fin guery, mais pour mourir deux ans apres
en vn autre duel, qu'il euft contre
vn

vn certain Marquis prés de Blois.
Le Roy euſt ſi grand regret en la
mort de Caylus, & de Maugiron,
qu'il defendit les Duels par tout ſon
Royaume ; Et pour celebrer leur
memoire auec celle de ſainct Me-
grin autre fauory de ſa Maieſté , &
des plus braues courages du monde, qui fut aſſaſiné quelque temps
apres ; les fit eſleuer en marbre blanc
en l'Egliſe de ſainct Pol à Paris, po-
ſez ſur vne baſſe au deſſous de laquelle furent grauez en lettres d'or,
ſur vne lame de marbre noir , les
vers Latins que Iean Dorat fit pour
leur Epitaphe , comme d'hommes
genereux que l'enuie auoit fait
mourir. Mais quand les nouuelles
vindrent à Paris de la mort du feu
Duc de Guiſe tué à Blois, on les oſta
delà en hayne de celuy qui les y
auoit fait mettre. Comparez maintenant ce Duel auec ceux que nous
E e

auons raportez, vous trouuerez
qu'il est pire que les plus mauuais
en toutes les façons qu'on le voudra prendre : Mais nous en trouue-
rons bien encore d'autres qui ne seront pas meilleurs.

Duel du Baron de Biron depuis Maref-
chal de France, auec le Seigneur de
Carency sous le mesme Roy.

CHAP XXXIII.

NOus auons dit qu'apres la
mort de Caylus, Maugiron &
autres, dont nous venons de reciter
le combat, le Roy en eust vn si grád
regret, qu'il defendit toutes sortes
de Duels. Mais acordát mal le texte
auec la glose ; en mesme temps qu'il
menaça d'infamie & de mort tous
ceux qui entreroient en ces com-

bats singuliers , il fait releuer les
noms , & les Images de ceux qui
auoient perdu la vie en mesmes occasions , & honore leur memoire
par tous les moyens qu'il peut inuenter. Tellement que les honneurs
qui leur furent rendûs , l'estime de
leur Prince , & la reputation qu'ils
laisserent de leur courage ; eurent
beaucoup plus de force & porterent plus de gens à ces extremitez
que ces defenses n'en retindrent, lesquelles chacun croyoit estre faites
contre le propre sentiment du Roy.
Or si quelque simple Gentil-hôme
eust choqué ces loix , il s'y fut trouué enuelopé ; Mais parce que c'e-
stoient des fauoris qui cómençoient
ordinairement à les violer , ils se de-
messoient de tout , & faisoient puis
apres vne consequence pour les autres ; Car le Roy leur ayant fait grace , ils sembloit qu'il ne la pouuoit

refuser à ceux qui tomboient en
mesmes crimes. Ce qui est neantmoins faux, car il peut faire grace à
ceux qu'il voudra, bien qu'ils ayent
iustement merité la mort, & laisser
faire le cours de la Iustice enuers les
autres, sans estre obligé de rendre
raison à ses suiets pourquoy il pardonne à ceux-cy, & laisse punir ceux-
la.

  Comme donc le premier Duel
qui se fit sous ce Prince fut introduit
par ses mignons, aussi celuy qui
suiuit apres fut fait par les mignons
de ses mignons. Car le Baron de Biron au commencement qu'il vint à
la Cour, estoit des plus fauoris du
Duc d'Espernon, qui tenoit alors
la premiere place au cœur du Roy.
Il eust querelle contre Carency fils
aisné du Comte de la Vauguion, qui
estoit de son âge, & de sa volee. Il
ne faut pas dire quel estoit le Baron

de Biron, car ayant esté depuis Admiral, Mareschal, Duc & Pair de France, & Lieutenant general aux armees Royales, sous le plus grand Roy du monde; Il a assez remply la terre de la reputation de son nom, & de sa valeur : Mais Carency n'estoit pas de moindre esperance. On dit que l'heritiere de Caumont fut la cause de leur querelle, par ce qu'ils la recherchoient tous deux, & ne l'eurent ny l'vn ny l'autre. Et cóme ils n'auoient pas moins d'ambition que d'amour, ils n'estoient pas aussi moins enuieux que ialous. Ces passions les ayant desia disposez à se mal vouloir, il se rencótrerét en ceste humeur en vn passage assez estroit, ou ils s'entrepousserent l'vn l'autre. Biron, soit qu'il ne portast point d'espee, ou que la colere le transportast, inuita Carency de se batre à l'heure mesme, & à coups de poins sur la place. Mais, i'ay vne espee, respondit Carency en mettât la main sur la garde de la sienne. Voila le beau suiet qu'on raconte de ceste dispute : Laquelle fut decidee de trois à trois comme la precedente.

De la part de Biron s'y trouuerent Loignac, & Ianissac ; Et de celle de Carency, d'Estissac & la Bastide. Les armes furent l'espee & le poignard ; le lieu ne se trouue point en l'Histoire, qui à la verité n'oblige point les Autheurs de particularifer des combats qui deuroient estre abolis, & ne paroistre que pour estre condamnez. D'abord Carency donna vn si grand coup d'estoc à Biron, qu'il luy coule au long du poignard dans la main, & de la main tout au long du bras jusqu'au coude, ou il entra bien auant. Neantmoins il resta mort sur le champ, & non seu-

lement luy , mais encore ſes deux
amys , laiſſant Biron , & ſes deux ſeconds victorieux, & en vie. I'ay ouy
raconter que la partie d'Eſtiſſac, (ie
ne ſçaurois dire , ſi c'eſtoit Ianiſſac
ou Loignac) eſtant demeuré le dernier à le vaincre, & l'ayant porté finalement par terre, luy donna pluſieurs coups d'eſpee ſans le pouuoir
acheuer de tuer , tellement qu'il fut
contraint de le laiſſer en vie, voyant
ſes compagnons s'en aller , apres
auoir demeuré neantmoins longuement tout ſeul à cheual pour le voir
mourir. Si c'eſt Loignac, il en a eſté
puny en ſes ſucceſſeurs, car les derniers Loignacs pere, & fils ont eſté
tous deux tuez en Duel depuis quatre ou cinq ans: l'vn en Rouergue
par le Baron de Megalas, & l'autre
icy aupres de Biſſetre par le Baron
de Rabat. Deux braues Barons qui
ne ſont pas moins diſcrets & cour-

tois que braues, & qui font venus
à bout de deux braues hommes. Ie
ne connoiſſois pas le fils, mais le
fang qu'il tira par diuerſes playes de
celuy qui le tua, rend teſmoignage
de ce qu'il eſtoit. Pour le pere ie l'ay
veu quelques-fois en la compagnie
du Baron de Roquefueil (vn autre courage des plus genereux du
monde) & chez la feu Reyne Marguerite, où il faiſoit merueilles de
diſputer en Philoſophie, & faire paroiſtre la connoiſſance qu'il auoit
des bonnes lettres.

Mais pour reuenir à noſtre diſcours Cayer raportãt ceDuel en ſon
Hiſtoire de la paix, dit que Biron,
Loignac, & Ianiſſac d'vn coſté, tuerent Carency, d'Eſtiſſac & laBaſtide;
Et que l'on tient qu'il y euſt de là
fraude en ce Duel. (Ce que ie n'ay
jamais ouy dire, ny leu qu'en ſon liure.) Que le Duc d'Eſpernon ob-

tint sa grace, laquelle apres qu'il
eust eu quelque peine à se iustifier,
fut interinee, (combien qu'il eust
de grandes parties,) par la faueur,
& credit qu'auoit lors le Mareschal
de Biron son pere.

Quelques annees apres ledit Sei- *Autre*
gneur d'Espernon estant à Tholose, *Duel*
ou le Roy l'auoit enuoyé, deux de *d'un*
ses Pages à peine hors d'enfance & *Pages*
suiets au foüet, sortirér par la porte *du*
de sainct Estienne au desceu & con- *Duc*
d'Es-
tre la pensee de tout le monde, pour *pernõ.*
desmesler quelque diferent qu'ils
auoient ensemble par ceste nouuelle façon, l'exemple s'estant desia
glissé depuis les fauoris iusqu'aux
pages, & se batirent si vertement
qu'ilz y demeurerent tous deux
nonpas morts, mais blessez mortellement de plusieurs coups de poignard qu'ils s'estoient entredonnez.
Cecy est remarquable, que comme

ils furent emportez en la plus prochaine maifon , & penfez auecque
grand foin, qui neantmoins ne feruit qu'à leur prolonger la vie de
quelques heures ; Eftans entre les
mains des Chirurgiens, ils reuindrent à eux , & demanderent des
nouuelles chacun de fon compagnon, fe regrettans l'vn l'autre, non
pas comme ennemis, mais comme
freres. Les Chirurgiens leur difoiét
à chacun à part ; voftre ennemy eft
encore plus mal que vous, à grand'
peine en refchapera t'il iamais. Ha!
mon Dieu ; difoient ils, le grand domage ! l'honnefte homme que fceut
efté !

I'ay bien voulu raporter ceft exéple à fuite des autres , pour monftrer quelle eft la force de l'opinion,
& comment elle f'imprime , & fe
fortifie aux courages mefmes plus
tendres. Ils eftoiét nourris à la Cour,

où ceste nouuelle sorte. de Duels
estoit authorisee par les grands; Ils
auoient oüy les discours, & les iuge-
mens qu'on faisoit de ces combats; Cela les porta premierement
à se batre, & puis les fit mourir en
ceste opinion, qu'ils estoient hon-
nestes gens par ce qu'ils s'estoiét batus. Qui voudroit rechercher tous
les Duels qui se sót faits sous le regne
de ce Prince, en feroit vne belle li-
ste; Il s'en fit toutesfois beaucoup
moins que sous celuy de son successeur; Duquel la clemence ruyna
tellement l'authorité pour ce suiet
là, qu'aucune deffence ne les peut
iamais arrester, iusques au dernier
Edit: ou il adiouta le serment de ne
faire iamais grace, apres en auoit
donné quatorze mille. Et defendant
seueremét ces combats entrepris de
gayeté de cœur au mépris de sa Maiesté, promit de les acorder quand

on les demanderoit auecque raison
& iuftice, comme nous auons mô-
ftré que nos Roys fes predeceffeurs
ont fait; Vnique remede de ce mal-
là. Paffons maintenant à ceux qui fe
font faits fous fon regne.

Combat des fieurs de Marolles & de
l'Ifle-Marriuaut fous Henry le
Grand.

CHAP. XXXIIII.

1589. HEnry III. eftoit à fainct Cloud
accompagné de deux Roys
tous deux desheritez par celuy d'Efpagne, dont l'vn ne luy feruoit que
de charge, & l'autre auoit paffé
quelques mois auparauant la riuiere de Loire auec quatre cens hommes de cheual, & mille de pied.
Le Roy menaçoit Paris de quarante

mille hommes, & de la fureur d'vn
Prince iustement irrité contre des
suiets rebelles. Paris regardoit cest
orage d'vn œil plein d'estonnement
& de crainte, & le feu Duc du Maine, Chef de la Ligue que son frere
auoit ourdie contre le Roy, essayoit
de côiurer la tempeste 'qu'il voyoit
preste à fondre sur luy. Les armees
estoient voisines, car la Royale s'e-
stendoit par tous les villages des enuirons de Paris, & les rebelles auoiét
fait des tranchees, & réparts qui paroissent encor autour de la ville, ou
ils se tenoient en armes. Les gens de
guerre s'entreuoyoiét tous les iours
& l'Isle-Marriuaut, l'vn des braues
Gentils-hômes de l'armee du Roy,
abordant le dernier de Iuillet ces
tranchees, s'y aboucha, auecques
Marrolles, qui ieune encor comme
l'on peut voir par l'âge qu'il a maintenant, & cherchant son asseuran-

ce, dans vn parti contraire pour vn meurtre qu'il auoit fait honorablement, marchoit alors sous les enseignes de la Ligue. Marriuaut soit qu'il le connut particulierement, soit qu'il s'adressat à luy comme au plus aparent ligueur de la troupe, l'inuite à rompre vne lance pour l'amour des Dames. Voila pourquoy ce combat deuoit estre mis entre ceux du quatriesme suiet que nous auons representez, s'il n'eust esté fait de François à autre en guerre ciuile, & sans permission. Marrolles s'en acorde auec luy, & arreste le iour ensuiuant, à fin que le combat fut plus solemnel, à la veuë des deux armees.

Ces deux Champions estans assez connus en France, nous n'en dirons autre chose, sinon que Marriuaut outre la valeur, & le courage dont il estoit tout plein, estoit en-

core recommandé d'vne grande force, & d'vne adreffe qui n'eftoit pas
moindre, principalement à cheual,
ou il eftoit excellent & braue gen-
darme. De Marrolles il n'en faut rien
dire auffi, puis qu'on peut affez
colliger de fa victoire, ce qu'il doit
eftre; car il vainquit par adreffe, &
non par hazard.

Le foir Monfieur du Mayne fut
aduerty de la partie que Marrolle
auoit arreftee auec Marriuaut, fans
fon congé; car defia l'on s'eftoit tellement difpofé de fe batre fans permiffion, qu'on prenoit à deshon-
neur de la demander; Et en redou-
tant l'iffuë, plus pour la crainte du
peuple, qui d'vn euenement particulier tire des confequences generales, que pour l'amour de Marrolle;
fut marry qu'ils'y fut engagé, & euft
bien voulu trouuer moyen de l'en
diuertir. La ligue eftoit en peril, &

fi malade que le moindre accident
de mauuais prefage, l'euft faite
mourir. Marrolle eftoit vn ieune
homme encore depeu d'experience;
& Marriuaut au contraire eftoit vn
ennemy redoutable. Les Parifiens
vouloient ouurir leurs portes au
Roy, & crioient tout haut, que
fil n'y vouloit entrer que par vne
brefche, ils aimoient mieux abatre
leurs propres murailles eux mefmes,
qu'attendre le tonnerre de fes canons. Tout cela metoit l'efprit du
Duc à partie; Auquel Marrolle. Mô-
fieur, laiffez moy f'il vous plaift de-
uider cefte fufee auec Marriuaut;
Et vous affeurez que f'il porte l'ha-
billement de tefte que ie luy ay veu,
ie le tuerai par la grille de fa vifiere.
Le Duc luy permit alors ce qu'il ne
luy pouuoit bonnemét empefcher;
Et le lendemain luy ayant fait donner vn cheual, (fi rude neantmoins
qu'il

qu'il ne s'en peut seruir; & fut contraint d'en prendre vn autre qui
tomba depuis sous luy(côme nous
dirons.)Il fut armé par le Cheualier
d'Aumale,& conduit aux tranchees
par le feu sieur de la Chastre, depuis
Mareschal de France , & lors son
parrain.

D'autre part il arriua vne grande desolation en l'armee Royale; le
meilleur Roy du monde,ayant esté
prodigieusemét assassiné par le plus
meschant Moyne qui fut iamais,
auoit plongé ce grand nombre
d'hômes qui le suiuoit en vn Dueil
publique. Cela neantmoins n'empescha pas Marriuaut de se trouuer
au lieu qu'il auoit conuenu le iour
auparauant auecque Marrolle,
acompagné du sieur de Chastillon,
& de cinq cens Maistres pour la seureté du camp. Auant que les parties
s'entreuissent , la Chastre voulant

parler à Marriuaut, tant pour arrester les conditions du combat, que pour s'informer de la mort du Roy dont la nouuelle estoit encor incertaine ; luy demanda s'il luy pouuoit dire vn mot en asseurance. A qui Marriuaut respondit, qu'il en pouuoit dire quatre, & voyant la Chastre sans lance, il ietta la sienne par terre. Alors la Chastre , Mon Gentil-homme , dit-il en s'aprochát, il n'est plus temps de cóbatre, il se faut embrasser l'vn l'autre, & se reconcilier comme Catholiques, que nous sômes. Monsieur, dit Marriuaut, i'aymerois mieux mourir que faillir à ceste partie; Aussi bien mon Maistre est mort. Si Marrolles ne me tient promesse, ie luy en feray reproche. Vous ne luy en ferez point, respondit la Chastre , car il est icy prest à la tenir : Et lors ayant conuenu du camp, & acordé que

le vaincueur feroit ce qu'il luy plairoit du vaincu , les feuretez donnees & receuës de part & d'autre, les
publications faites auec les formes
& folemnitez acouftumees ; Marrolle voulant fortir de la trenchee,
fon cheual tōbant des quatre pieds
le verfa par terre , fi lourdement que
plufieurs en conceurent vn mauuais prefage. Neántmoins s'eftant
releué, & la Chaftre ayant fait a-
porter deux lances, il en enuoya le
choix à Mariuaut, qui les trouuant
trop foibles les renuoya toutes
deux ; auec cefte refponce, Que
c'eftoient pluftoft des quenoüilles
pour les femmes , que des lances
pour des hommes ; & qu'il le prioit
de trouuer bon, qu'il fe feruift en ce
cōbat decelle-la mefme qu'il auoit
gaignee quelques iours auparauāt
fur les Parifiens : Ce qui luy fut accordé. Et les deux Chāpions eftans

paſſez chacun du coſté de ſes ennemis, ſçauoir Marriuaut du coſté des
tranchees, & Marrolle du coſté de
Chaſtillon, afin qu'ayant rompu,
chacun ſe trouuat en ſon parti, ils
coururent l'vn contre l'autre de
toute la force de leurs cheuaux, &
de telle roideur qu'ils rompirent
tous deux leurs lances ; Marriuaut
dans la cuirace de Marrolle, & côme il eſtoit grand & fort, & la lance & la courſe roide, il luy donna ſi
grand coup qu'il le penſa renuerſer.
Marrolle rompit la ſienne dans la
grille de la ſalade de Marriuaut qu'il
enfonce, & luy laiſſe le fer, & vn
grand tronçon de bois fiché dans
la veuë. De ce coup Marriuaut tô-
ba mort à terre, Marrolle donna le
corps à Chaſtillon, & ſe contenta
des armes & du cheual.

Autre Duel entre Saint Iuſt & Foſſe.

Quelque temps apres Henry IIII.
eſtant reuenu au ſiege de Paris, il

fut fait vn autre combat solemnel
entre Saint-Iuſt, & Foſſé, que i'ay
bien voulu mettre en ſuite de celuy
que ie viens de dire ; par ce que les
meſmes formes y furent gardees , &
la fin du combat fut quaſi pareille,
bien que la cauſe, & le combat meſme fuſſent diſſemblables. Car la
querelle proceda d'vn mauuais diſcours que Saint-Iuſt auoit fait du
pere de Foſſé, qui pour ceſte cauſe
le fit appeller du conſentement de
Monſieur du Mayne, qui eſtoit encore alors à Paris , & Saint-Iuſt receut l'appel par la permiſſion du
Roy qui eſtoit lors à ſainct Denis.
Le Duc du Mayne fut parrain de
ceſtui-cy, & le Mareſchal de Biron
de celuy-là. Le combat ſe fit à cheual, à la veuë des deux armees , &
pour toutes armes l'eſpee ſeule. On
dit que le Roy ioüoit à la paume, &
que Saint-Iuſt prenant congé de luy

pour aller combatre contre Fossé, sa Maiesté dit ainsi, qu'il partoit; Voila vn homme qui s'en va mourir.

Saint-Iust montoit vn cheual de son parrain, qui l'auoit accoustumé à partir de la main auec vn élans qui le portoit d'vn plein saut au milieu des ennemis. Cóme dóques on eust laissé aller les combattás, Saint-Iust s'auançant l'espee haute contre Fossé, qui se couure de la sienne; le cheual s'eslance suiuant sa coustume, & trompe Sainct-Iust, qui pensant fraper son ennemy de son espee, frape son espee de sa main, & se la coupe luy mesme: l'espee luy tombe à terre. Il demeure là sans fuyr, ny sans moyen de combatre. On dit que Fossé demeuroit aussi, mais qu'à la persuasion de quelques vns, il luy mit son espee au trauers du corps. Ceux-là violerét les droits

des Duels, qui defendent aux affi-
ſtans non ſeulement de parler: mais
auſſi de faire ſigne, voire de touſſer,
& de cracher, ainſi que nous auons
móſtré. Et Foſſé euſt eſté plus loüable s'il en euſt vſé cóme fit ces iours
paſſés Erany enuers Ruberpré, duquel ayant fait voler l'eſpee emmy
le champ, il ne le voulut point fraper de la ſienne, bien qu'il fuſt bleſſé
dans le corps, ny l'obligerà luy demander la vie, que l'autre luy auoit
preſque oſtee. Action que ie trouue rare, & digne d'vne place honorable en ce liure icy ; bien que ie mé
ſois propoſé de n'y coucher aucun
Duel de ceux dont les parties ſont
encore en vie. Que ſi i'y ay mis ceux
de Crequy, de Marrolle, & de Foſſé
meſme, qui ſont encores viuás: c'eſt
parce qu'il y auoit diuerſité de partis, en laquelle les Duels eſtans plus
permis, peuuent eſtre plus licitemét

F f iiij

recitez. Ioint que les formes du cōbat qu'on gardoit anciennement
y furent obseruees, & le consentement des chefs donné d'vne part
ou d'autre.

On pourroit dire icy, que par l'e-
xemple de ces deux derniers combats, on void qu'il ne faut point
chercher par les armes la iustice d'v-
ne cause, puis qu'il est certain que
Marriuaut & Saint-Iust soustenoiēt
vn meilleur party, que leurs ennemis, & que neantmoins ils furent
vaincus. Mais ils ne cōbatirent pas
pour le party qu'ils suiuoient, ny
les vns, ny les autres, mais pour les
causes particulieres que nous auons
dites. Et est vray-semblable qu'ils
estoient mal fondez en leurs querelles : car ils ne furent pas vaincus par
l'auātage de la force, ou de l'adresse
de leurs vainqueurs, qui selon l'o-
pinion commune d'vn chacun, en

auoient moins qu'eux; mais par la
iuftice diuine qui preſide aux combats, & ne pouuant faire tort à perſonne, conſerua le droit à ceux qui
l'auoient. Parlant toutesfois hu-
mainement de ces deux combats,
on peut dire qu'il y eut plus de hazard en celuy de Foſſé, & plus d'a- *Paul*
dreſſe en celuy de Marolles; qui ne *Emil-*
degenere point de ceſt Hugues de *le.*
Marrolle, lequel en ceſte grande bataille de Bouuynes que gaigna Phi-
lippes Auguſte, print priſonnier le
Comte de Flandres, l'vn des principaux des Chefs du party contraire, & des plus vaillans hommes qui
fuſſent lors.

Duel de Villemor, & Fontaines, soubs
Henry quatriesme.

CHAP. XXXV.

AVant que m'enfoncer en ceste
innombrable multitude de
Duels qui se sont faits sous Henry
le Grand; Ie protesteray, ainsi que
i'ay desia fait cy deuát, que comme
ie suis passé par dessus vne infinité
d'autres qui se sont faits sous nos
Roys sans m'y arrester; Aussi
en obmettray-ie, sans comparaison,
plus que ie n'en raporteray de ceux-
cy, pour ne m'engager pas à faire
pluftoft vn Code de Duels, qu'vn
petit traicté, & pour ne changer
point le sujet de mon Discours, qui
est de monstrer comment les Duels
estoient vsitez & permis ancienne-

ment, & comment ils font peruer-
tis ; a quoy pourroit fuffire ce que
i'ay defia raporté. Neãtmoins pour
le contentement du Lecteur, i'en
raporteray encore quelques-vns
qui fe font faits, tant fous le Grand
Henry, que fous Loüys fon fils, noftre Maiftre ; & remarqueray que
iamais ils n'ont efté fi feuerement
defendus, ny fi communement pratiquez, pour fortifier toufiours ce
que nous auons defia monftré, que
les defenfes les ont pluftoft multi-
pliez, qu'arreftez.

Apres donc que le Roy fut entré
dans Paris, & que par la reduction
de cefte premiere ville, les autres qui
reftoient encores à donter ploye-
rent le col au joug de la fujettion
naturelle qu'elles doiuent au Souuerain, il y euft par tous les endroits
de la France vn fi grand nombre de
Duels, qu'il fe perdit plus de No-

blesse en ces querelles particulieres,
qu'aux guerres ciuiles. Et comme
la Cour estoit la viue, ou plustost
la mortelle source de ces combats dont les sanglants ruisse-
aux abreuuoient tout le Royaume, aussi s'y en faisoit-il plus qu'en
toutes ses autres Prouinces. Mais
dautant qu'ils ont esté quasi tous
semblables, & que ie ne me veux
point obliger à les mettre tous icy,
principalement ceux dont les parties viuent encore, i'en choisiray
seulement deux ou trois, par l'exéple desquels on puisse connoistre les
autres, & commenceray par celuy
de Villemor & Fontaines.

Villemor estoit des Ordinaires du
Roy, qui de quarante cinq qu'ils
estoient sous son deuancier, les
auoit reduits à seize. Il estoit Gascon de nation, & d'humeur, &
Fontaines de Dauphiné; tous deux

braues Gentils-hommes s'il en fut
jamais, qui auoient rendu de grandes preuues de leur courage à la
guerre, & en des querelles particulieres qui leur auoient heureufemét
fuccedé. Villemor s'eftát batu trois
ou quatre fois, & ayant toufiours
emporté la vie, ou les armes de fon
ennemy ; auoit iuré partant de Gaf-
cogne au dernier voyage qu'il
fit icy, de ne fe rebatre iamais en
Duel, & fouffrir pluftoft toute forte d'indignitez, que d'efpoufer vne
querelle. Il fe fouuint mal du ferment qu'il auoit fait, & mal luy en
print. Peu de temps auparauant il
auoit efté à Montauban aux nopces
du Baron d'Arbiou, où i'eftois auffi ;
& où bien que l'affemblee y fut belle & grande, ie puis dire n'auoir
point veu d'homme mieux fait que
luy. Homme parfaitement agreable à voir, à pied, & à cheual, mais

haut & prompt à la main, & fuiet à
prendre difpute.

Estant donc icy, il fe trouua vn
iour dedans vn tripot, où Fontaines
joüoit en partie auec vn de fes amis;
& foit que le jeu luy pleuft, ou qu'il
n'euft pas beaucoup à faire, il fe mit
à les regarder auec d'autres. Il arriue que les joüeurs tombent en difpute d'vn coup, qu'ils font demander à la galerie par le marqueur fuiuant la couftume. Villemor n'en
dit rien, mais les autres le iugent
contre Fontaines, qui fe plaint de ce
iugement. Il perd la partie; & tant
plus il perd, tant plus il fe fafche, ne
paffant iamais fous la corde qu'il
ne maudiffe le coyon qui l'auoit iugé. Perfonne ne f'en offence, tout le
monde f'en va : Villemor demeure
iufqu'à la nuit. Fontaine voyāt qu'il
s'eftoit opiniaftré fi long temps à
demeurer là tout feul, iugea que c

n'estoit pas pour le voir ioüer ; & se
doutant de ce qui luy aduint, demanda son espee au sortir du ieu;
mais voulant passer par la galerie,
pour s'aller chauffer, Villemor qui
estoit sur la porte , luy donne d'vne
raquette qu'il auoit en main sur la
teste sans autre discours , & en reçoit autant de celle que Fontaines
tenoit encore. Ils redoublent, on les
separe, & leurs amis , & la nuit les
font retirer chacun en son logis. Il
se trouua qu'ils estoient logez en
mesme ruë , & vis à vis l'vn de l'autre.

Le soir mesme cóme Villemor e-
stoit en soucy de faire sçauoir de ses
nouuelles à Fontaines , encor qu'il
l'eust frapé le premier, vn Gentilhó-
me le preuient de sa part qui le rele-
ue de ceste peine. Ils parlent ensemble eux deux seuls, cótestét longuement ensemble, & leur cótestation

venoit de ce que Mâty, qui estoit le
Gentil-homme appellant, vouloit
estre de la partie, & Villemor ne se
vouloit batre qu'en seul. Comme
en fin il fut arresté qu'ils vuideroiét
eux seuls leur dispute, le Roy sçachant ceste querelle, & ne voulant
perdre la vie de ces deux hommes
qu'il estimoit grandement, leur enuoya des gardes, auec des deffenses
expresses de ne se batre, car il ne suf-
fisoit pas des generales; Et au lieu de
punir ceux qui entreprenoient sur
sa Maiesté en s'appellant sans licence, on se contentoit de les faire garder. Ie ne sçay pas comment Fontaines se defit des siennes ; Mais
Villemor (ayát outre l'Exempt que
le Roy luy auoit enuoyé, vn Gentil-homme du pays son parent nómé la Badie, qui en auoit bien autant de soin cóme sa garde) se pro-
mena toute la nuit par la chambre,
sans

fans fouper, ny fans dormir, faifant
en fon imagination des difcours
qu'autre que luy ne fçauroit dire. Et
vn peu auant le iour, voyant tous les
fiens agrauez de fommeil, & d'ennuy, ouure la porte, les ferme dedans à double reffort, emporte la
clef de la chambre & gaigne celle
des champs.

Auant que les vns euffent enfoncé
la porte, & les autres fauté la fene-
ftre, il fut perdu. Ils courent apres
fans fçauoir où, & n'en peuuent
aprendre aucune nouuelle. Son laquais mieux aduifé que tous, ayát
perdu la trace de fon Maiftre comme les autres, s'en va chez fon ennemy le chercher, trouue Fontaines qui eftoit defia à cheual auant
qu'il fuft encore bien iour. Il le fuit
de loin iufqu'à l'Ifle où l'on a maintenant bafty le pont neuf, en laquelle Villemor s'eftoit defia ren-

G g

du. Il dit qu'auant que descendre de cheual, Fontaines le salüa le chapeau au poin, disant, bon-jour Monsieur, si matin? & que Villemor luy leua son chapeau de mesme, mais qu'il ne peut entendre ce qu'il respondit. Fontaines ayant mis pied à terre, ils ne se tirerent que trois coups d'espee, dont ils tomberent tous deux morts à terre. Fontaines à la renuerse, & Villemor, sur ses dents. On trouua que leurs coups auoient tous porté, & presque en pareil endroit; ceux de Villemor en la gorge, en la mamelle & au costé de Fontaines, & ceux de Fontaines aux mesmes parties de Villemor; sauf que l'vn les auoit du costé gauche, & l'autre du droit, parce que Villemor s'estoit mis sur le pied gauche. Le Roy fasché de cet accident, dit, qu'il auoit perdu deux hommes qui eussent pû rom-

pre vne bataille. Il feroit bien mal
aifé de juger quel des deux auoit
moins de tort, mais Fontaines en
eut beaucoup, d'offenfer indifcret-
tement ceux qui l'auoient condam-
nés, & Villemor encore dauantage,
de n'excufer pas la paffion d'vn hôme qui iouë, qui ne difoit rien contre luy, puis qu'il ne l'auoit point
iugé; Luy qui, comme nous auons
dit, auoit iuré partant de Gafcoi-
gne, de fe laiffer pluftoft deshonorer que de prendre iamais querelle.

Enuiron ce temps là, il fe fit en-
core vn autre Duel à la Cour, entre $^{Du\ Va-}$
vn Gentil-homme du mefme païs ^{raignes}
apellé Varaignes, & vn Capitaine $^{&}$
nómé l'Artigue, qui en toute forte $^{l'Ar-}$
$^{tigue.}$
de fureur, & de cruauté furpaffe encore le precedent. L'Artigue auoit
tenu quelque mauuais propos de
Varaignes, qui ne le iugeant pas hôme de fa volée, luy donna des coups

de baston. L'Artigue se voyant emporté de haute lutte, le prend tout de mesme en auantage, & luy rend ce que l'autre luy auoit presté. Varaignes au desespoir deteste par tout la lascheté de l'Artigue, & le menace de le tuer pluftoft d'vn coup de canon, s'il ne pouuoit autrement. Cóme il continuë ses plaintes, & ses menaces, il trouue vn iour vn des amis de l'Artigue, qui offre de le luy faire voir l'espee à la main. Il est pris au mot par Varaignes, à la charge qu'il n'y auroit que l'Artigue qui entraft en ce marché. Apres plusieurs difficultez, la partie est arreftee. Le iour, & le lieu acordez, ils s'y trouuent tous deux en chemises, auec vn espee, & vn poignard. Varaignes qui auoit bien les armes en main, luy donne trois coups d'espee au trauers du corps qui le percent de part en part. L'Artigue se

sentant blessé mortellement se iette
à corps perdu sur Varaignes, & luy
passe vne estocade iusqu'à la garde.
Ils tombent tous deux à quatre pas
l'vn de l'autre blessez à mort.

Varaignes se sentant defaillir, &
oyant soupirer encore l'Artigue
qui rendoit les abois, s'imagine qu'il
demeurera viuant apres luy, & trió-
phera de sa mort. Ceste imagination luy reueille tellement sa rage,
qu'il bande tous ses efforts pour se
trainer iusqu'au pres de luy, & là se
leuant sur ses genoux, il prend son
poignard a deux mains, l'enfonçe
dás l'estomac de l'Artigue, & réd en
ce dernier coup, le dernier soupir de
sa vie. Ie laisse penser en quel estat se
trouua son ame. Certainement il y
a des genres de mort espouuenta-
bles, qui font dresser les cheueux
d'horreur à ceux qui les considerent;
Mais il n'en y a point de si effroya-

ble que celle qui tuë le corps & l'ame. Et cependant nous y allons cóme à nopces, & pour la moindre occasion du monde.

Autre Duel de la Garde Valon, & du Bazanez, sous le mesme Roy.

CHAP. XXXVII.

CEstui-cy fut fait en Quercy, & ne doit rien en folie à ceux de la Cour ; d'autant plus admirable que les parties ne se connoissoient point, & se querellerent auant que s'estre iamais veuës. L'occasion de leur dispute vint d'vn Pasquil que le feu Baron de Meruille recitoit vn iour en compagnie du Bazanez. Bazanez estoit frere de Linerac d'Auuergne qui estoit couché dans le Pasquil ; Et Meruille estoit in thi-

me amy de la Garde, qui se mesloit
quelquesfois de faire des vers : Et
à ceste occasion Bazanez croit que
ceux que Meruille disoit alors, e-
stoient de la façon de la Garde. D'ailleurs la Garde auoit acquis vne telle reputation pour le grand mépris
qu'il faisoit de sa vie, que s'il eust esté
du temps de nos vieux Romans,
ils en eussent fait vn Cheualier en-
chanté. Cela fut cause que Bazanez
dit à Meruille, qu'il sçauoit bien l'e-
stat qu'il faisoit de l'Autheur de ce
Pasquil, & que s'il le luy vouloit faire voir, il contenteroit la plus forte
passion qu'il eust iamais euë, qui
estoit de mesurer leurs espees. S'il
sçauoit cela, dit Meruille, sçachant
bien qu'il entendoit parler de la
Garde, il auroit bien tost contenté
vostre passion. Pour le luy faire sçauoir, Monsieur, replique Bazanez,
& le conuier dauantage à me faire

ce plaisir, obligez moy de luy donner ce chapeau, & luy faires sçauoir
que ie ne le pretens recouurer qu'a-
uec sa vie. En disant cela, il luy presente vn chapeau de castor gris qu'il
portoit auec vne grãde plume. C'e-
stoit vne espece de gage fort semblable aux gages qu'on donnoit anciennement auant le combat. Ie ne
sçay comment le Baron de Meruille le receut ; Mais tant y a qu'il
vint aux mains de la Garde ; Lequel
sçachant les paroles que le Bazanez
auoit dittes, part incontinant de
Valon, & le va chercher en Auuergne, en trois ou quatre maisons où
il le pensoit trouuer. Mais Bazanez
estant lors malade, la Garde s'en
retourna sans le voir, & porta tous-
jours depuis son chapeau.

Vn mois se passe, pendant lequel
le Bazanez se guerit: Si tost qu'il fut
sur ses pieds il monte à cheual, fait

faire deux efpees & deux poignards
de mefme grandeur & de mefme
force dans Orillac, & s'acompagnant d'vn fien coufin nommé Fermontez, icune Gentil-homme qui
n'eftoit iamais forti du païs, prend
le chemin de Quercy pour chercher
à fon tour la Garde. Il s'arrefte à vne
lieuë de Valon chez vn Gentil-hôme de fes amis, où il arriua de belle
heure; & le foir mefme enuoye vn
billet par vn petit laquais à la Garde. Le laquais va droit à Valon, &
demande la Garde, qui lifant vn liure, en la faifon d'efté où l'on eftoit
alors, s'eftoit endormy dedans vne
chambre. Ainfi la Garde ne le vid
point, mais on le fit parler à Madame de Valon, qui fçachant qu'on
demandoit fon fils de la part du Bazanez, refpondit qu'il n'y eftoit pas,
& dit au laquais qu'il fe retiraft. Ce
coquin neátmoins s'opiniaftre à de-

meurer deuát la porte, iufqu'à l'heure du fouper. En laquelle Mirabel
frere cadet de la Garde, reuenant de
la chaffe, & le trouuant là en attente,
luy demáda à qui il eftoit, & ce qu'il
vouloit? Et fçachát qu'il demandoit
fó frere de la part du Bazanez, luy dit
encore qu'il n'y eftoit pas. Mófieur,
refpondit le laquais, on m'a dit au
bourg qu'il y eftoit, toutesfois à
fon defaut, mon Maiftre m'a commandé de m'adreffer à fon frere. Tu
parles à luy, dit Mirabel, as-tu point
de lettre? ouy Monfieur, repart le
laquais en luy donnant le petit billet. A qui Mirabel apres l'auoir leu;
Laquais, dittes à voftre Maiftre,
s'il a enuie de voir mon frere,
qu'il enuoye vn Gentil-homme fur
la parole duquel il fe puiffe batre. Et
l'ayant ainfi renuoyé, entre dans la
maifon.

Ie n'ay point mis icy le cartel, par

ce qu'il ne m'en fouuient pas bien,
& que ie n'y veux rien mettre de
moy mefme dont ie ne fois bien certain, ny d'autruy que ie n'en aye de
bons aduis, & de bons Autheurs
pour les garantir. Mais reuenant à
mon difcours; l'heure du fouper
les ayant tous apellez à table, Madame de Valon qui eftoit femme,
& par confequent aymoit à parler,
demanda par maniere de difcours
à la Garde fur le propos d'vne autre
querelle nouuellement prife; Si vn
homme ayant fait appeller vn autre
qui ne s'eftoit point voulu batre,
eftoit obligé de fe batre apres quád
ceft autre l'appelleroit. La Garde
refpondant à cefte queftion, dit que
non; Et pour exemple s'allegue foy
mefme auec Bazanez. Contre lequel, dit-il, ie ne penfe point eftre
obligé de me batre apres fon refus,
quand il me feroit apeller cent fois.

Vrayment, dit alors sa mere trompée par ceste responce, il a bonne grace de vous enuoyer icy des laquais pour ce suiet, apres que vous l'estes allé chercher vous mesmes en tant de lieux! La Garde ne respondit rien à cela; Mais retiré qu'il fut en sa chambre, il fit de grádes plaintes à son frere de ce qu'il auoit renuoyé ce laquais sans le faire parler à luy. Son frere s'excuse, & apres tout, luy dit qu'il n'y a encore rien de perdu, que Bazanez est en telle part, & que s'il ne veut point attendre de ses nouuelles par vn Gentil-homme, qu'à son aduis il enuoyeroit le lendemain, il y auoit moyen de le preuenir, & l'aller trouuer la nuit mesme. La Garde reçoit ce conseil comme le plus conuenable qu'on eust sceu doner à sa passion. Et parce que sa mere craignant d'auoir trop parlé, auoit fait fermer les portes du chasteau, & tenoit les clefs elle mesme ; ils descendent tous deux par vne fenestre auec vne eschelle, vont faire leuer vn prestre au village, luy font celebrer la Messe à minuit, & prennét apres le chemin de la maison de ce Gentil-hôme, où estoit le Bazanez. Comme ils furent assez pres, la Garde s'arreste sous vn arbre, & enuoye de ses nouuelles au Bazanez par son frere.

Il estoit desia grand iour quand Mirabel arriua dans ce chasteau, dót ma mauuaise memoire occupee d'autres souuenirs n'a pû retenir le nom; il les trouua non seulement leués, mais encore tous trois ensemble. Et d'entree apres les embrassades acoustumees, il aborde le Bazanez de ce langage. Monsieur, luy dit il, si mon frere eust parlé dés hier à vostre laquais, il n'eust point attendu de vous voir iusques au iour-

d'huy. Et pour preuue de cela il s'eſt
rendu bon matin icy auprés, pour
vous teſmoigner le deſir qu'il a de
vous rendre voſtre chapeau, aux
conditions que vous auez promis
de le recouurer. Monſieur, dit Bazanez, vous ſoyez le bien venu, vous
me trouuez ſur le point de vous enuoyer vn Gentil-homme, ſuiuant
ce que vous dittes hier à mon laquais. Mais puis que vous me pre-
uenez, menez moy là où vous auez
laiſſé voſtre frere, ie ſuis preſt à l'aller trouuer ſur voſtre parole. Monſieur, repliqua Mirabel, acompa-
gnez vous d'vn amy, ie ſuis preſt à
vous y mener. Fermontez & le maiſtre de la maiſon eſtoient là preſens.
Ceſtui-cy voyant arreſter vne partie chez luy, & en ſa preſence ſans
l'y comprendre, s'en formaliſe, &
ſe plaint à Bazanez, qu'il ſe ſerue
ſeulement de ſa maiſon, & non pas

de son espee. Ie suis sorti de la mienne disoit Fermontez, sur la promesse
qu'il m'a faite de m'employer ; Il me
feroit tort si maintenant que ie suis
venu iusques icy, il se seruoit d'vn
autre que moy. Il est vray, cousin,
dit Bazanez, ie l'ay promis, ie te le
tiendray. Cependant qu'ils dispu-
toient ensemble auec tát de passion
de seconder Bazanez, Mirabel à qui
ils deuoient auoir affaire, leur disoit
à tous deux ; Acordez vous en Messieurs, car pour moy cela m'est tout
vn. Ha! dit Fermontez en l'embras-
sant, ie suis homme de courtoisie.
I'espere, respond Mirabel, que
Dieu me fera la grace de n'en auoir
point de besoin : Bazanez luy presenta les espees & les poignards qu'il
auoit faits faire. & le pria d'en donner le choix à la Garde. Mon frere
dit Mirabel, a vne bonne espee. Ie
ne sçay pas s'il la voudra quitter;

toutesfois ie luy vay faire voftre offre, & vous viens retrouuer tout à
cefte heure. Il porte doncques ces
armes à la Garde, & luy propofe l'offre de Bazanez. Cela, dit-il, eft trop
raifonnable; Et ayant pris vne de
fes efpees au lieu de la fienne, luy
fit raporter incontinant l'autre. Certainement s'il y eut jamais de la
franchife en quelque combat, il y
en eut en ceftui-cy ; Mais cefte franchife & cefte generofité deuoit eftre
referuée à de meilleures occafions.

Mirabel retourne vers le Bazanez,
qui ayant prié fon hofte de le pardonner s'il ne le pouuoit faire participer au peril de cefte action, le
laiffe dans fa maifon, & s'en va trouuer la Garde auec Fermontez, & Mirabel qui les conduifoit. Voicy qui
eft merueilleux ; D'auffi loin que la
Garde & le Bazanez s'entreuirent
ils fe faluerent l'vn l'autre, & s'aprochant

chans le chapeau au poin, s'embraſ-
ſerent auec la meſme courtoiſie, &
les meſmes compliments qu'euſſent
pû faire deux bons amis, & le viſage touſiours riant. Apres ils enfermerent tous leurs laquais dedans
vne grange, & porterent eux meſmes les clefs au lieu du combat. Et
là, la Garde, ayant dit à ſon frete
qu'il entretint Fermontez, s'eſloi-
gne de quelques cinquante pas, &
met la main à l'eſpee, apres auoir
mis tous quatre le pourpoint bas.
Du premier abord la Garde qui a-
uoit les armes bien à la main, porte
vne eſtocade à Bazanez dans le front;
mais l'os fut plus dur que le fer, & fit
reboucher la pointe de l'eſpee, qui
ne fit que gliſſer au long, & luy faire
vne grande inciſion. Au ſecond
coup il luy donna dans le corps, &
luy dit; voila pour le chapeau : Au
troiſieſme il luy donna encore dans

H h

le corps, & luy dit, voila pour la plume; Et finalement il luy porte encores vn quatriefme coup dans le corps en difant que c'eftoit pour le cordon. La Garde ne faifoit que caufer, & voyant le fang de fon ennemy fortir par tant d'endroits, luy difoit qu'il le traitoit bien en Courtifan, que fon chapeau tenoit fort bien en fa tefte. Mais le Bazanez fe voyant fi mal acouftré, fongeoit bien à d'autres chofes. Fay ton ieu, difoit-il, car tu en mourras. En difant cela, il quitte l'efpee, prend le poignard à la main droite, & porté pluftoft de defefpoir que de iugement, fe iette fur luy. Le mal'heur de la Garde voulut que ce defefpoir luy fucceda; Bazanez paffe fur fes armes fans s'enferrer, le porte par terre, luy met le poignard entre le col & l'efpaule, & le luy fait paffer en efcharpe au trauers du corps de l'autre cofté; Il redouble,& luy baille quatorze coups du mefme poignard depuis la gorge jufqu'à la ceinture. A tous les coups qu'il luy donnoit, il luy difoit Demande la vie;& la Gar. de ne refpondoit autre chofe que non, non. Cependant la Garde luy emporta la moitié du menton auec fes dents, luy enfonça le derriere de la tefte auec le pommeau de fon efpee; mais en fin outré de tant de coups mortels, il perdit pluftoft la vie que le courage.

Cependant Mirabel eftoit aux mains auec Fermontez, duquel il auoit defia fenti trois ou quatre fois l'efpee entre la chemife & le corps fans luy faire mal, & luy auoit donné vn coup d'eftoc dans le bras. Fermontez luy demanda f'il eftoit bleffé, & en difant cela le faifit, & fe mit à crier en le tenant eftroitement embraffé, Coufin coufin faue toy ie fuis

mort. Mirabel se despestre d'entre
ses bras, & en mesme temps Fermontez tōba mort par terre. Alors
Mirabel tournant les yeux de l'autre
costé, vid Bazanez qui aduerti par
la voix de son cousin, laissoit le pauure la Garde en l'estat que nous
auons dit. Il court droit à luy, &
voyant son frere mort, & sanglant
de tant de blesseures; Bazanez, dit-
il, puis que tu as tué mon frere, &
moy ton cousin, acheuons nous
deux la partie. Mon amy, respond
Bazanez, (estant desia monté à
cheual, & ayant repris son espee, &
le chapeau qu'il auoit enuoyé à la
Garde) ton frere estoit trop braue
pour me laisser en estat de rendre
vn second combat apres l'auoir tué.
Et adieu braue la Garde, dit-il en se
retirant au galop. Mirabel demeura maistre du champ, & des corps
qu'il fit emporter, auec trois espees,

& quatre poignards ; mais si dolent de la mort de son frere , qu'il demeura long temps sans oser retourner chez luy.

Ie me suis vn peu arresté sur les particularitez de ceste querelle, pour auoir connu assez familierement les parties , & noüé vne fort estroite amitié auec la Garde, duquel ie veux mettre icy deux actions en suite de ce combat qui feront connoistre le personnage, & ne seront point ennuyeuses. Il auoit vn soldat appellé Ionas, qui pour quelque crime qu'il auoit commis (car il estoit le refuge des criminels) auoit esté pris à Figeac, & mis dans vne prison appellee la Baleine. La Garde l'estant allé voir en prison vn iour que le Geolier n'y estoit pas, prie ceux qu'il trouua en son absence de luy permettre de boire auec le prisonnier, au moins vne porte entre deux ; en-

uoye l'vn au vin , l'autre au fruit,
& chaſſe ceux qui reſterent, enfonce la porte, & l'ayant mis dehors, le
paſſe au trauers de la ville , n'ayant
auec luy qu'vn autre ſoldat, & vn
valet. Comme il fut deuant la maiſon du Lieutenant criminel qui
eſtoit deſia aduerti de ceſt attentat,
& voulant ſortir auec quelques-
vns eſtoit retenu par ſa femme à
vne feneſtre qui donnoit ſur la ruë.
Il hauſſe la teſte,& voyant ceſte belle femme qui l'arreſtoit, & luy qui
faiſoit l'empeſché entre ſes bras ; il
luy eſcrie: Laiſſez-le venir , Madamoiſelle , & ie vous promets que ie
vous deſliureray d'vn fardeau qui
ne merite pas que vous le portiez.
Ainſi il ſortit ſon priſonnier de Figeac, & m'eſtant venu voir quelque
temps apres en Rouergue , me dit
qu'il auoit tiré Ionas du ventre de la
Baleine.

Deux ou trois mois auant que
mourir, il fut à Ville-franche de Rouergue, où il auoit encore trois foldats prifonniers qui furent pendus.
Il connut bien qu'il ne s'y faloit pas
joüer comme à Figeac, parquoy il
s'arrefta fur la porte, & demanda à
parler à vn Marchand nommé Dar-
dene. Le Capitaine de la ville appellé Marrel, fut aduerti par quelques foldats que la Garde eftoit à
la porte de la ville. Il y va auec dix
ou douze foldats en deliberation
de l'arrefter prifonnier ; & l'ayant
enuironné de tous coftez auecque
fes gens, il luy demanda s'il ne vouloit point entrer dans la ville. Non
Monfieur, refpondit la Garde, ie
n'ay point affaire à la ville. Si a bien
la ville à vous, repliqua Marrel. Et
en difant cela la bride du cheual de
la Garde, fon efpee, & fon piftollet
furent faifis tout en mefme temps.

Il reuient à foy comme d'vn fommeil, car il ne fongeoit à rien moins;
Et iettant les deux mains fur fon efpee, l'vne fur la poignee, & l'autre
fur le fourreau, la tire fi rudement
qu'il l'arrache des poins de ceux qui
l'auoient defia faifie, pouffe fon
cheual au trauers d'eux, qui eftoit
fort vigoureux, & les charge fi furieufement à coups d'efpee, qu'il les
efcarte qui çà, qui là, la plus part
d'eux rentrant dans la ville: La Garde fe retire au petit galop, fumant
de trois ou quatre arquebufades
qui auoiét bruflé fon pourpoint, &
vn peu bleffé au pouce, ce qu'il auoit
fait luy mefme en voulant r'auoir
fon efpee. Il fut coucher ce foir la à
fainct Véfa auec le CapitaineR iues,
& le lendemain à Naiac chez moy.
Ie tenois alors cefte place qui eft
forte, & importante à tout le païs,
lequel s'en allarma ; & la Garde

mesme sçachant bien que tout le
monde se deffioit de luy, voulut laisser son espee auant qu'y entrer pour
ne me donner aucun suiet de deffiance. Mais ie la luy fis reprendre,
& le priay de croire que tát que i'aurois la mienne, ie ne penserois iamais qu'vn autre y deust estre plus
fort que moy. Ha ! puis que vous le
prenez là, si ce n'est assez d'vne, dit-il,
i'en prendray deux. Nous demeuras-
mes quelques huit ou dix iours ensé-
ble, chassant, visitant mes voisins,
& passant le temps comme on fait
aux champs, durant lesquels il se
comporta auec autant de discre-
tion qu'il est possible d'imaginer,
bien qu'il eust vne reputation toute
contraire. Le iour qu'il partit, qui
estoit vn Vendredy ie l'acompa-
gnay vne grande lieuë, & faillis à
me noyer au passage d'vne petite riuiere appellee la Sereine, où mon

cheual s'eſtoit enſablé. Il me dit
alors que c'eſtoit vn iour perilleux,
qu'il ne croioit jamais mourir qu'vn
Vendredy, ny pour autre ſujet que
pour vne femme. Il luy arriua comme il le croioit, car le Paſquil pour
lequel il eut ceſte querelle, eſtoit
fait pour vne femme, & il fut tué
le Vendredy.

Il viuoit auec tel reſpect parmy
ſes amis, que pour ne m'engager
point en l'offenſe qu'il auoit receuë
de ceux de Villefranche, il ne ſe voulut jamais venger d'eux, tant qu'il
fut auecque moy ; tellement que
tous les habitans de ceſte ville (qui
le craignoient comme le tonnerre)
auſſi toſt qu'ils rencontroient vn
caualier en chemin qui leur demandoit, d'où ils eſtoient, ſe diſoient
eſtre de Naiac. Mais apres que nous
nous fuſmes ſeparez, il print trois
ou quatre priſonniers de Villefran-

che, croyant retirer ses soldats
en rendant ces habitans ; ausquels
il menaçoit de faire mesme traitement qu'on feroit aux siens. Toutesfois il ne les eut pas si tost rendus qu'on pendit ses gens : & de plus
on decrette prise de corps contre
luy mesme comme perturbateur du
repos public. Cela le porta en des
extremitez où il ne se fust iamais ietté de luy mesme. Mais pour monstrer de quelles affections il estoit capable, il alla premierement de nuit
tout seul auec vn laquais despen-
dre les corps de ces pauures gens
qu'on auoit portez au gibet hors la
ville, les baisa tous trois en pleurant,
& pour dernier office d'humanité,
les enseuelit luy mesme. Apres ayât
iuré de venger leur mort sur le premier qu'il rencontreroit de Ville-
franche, & en voulant sur tous à
Marrel, il luy escriuit en ces termes.

Ta maison en cendres, ta femme violee, tes enfans pendus. Ton ennemy mortel, La Garde. De fait il faillit à peu qu'il ne print ses enfans, qui eussent couru grand'fortune de porter l'iniquité de leur pere. Mais le sort tomba sur vn sien parent, auquel il coupa le nez, & l'oreille, dont il fut appellé le coupeur de nez. Tel fut la Garde Valon, à la memoire duquel i'ay bien voulu rendre ce petit discours, tant pour l'amitié qui fut entre nous, que pour faire voir à ceux qui ne l'ont point connu, quel homme c'estoit. Bazanez luy ayant suruescu quelques annees, fut tué depuis laschement par cinq ou six hommes qui le prindrent en aduantage, ayant neantmoins porté morts par terre les deux premiers qui l'attacquerent, & laissé viuant & mourant vne reputation honorable d'vn genereux

& braue courage.

Enuiron ce temps là il se fit enco-re trois autres Duels ences quartiers de mesme suiet, & pour des occa-sions presque semblables. L'vn en Auuergne entre Peyrot de Rastin-hac, & Saubeuf; qui se battant auec vne espee courte qu'il auoit accou-stumé de porter ordinairement, & estant arresté par les coups d'estoc que Peyrot luy tiroit de pied ferme toutes les fois qu'il vouloit aller à luy, percé de treize coups d'espee à trauers le corps; luy disoit. He! vien à moy Peyrot, ie te prie. A toy? disoit Peyrot, & tu n'es plus qu'vne charroigne morte, souste-nuë de ta malice. Surquoy ils furent separez, & n'en moururent ny l'vn ny l'autre.

L'autre se fit en Rouergue en-tre les Barons de Cisterne, & de Feyry Auuergnats & cousins, con-

Aŭ-tres Duels de Pey-rot de Ra-stin-hac, & Sau-beuf.

De Ci-sterne & Fey-ry, cō-tre Mon-me-tou & Be-nac.

tre Monmotou, & Benac Rouer-
guas. La querelle fut prise à Estaing,
& se decida pres de là ; de telle façon
que de quatre qu'ils estoient , les
trois demeurerent morts sur la place , & le quatriesme fut emporté
blessé de quatre grands coups d'espee. Feyry & Benac s'entretuerent
tous deux d'vn coup fourré. Cisterne donna quatre coups dãs le corps
de Monmotou, & en receut autant
dans le sien, dont il tomba mort sur
la place.

De
Mon-
gail-
lard
& le
Ter-
me.

  Le troisiesme se fit en Quercy entre Mongaillard , & le Terme , qui
fut encore bien rude ; car le Terme
qui resta viuant s'en alla sanglant de
vingt & quatre blesseures. Il m'a luy
mesmes conté que s'estans percez
tous deux iour à iour de plusieurs
coups d'estoc, & Mongaillard se sentant blessé à mort , se ietta sur luy
comme vn homme desesperé , le

porta par terre, & tomba luy mefme deffus ; luy donna plufieurs
coups de poignard, & fe fentant defaillir fans le pouuoir tuer, appella
fon laquais, luy difant, laquais tuë,
tuë. Le laquais ayant peur de tuer
fon maiftre qui eftoit fur fon ennemy, & le couuroit tout de fon corps,
& Mongaillard s'en aperceuant redouble fon cry, luy difant, hé! tuë,
tuë nous tous deux. Voila en quel
eftat ce pauure Gentil-homme
mourut, & le defefpoir où s'expofent ceux qui meurent en ces combats. Il auoit defefperé le Terme,
& l'auoit porté comme par force à
fe battre, & Dieu le punit. Mais le
Terme n'en fut pas pour cela plus
fage, car ayant tué encore vn autre
Gentil-homme en Duel appellé
Verdun, & eftant venu pardeça
pour auoir fa grace qu'on luy fit affez aifement obtenir ; il s'enuelopa

parmy tât d'autres querelles, qu'en
fin il fut tué par vn soldat des Gardes deuant l'hostel de Longue ville.
Notez qu'il l'auoit desesperé comme Mongaillard l'auoit auparauant
desesperé luy mesme, (car il l'auoit
fait casser du regiment pour les affronts qu'il luy auoit faits souffrir,)
Et Dieu le punit par les mains de ce
soldat, comme il auoit puny Mongaillard par les siennes.

Du Comte de Saut & de Nantouillet sous le mesme Roy.

CHAP. XXXVIII.

ALors que le Duc de Bar fut en
ceste ville pour espouser feu
Madame sœur du Roy, plusieurs
Courtisans sortirent au deuant de
luy, entre lesquels estoit le Comte
de

de Saut. Au contraire Nantoüillet
estoit sur vne fenestre au pont nostre Dame pour le voir passer. Il
est vray semblable qu'on luy demanda, pourquoy il n'estoit allé au
deuant du Duc, Mais il est vray que
soit en suite de ce propos, ou de
quelque autre, il dit, qu'il n'y auoit
que les fascheux de la Cour, qui
fussent allez au deuant de luy. Ceste parole recueillie, & raportee au
Comte de Saut, il dit, que celuy qui
l'auoit ditte auoit menti. Nantoüillet gaigne la campagne pour faire
appeller son ennemy ; mais on luy
donne des gardes,& quelque temps
apres on les accorde. Notez qu'en
ceste querelle le Marquis de Cœuure s'offrit au Comte de Saut contre Nantoüillet.

Quelque temps apres le Marquis
de Cœuure ayant dispute contre
Crequi, voicy Nantoüillet qui s'of-

Ii

frc à u Marquis de Cœuure. On tiét
que ce ne fut pas tant pour enuie
qu'il euft de le feruir, que pour le
defir d'en auoir auec le Comte de
Saut qui deuoit feconder Crequi ;
& contre lequel il gardoit toufiours
au cœur le fouuenir de ce dementi
qu'il luy auoit donné, bien qu'il en
euft efté fatisfait par accord. Ainfi
donc pour la hayne qu'il portoit
au Comte, & non pas pour l'amour
du Marquis, il s'offre à vn homme,
qui peu de temps au parauant s'e-
ftoit offert à fon ennemy contre
luy.

Le Marquis s'en eftoit fuy du
Louure, à telles enfeignes qu'il auoit
laiffé fon manteau, comme Iofeph,
& s'eftoit retiré à Nantoüillet. Crequi auoit des gardes, tellement que
Nátoüillet ne pouuoit traiter qu'a-
uec le Comte de Saut fon fecond,
& fon frere. Il le prie de faire en for-

te que le Marquis & son frere se puissent voir l'espee à la main, & qu'ils participét tous deux à la gloire de ceste action (c'est de ces belles paroles qu'on dore l'amertume de ces pillules.) L'autre s'excuse sur les deffenses qu'on à faites, & les gardes qu'on a baillees à son frere. Mais quoy : que ferons nous donc? dit lors Nantoüillet. Pour moy, respondit le Comte, ie n'ay point de gardes. Ha! repliqua Nantoüillet, vous parlez comme vn homme de bien doit faire, & pour faire aussi bien comme vous parlez, rendez vous à sainct Denis demain grand matin.

Ne voila pas vn digne sujet de querelle? & Nantoüillet ne tesmoigna-t'il pas lors qu'il ne se soucioit du Marquis de Cœuure, que pour couurir la passió qu'il auoit de quereller le Comte de Saut ; auquel il

ne pouuoit rien demander pour luy
mesme sans offenser ceux qui les
auoient accordez? Au reste si le Roy
eust permis alors les combats, comme nous auons monstré que ses predecesseurs les auoient permis , &
qu'il eust falu que ces deuxseigneurs
fussent venus deuant luy disputer
leur droit , & faire serment de la Iustice de leur cause ; N'eussent ils
point eu honte de produire vn si
vain sujet de dispute deuant vn tel
Roy, & luy demander le combat
pour vne si legere occasion ? Sans
doutte ils eussent perdu leur reputation au lieu d'en aquerir de nouuelle, & se fussent rendus plus dignes
de mocquerie, que de loüange.

Ceste partie arrestee, Nantoüillet part de Paris, & s'en va à Nantoüillet , ou estoit le Marquis de
Cœuure, ne luy dit rien du marché,
qu'il auoit fait auec le Comte de

Saut ; Mais la nuit venuë, remonte
à cheual, & tire droit à sainct Denis. On ne conte que cinq lieuës de
l'vn à l'autre, parquoy il y fut auant
le iour , tellement que l'Eglise de
l'Abbaye ou le rendez-vous auoit
esté donné, n'estoit pas encore ouuerte. Il se retira dans vne chábre au
logis de l'espee Royale, en attendār
qu'on l'ouurit , & se tient ce pendant sur la fenestre. Le iour vint, &
auecque luy le Comte de Saut. Il
descend aussi tost qu'il l'eust aperceu, on ouure l'Eglise , & ils vont
prier Dieu, ouyr la Messe , & puis
desieuner ensemble au logis susdit.
Auant que partir pour s'aller batre,
ils escriuirent qu'ils se pardōnbient
leur mort l'vn à l'autre, qu'ils n'e-
stoient point ennemis, n'y n'auoient
point de querelle, & prioient les pa-
rents & les amis de celuy d'eux qui
mourroit en ce combat, de n'en re-

chercher point celuy qui demeure-
roit en vie, ny par armes ny par justice. Et signerent tous deux cest escrit. Voila vne estrange procedure!
Ils estoient cousins, ils n'estoient
point ennemis, ny n'auoient point
de querelle ainsi qu'ils laissoient par
escrit; & neantmoins s'alloient batre.

Estans sur le lieu, Nantoüillet demáda au Comte de Saut, s'il n'étroit
point en colere? A quoy il respondit
froidement que non : Et Nantoüillet repliqua. Si suis bien moy, i'y
suis bien auant. On dit qu'ayát mis
pied à terre, Nantoüillet estoit des-
ja en presence l'espee nuë à la main,
que le Comte de Saut ne songeoit
pas encore à tirer la sienne; jusques à
ce que Nantoüillet luy demanda s'il
se vouloit batre à tout son fourreau.
Ils se batirent à l'espee seule, de laquelle Nantoüillet donna deux

coups au Comte de Saut , & tomba à terre blessé de cinq. Le Comte remontant vistement à cheual, donne de rechef jusqu'à sainct Denis , dont il luy enuoya vn Prestre auant que se faire penser, ayant plus de soin du salut de celuy qu'il auoit tué, que des blesseures qu'il en auoit receuës. C'estoit lors que le Roy se preparoit pour aller à Sedan contre le Duc de Boüillon. La mort de Nantoüillet fut regrettee de beaucoup de gens , & est encore regretable pour le courage qui le faisoit estimer entre les plus braues, suiuie depuis de celle du Côte de Saut: Qui en la fleur de sa plus viue ieunesse , mourut quelques annees apres de maladie, laissant vne memoire honorable de sa valeur. Il estoit discret , agreable , & de bonne mine; & ce qui se trouue rarement parmy ceux de sa condition, il

n'estoit pas moins capable des bonnes lettres, que de l'exercice des armes.

---

*Autre Duel du Baron de Bressieux &
de Balagny sous le mesme Roy.*

CHAP. XXXIX.

ENuiron ce temps-là que nous
venons de marquer, il se fit encore vn autre combat de mesme façon, en mesme Cour, & pour vne
occasion presque semblable ; entre
le Baron de Bressieux frere aisné du
Marquis qui est aujourd'huy, & le
Baron de Balagny frere aussi du ieune Balagny qui luy à succedé. Le
sujet proceda d'vne gajeure d'vn
bas de soye. Balagny estant aux tuil-
leries auec plusieurs autres dont
Bressieux en estoit vn, mit son cha-

peau à l'vn des bouts de la grande
alee, & demanda s'il y auoit quelqu'vn qui voulut ioüer mille piſtol-
les, à qui pluſtoſt l'auroit à la courſe à commencer depuis l'autre bout.
Breſſieux dit, qu'il ne les auoit pas
ſur luy, mais qu'il les enuoyeroit
querir s'il vouloit en bagues, ou en
argent, & les mettroit au hazard.
Non dit Balagny, mais courós pour
vn bas de ſoye, ils en demeurent
d'acord. La courſe fut longue, penible, & roide, comme de deux
hommes qui ne manquoient pas
de force, de diſpoſition, ny d'haleine. En fin apres l'auoir quaſi par-
fournie, & eſtre allez per à per juſ-
qu'au pres du but, Balagny tombe, & Breſſieux emporte ſon chapeau. On dit que auant que Balagny tombaſt, Breſſieux l'auoit de-
uancé d'vn pas, tellement que ſa
cheute ne fut pas cauſe de ſa perte.

Neantmoins Breſſieux ne ſe voulant point ſeruir de ceſt aduantage
qu'il eſtimoit pluſtoſt deuoir à la
fortune qu'à ſon adreſſe, luy dit. Balagny, ie ſuis content de recourir
encore vne fois, & ne te demander
rien de ceſte courſe, puis que tu es
cheu, afin de t'oſter toute ſorte d'excuſe. Tu fais bien, reſpond Balagny, de ne m'en rien demander,
car ie ne t'en payerois rien auſſi. Ha!
puis que tu le prens là, replique
Breſſieux, nous ne courrons plus,
& ſi tu me payeras. Ie ſçay bien que
non, dit Balagny; ie ſçay bien que
ſi, dit Breſſieux. Sur ceſte conteſta-
tion, ils ſe gourment. On les ſepa-
re, on les arreſte, & le Roy leur
ayant donné des gardes, ils furent
le lendemain accordez chez le Mareſchal de Briſſac. En s'embraſſant,
Balagny, (luy dit Breſſieux à l'oreille) ie ne ſuis point ſatisfait de ceſt

accord, trouue toy demain à la porte sainct Marceau auec vne espee, &
vn poignard.

Ce iour-là, le Roy partit de Paris pour aller à Fontaine-bleau ; &
le lendemain nos deux champions
ne faillent point de se trouuer au
lieu assigné. Ils sortent du fauxbourg, s'escartent du grand chemin, mettent pied à terre, & quant
& quant la main à l'espee. Comme
ils ne faisoient encore que commencer, vn Enseigne du regiment
estant à cheual au deuant de sa compagnie qu'il menoit à Fontaine-
bleau, les void tous deux dans vn
champ l'espee à la main. Il quitte sa
compagnie, & a course de cheual
se porte entre leurs armes auât qu'ils
se fussent encore blessez ; les prie, les
coniure de les mettre bas, & ne passer point plus auant en ce combat.
Eux au contraire le prient de se re-

tirer, & de leur laisser desmesler leur
diferent; Et comme il proteste de
mourir plustost que de les laisser batre. Tuons le doncques, dit Bressieux, afin qu'il ne nous empesche.
Ingrate & mal-heureuse pensee de
vouloir tuer vn homme, parce qu'il
leur vouloit conseruer les vies. pour
laquelle il est vray-semblable que
l'Autheur de ce conseil y laissa la
sienne. Mais Balagny n'estant point
de cet aduis, & ne se pouuant autrement defaire de cest Enseigne,
ils luy donnerent tous deux leurs
armes d'vn commun accord. Neät-
moins sous la promesse que luy fit
Balagny de ne se point batre, & de
s'en aller, il luy rendit apres son espee, & Balagny reprint le chemin
de Paris, ainsi qu'il auoit promis.
Quant à Bressieux, il fit plus de dificulté de la luy rendre, tät parce qu'il
sembloit qu'il fut agresseur, que par

ce qu'il auoit côſeillé ſa mort. Mais
en fin voyant qu'il s'offençoit d'e-
ſtre pirement traité que Balagny, &
craignant qu'en voulant acorder
vne querelle ou il n'auoit point d'intereſt, il n'en fit vne contre luy meſme ; il luy rendit encore la ſienne.
Breſſieux ayant ſon eſpee, Ce n'eſt
pas tout, luy dit-il, il me faut auſſi
mon poignard. Si ie vous le rendois,
reſpond l'Enſeigne, Balagny auroit
autant de ſujet de ſe plaindre de
moy, comme vous diſiez en auoir
n'aguere, ne luy ayant point rendu
le ſien. Ie ne m'informe point de cela, ie veux mon poignard, replique
Breſſieux. L'Enſeigne voyant que
c'eſtoit tout de bon, & ne voulant
point auoir ſeparé deux hommes
pour ſe batre apres auec l'vn deux,
luy rend ſon poignard. A tout lequel Breſſieux print le galop apres
Balagny qui ſe retiroit, & paſſant

au long d'vn ruisseau qui vient depuis Gentily iusques au fauxbourg,
appellé des Gobelins, où l'on taint
ordinairement la meilleureescarlate
qui se fasse dans Paris, y iettasó poignard dans vne escluse, & bien tost
apres atrapa Balagny duquel il fut
tué d'vn seul coup d'espee, qui prenoit depuis la gorge iusques dás les
reins, ou l'espee s'estoit rópuë. On
ne sçait pas bien netement cóment
ce combat se passa, parce qu'il fut diuersement racóté, & que le coup dóné de haut en bas auec tant de force, fit presumer qu'il auoit esté donné à cheual. Neantmoins le Marquis de Bressieux ayant voulu quereller trois ou quatre fois Balagny,
& pour ce sujet, & pour d'autres
qu'il recherchoit ouuertemét pour
venger la mort de son frere sur celuy qui la luy auoit donnee; Le Roy
commanda à feu la Contamyne de

luy dire qu'il ne recherchaft plus
Balagny pour ce regard, attendu
qu'il auoit tué fon frere en homme
de bien. Balagny apres vne infinité
de querelles qu'il eut depuis, ayant
fait vne partie des quatre véts pour
le Carrouzel qui fe fit à la place
Royalle, fut tué auec Piémorin à
la ruë de petit champ, deuant l'enfeigne des quatre vents.

---

*Querelle de Soëilles & de Deuefe fous
le mefme Roy.*

CHAP. XL.

POur faire voir qu'il vaudroit
mieux permettre les Duels aux
cas cy deffus fpecifiez, que fouffrir
les inconueniens qui arriuent d'vne
defenfe inutile, ie raporteray encore cefte difpute, qui fe forma

pour vne telle occasion. Soëilles s'e-
stant marié en Láguedoc auec vne
belle Damoiselle, fit vn voyage à la
Cour quinze iours apres ses nôces,
pour obtenir quelque commission
du Roy en la guerre qu'il s'apre-
stoit alors de faire en Sauoye, & laisse
se ceste ieune femme dans la maison qui ne faisoit bonnement qu'y
entrer. C'estoit quitter trop tost la
partie, aussi ne s'en trouua-t'il pas
bien. Il auoit neantmoins en partant recommándé les affaires de sa
maison, & les actions de sa femme
à la vigilance d'vn sien beau-frere
appellé Dupon, qui fut bien assez
diligent pour les descouurir, mais
non pas pour les empescher.

Soëilles auoit vn voisin appellé
Deuese qui auoit accoustumé de le
voir souuent,& continuát les droits
que le voisinage,la coustume, & l'a-
mitié luy auoientacquis , ne laissa
pas

pas de visiter sa femme en son absence comme lors qu'il estoit chez
luy. Deuese estoit jeune & beau
Gentil-homme, riche, adroit, de
bonne mine, & de meilleure reputation. Elle estoit ieune, belle, &
de bonne grace. Il ne se faut donc
pas estonner si de la conuersation
de deux personnes si agreables, nasquit ceste passion amoureuse, qui
principalement en cest âge-là surpasse toutes les autres. Deuese neátmoins fut fort rebuté; & ceste femme opposant son deuoir à son
amour, resista longuement à ses
poursuites, auec vne constance qui
a fait croire à plusieurs, qu'elle ne fit
autre faute auec luy que de l'escou-
ter.

Toutesfois Dupon se douta tout
incontinant de ces praticques, &
tenant pour suspectes les trop frequentes visites de Deuese, esclaire
K k

sa belle-sœur de plus pres que de
coustume. On dit que pour auoir
plus de cómodité de se voir, elle fut
chez vne sienne parente, où Deuese ayant plus d'accez & de liberté
que chez elle, fut rencontré par Dupon ainsi qu'il sortoit de sa chambre tout en chemise. Alors se tenant
par trop asseuré de ce dont il n'auoit
auparauant qu'vn simple soupçon,
il ne fit point dificulté de le dire à
Soëilles à son retour ; qui receut ceste nouuelle à l'entree de sa maison
comme vn coup de poignard qu'on
luy eust donné dans le cœur. Il pria
neantmoins son beau frere de n'en
rié dire, & diffimule ce qu'il en pensoit à sa femme ; Mais non pas si
bien qu'elle ne s'aperceut que son
mary auoit quelque martel en teste
qui trauersoit son repos. Parquoy
iugeant que Dupon auoit parlé, &
ce qu'il auoit dit, elle se resout à

preuenir la demande que Soëilles
luy pouuoit faire fur ce fuiet, & l'ad-
uertir d'vne partie de ce dont il ne
fçauoit que trop bien le tout. Elle
l'aduertit donc qu'il ne fe fiaſt point
en Deuefe, qui en fon abfence n'a-
uoit pas tât temoigné d'amitié pour
luy, que d'amour pour elle. Qu'il
n'auoit pas tenu à luy qu'il n'euſt
bleſſé fon honneur, s'il euſt trouué vne femme qui euſt eu auſſi peu
de fidelité, comme il en auoit mon-
ſtree. Soeilles tourne en ieu l'aduer-
tiſſement de fa femme, & luy dit en
riant qu'elle eſt du naturel des autres, qui croyent qu'on leur parle
toufiours d'amour lors qu'ó y penfe le moins; Et ce pendant pour s'ef-
claircir d'vne chofe qu'il ne pouuoit
encore croire, & dans laquelle il ne
voyoit qu'à trauers les ombres de
mille confufes penfees, il tafche de
gaigner fous main la fille de cham-

bre qui la seruoit. Mais ny prieres,
ny promesses, ny menaces ne la pouuant esmouuoir à descouurir les
amours de sa Maistresse, Soëilles se
met en fougue, & tourne sa dissi-
mulation & sa patience en vne violente colere. Les esclats de sa fureur
retentissent iusques à sa femme, qui
se void menacer d'vn orage qu'elle
croyoit estre ia passé. Et Soëilles
voyant qu'il n'estoit plus temps de
dissimuler, luy dit absolument qu'il
se vouloit arracher ce soupçon de
l'ame, & sçauoir iusques où s'estendoient les priuautez qu'elle auoit
euës auec Deuese. Sa femme trouuant ceste nouuelle façon de proceder estrange, & iniurieuse, s'apelle
miserable, & se plaint hautement
d'estre tombee entre les mains d'vn
mary ialoux, si peu digne de sa cha-
steté, qui veut sçauoir maintenant
par force, ce qu'elle luy a dit par

amour, auant mefme qu'il s'en in-
format. Au refte qu'elle ne luy auoit
rien caché de la verité, apres laquelle il n'y auoit plus rien à dire.

Dupon auoit dit à Soëilles, que
Deuefe efcriuoit à fa femme, & fa
femme à luy. Soëilles donc, fans s'a-
mufer à fes plaintes, luy fait ouurir
fes coffres, croyant y trouuer ces
lettres, & foüille luy mefme par
tout, fans y rien trouuer qui le peuft
fafcher. Il y auoit vn petit cabinet
d'Allemagne où elle tenoit fes papiers qu'elle ouurit encore, dans lequel il ne trouua que les lettres a-
moureufes que luy mefme luy auoit
efcrittes au temps qu'il la recherchoit; qui luy attendrirent le courage, & firent venir les larmes aux
yeux de fa femme Defia Soëilles s'a-
paifoit; & voyant qu'en cherchant
vne preuue de fon infidelité, il trouuoit vn tefmoignage de fon amour

en la conseruation de ses lettres, ne
sçachant plus que dire meditoit de
luy demander pardon. Elle au contraire grossissoit ses premieres plaintes auec plus de hardiesse qu'auparauant, prenant courage de son in-
nocence, & de la repentance de son
mary. Mais ayant porté ce cabinet
sur vne table pour mieux voir ce qui
estoit dedans, & le voulant raporter au coffre, il luy cheut des mains
& se cassa contre terre. Il y auoit vn
petit secret dans le cabinet que Soëilles ne sçauoit pas, qui rompit
aussi, & par son debris fit tomber
encore d'autres papiers qu'il n'auoit
pas veus. Il se baisse pour les releuer,
& trouue que c'estoient des lettres
de Deuese à Madamoiselle de Soëilles, & de Madamoiselle de Soëilles
à Deuese. Elle auoit esté si sotte de
garder non seulement ces lettres,
mais encore vne copie de ses res-

ponces. Là estoit son procez tout
fait par escrit de sa propre main, les
assignations des heures, & des lieux
donnees, & receuës, qui les mirét
tous deux en la plus grande confu-
sion qu'il soit possible d'imaginer.
Dificilement se peut-il penser qui
eut plus de honte, ou luy de se voir
cocu lors qu'il pensoit estre guery
de sa jalousie, ou elle de se trouuer
conuaincue dans le triomphe qu'elle faisoit desia de son innocéce. I'es-
cris cecy sur la passion qui l'a fait
depuis publier à Soëilles par tout le
monde : Aduertissant le Lecteur,
qu'en l'opinion de plusieurs, ceste
femme estoit neantmoins innocen-
te; & qu'ayant vescu depuis, & viuant encore en reputation de femme de bien, elle a dementi le blas-
me que l'on luy donne , & fait
paroistre que c'estoit plustost vn
effect de la ialousie de son mary,

que de sa faute.

Mais selon le discours de Soëilles elle fut lors si esperdue, que só estónement en partie arresta la violence de sa fureur; & luy fit dire qu'elle ne se troublast point, ny ne descourist point elle mesme vne chose faite, qui ne se pouuoit reparer que par le silence. Ie ne vous maltraicteray point, dit-il, quelque suiet que vous m'en ayez donné: & oublieray le passé pourueu que vous n'y retourniez plus à l'aduenir. Il contoit qu'elle luy demanda pardon les genoux à terre; Mais les autres tiénent qu'elle n'aduoüa pas seulement le fait, & qu'à la verité il trouua des lettres de Deuese, mais qui ne tesmoignoient rien contre son honneur. Quoy qu'il en soit, l'afaire se passa doucement, Soëilles ne voulant point esuenter vne chose qui ne fait mal qu'entant qu'elle est

defcouuerte. Si eft ce qu'ayant efcrit
à fa belle-mere qu'il la fuplioit de fe
rendre à Monpellier pour vne affaire de confequence qu'il auoit à luy
communiquer, & fa belle mere s'y
eftant renduë, il dit à fa femme,
qu'il la vouloit aller voir, & qu'elle s'apreftaft auffi pour eftre de la
partie, ne luy faifât point plus mauuais vifage que de couftume, ny pire traitement, que de ne coucher
point auec elle.

Eftans arriuez à Monpellier, cefte belle-mere, qui ne fçauoit pas le
deffein qui les menoit, non plus
que l'hiftoire de leur infortune, les
reçoit tous deux comme fes enfans,
auec le meilleur vifage, & la meilleure chere qu'elle leur peut faire.
Ils fouperent bien enfemble, mais
ils n'y coucherêt pas; & ayât paffé la
foiree en deuis communs fans aucune demonftration de ce qui s'eftoit

paſſé, Soëilles s'eſtant retiré de bonne heure, ſe leue le lendemain grád
matin, & ayant fait apreſter ſes cheuaux, heurte à la chambre deſa belle
mere, & luy faịdire qu'il eſtoit là
pour luy donnẹ le bon-jour. On le
fait entrer qu'elle eſtoit encore au
lit; & il luy donna le bon-jour, &
luy dit adieu toựt enſemble. Comment, mon fils, reſpond-elle, ſont
ce les afaires de conſequence que
vous m'auez eſcrit auoir à me dire?
Madamoiſelle, replique Soëilles,
ce ſont de ſi mauuaiſes afaires, que
i'aymerois beaucoup mieux les taire
que d'en parler. Toutesfois encore
faut-il que vous le ſçachiez, & que ie
vous die malgré moy auec le plus
violét regret qui m'ait iamais outré
l'ame, que nous nous ſômes trópez
tous deux, vous en me penſant donner, & moy en penſant prendre de
vous vne honneſte femme. Allez

impudent, ce dit-elle alors, n'auez
vous point de honte d'attacher vne
telle iniure à l'honneur de ma fille,
& fur voftre propre front? Allez ef-
fronté, vous ne la meritez pas, elle
eft plus fage & plus honnefte femme que vous ne ferez iamais honnefte homme. Pour replique, Soëilles
tire de fa poche les lettres que fa
femme auoit efcrites à Deuefe, & les
monftrant à fa belle mere ; Mada-
moifelle, dit-il, vous connoiffez la
lettre de voftre fille, voyez cela, &
folle ou fage difpofez vous à la retirer ; car ie vous la laiffe, & vous la
rends comme vous me l'auez bail-
lee.

Voila quel fut le depart de Soëilles auec fa belle mere : car quant à
fa femme, il ne la vid point, & s'en
alla de ce mefme pas chez Deuefe. Il
y arriua qu'il eftoit enuiron l'heure
du difner, & trouua Deuefe, & fon

pere qui eſtoient preſts à ſe mettre à
table auec vne douzaine de leurs
amis. Soeilles y fut embraſſé, & ca-
reſſé de tous, & particulierement de
Deueſe qu'il embraſſa auſſi comme
de couſtume, & s'eſtant mis auec
eux à table, diſnent enſemble de có-
pagnie. Apres diſner, il eſcarte Deueſe dans vn iardin, & ſe pourmenát
ſeul à ſeul dans vne allee , luy dit,
qu'il eſtoit là pour ſe couper la gorge auec luy, qu'il auoit faict appor-
ter deux eſpees , & deux poignards
en tel lieu, où il le prioit de ſe rendre. A moy ! dit Deueſe, vous vous
mocquez; Ie me veux batre contre
vos ennemis, non pas contre vous,
auec qui ie fais profeſſion d'eſtroite
amitié. Non, non, reſpond Soeilles,
ne vous flatez pas, il faut que ie vous
eſtrangle de mes mains, ou que ie
ſois eſtráglé des voſtres Mais quoy,
ſans querelle ! dit Deueſe, n'en ſau-

ray-ie point au moins le fujeΩ? Le
fuieΩ de noſtre combat ſera le plaiſir, repart Socilles, pour lequel ſeul ie
me veux auiourd'huy batre contre
vous. Ha! puis que c'eſt voſtre plaiſir, ie le veux; replique Deueſe.
Mais ce ne ſçauroit eſtre auiour-
d'huy : car ayant les amis que vous
auez veuz chez moy , outre que
nous ne nous en ſçaurions deſro-
ber qu'on ne s'en prind garde; on
pourroit penſer, ſi d'auenture le ſort
me fauoriſoit, que ie m'eſtois ſeruy
contre vous de l'auantage que ma
maiſon , & mes amis me peuuent
dóner en ces lieux. Mais faites moy
ſçauoir de vos nouuelles en tel iour,
& place qu'il vous plaira; Ie vous
promets de vous contenter. Soëilles ſe paya de ceſte raiſon; & s'e-
ſtant retiré le iour meſme, luy enuoya le lendemain vn cartel par vn
laquais, qui le mena ſur le lieu que

Soëilles auoit choisi pour l'attédre.
Soëilles se confiant en la franchise,
& en la reputation de Deuese, s'y
estoit porté tout seul. Deuese s'y
rendit aussi , mais accompagné de
ses amis, à l'aide desquels, Soëilles
fut blessé, d'vn si grand coup d'e-
stoc par derriere, que l'espee rompit dans le corps. Deuese ayant fait
ceste lascheté, contre l'estime qu'vn
chacun faisoit de son courage, se retire dans sa maison, & laisse à Soëilles vn nouueau desir de véger deux
deplaisirs au lieu d'vn, si sensibles &
si sanglans que ceux qu'il auoit re-
ceuz. On le pense, mais si mal, qu'au
lieu de sonder la playe, on la guerit
seulement par dehors, & l'on luy
laisse l'espee rompuë au dedans.

La guerre de Sauoye s'allume, le
Roy mesme y marche en personne,
Deuese s'y trouue, aussi fait Soëilles;
qui pense tirer raison de son enne-

my, ou le deshonorer à la veuë du
Roy, & de l'armee. Parquoy il n'y
fut si tost arriué, qu'il le fit incontinent appeller, & se rend au lieu assigné, monté sur vn petit bidet, auec
vne seule espee. Deuese s'y rédit aussi,
mais sur vn bon cheual d'Espagne,
& armé d'vn pistollet qu'il lascha
d'abord contre Soeilles, & se met
en fuite sans que Soeilles le peust
ioindre pour la vistesse de son cheual, ny que son pistollet eust fait
mal à Soeilles. Certes sa conscience
le descourageoit en vne si mauuaise cause. Soeilles se plaint au Roy de
ces deux assassinats, & du peu de
raison qu'il pouuoit tirer par les
voyes honorables de celuy qui les
auoit si laschement faits. Et bien
qu'il fit à la fin ce qu'il deuoit auoir
fait au commencement ; Si est-ce
que le Roy trouua si mauuaise l'a-
ctió de Deuese, qu'il le cassa de l'ar-

mee où il portoit la cornete d'vne
compagnie de caualerie, permit à
Soëilles de le charger en tel auantage qu'il le trouueroit, & depuis par
arreſt du Côſeil, de prendre ſes maiſons, & le forcer luy meſme dedans.

Mais la ſanté de Soëilles empiroit
touſiours, il deuint ſec comme du
bois, & paſle côme vn trépaſſé, perdit repas & repos, & demeura preſque deux ans ſans dormir, ny pouuoir durer en quelque poſture qu'il
ſe miſt. Les Chirurgiens ne cônoiſ-
ſoient rien en ſa playe, & les Medecins encore moins en ſon mal; qui
leur fit iuger qu'il luy tenoit en l'eſprit, & que le deplaiſir qu'il auoit
receu de ſa femme & de ſon ennemy, le rendoit ainſi mal ſain, & in-
quiete. Mais Soeilles, qui outre la
maladie de l'ame reſſentoit encore
celle du corps, & par vne ſenſible
experience connoiſſoit que ſon mal
n'eſtoit

n'eſtoit point imaginaire; plante là
ſes Medecins auec leurs conſultes,
& ſe fait porter à Montpellier pour
en auoir de meilleures.

D'arriuee il ſe trouua à table dans
vn logis auec vn Operateur Italien
appellé Ieroſme, qui eſt maintenant
à Tholoſe, & quelques autres paſ-
ſagers qui diſnoient enſemble. Soëilles qui n'auoit en l'eſprit d'autre
penſee, ny en la bouche d'autres
diſcours que les ordinaires plaintes
de ſon mal, ne ſe peut tenir d'en
parler; outre ce que la couleur de
ſon viſage, & le degouſt de ſon ape-
tit, en pouuoient monſtrer. Ieroſme luy dit, que cela eſtoit aucunement de ſon art, & ſçachant la reſolution qui l'auoit porté à Mópel-
lier pour ſe mettre entre les mains
des Medecins, dont ceſte ville eſt
recommandee ſur toutes celles du
monde: luy dit, que s'il vouloit luy

permettre de voir sa playe, il luy en
pourroit donner quelque aduis, qui
peut estre luy seroit vtile, & en tout
cas ne luy pourroit estre dómagea-
ble. Puis que i'ay resolu de me mettre en la disposition de gés que ie ne
connoy point, dit Soëilles; & que
d'ailleurs ma vie m'est tellement à
charge, que i'ayme autât la perdre,
que la conseruer dauantage en ceste
detresse, inconu pour inconu, i'ayme autant me remettre entre vos
mains , qu'en celles des autres ; &
vous prie d'y aporter ce que vostre
art, & vostre experience vous ont
apris. Dés l'heure mesme , Ierosme
visite sa playe ; & l'ayant couché sur
vn lit, luy dóne vn coup de razoüer
en la mesme partie en laquelle il
auoit esté blessé, sonde de nouueau
sa blesseure, & trouuant qu'il y auoit
du fer là dedans ; Courage Monsieur, luy dit-il , vous estes guery:

Et disât cela, luy arrache demy pied
d'efpee hors du corps. Soëilles demeure dás le lit, & s'endort d'vn só-
meil si profód, qu'il demeure vingt-
quatre heures fans s'efueiller.

Depuis il recouure en peu de tēps
fa vigueur accouftumee, la couleur
& l'embonpoint luy reuindrent;
Auec lefquels il reprit les premieres erres de fa querelle, & de fon
procez auecqueDeuefe, fut en Holande, paffa & repaffa deux fois à la
Court, où ie le vis en vne parfaite
fanté; Et s'en eftant retourné au
païs pourfuit tellemét Deuefe qu'il
le defpoüille de tout fon bien, & le
prend luy-mefme prifonnier dás fa
maifon propre. Eftant en poffeffió
du bien & de la perfonne de fon
ennemy, que pouuoit-il fouhaiter
dauantage ? Certainement Dieu
auoit porté iufques icy la caufe de
Soëilles, luy rendant fa fanté de-

sefperee,& le côblant de bien, d'hôneur, & de contentement tout enfemble,aux defpens de celuy qui le
luy auoit rauy. Mais d'vne bonne
caufe, il en fit luy-mefme vne mauuaife, & comme Dieu s'eftoit feruy
de luy pour punir Deuefe,il fe voulut à fon tour feruir de Deuefe,pour
le chaftier luy-mefme.

Leurs communs amis, voyans
que Soëilles eftoit plus que fatisfait
& que Deuefe ne foufpiroit que fa
liberté, trouuét moyen de les acorder. Deuefe auoit vne fœur qui
eftoit belle & hôneftе Damoifelle,
& Soëilles eftoit defia feparé d'a-
uec fa femme du confentemét d'el-
le-mefme. Ils accordent donc que
Soëilles efpouferoit la fœur de Deuefe, fuiuant la licenfe que ceux de
la Religion prenoient lors à Gene-
ue, & auec elle la méilleure & plus
belle partie de tout fon bien, &

qu'au moyen de ceſte alliance, ils
demeureroient bons amis, & ou-
blieroient à iamais l'animoſité de
leur procez, & de leur querelle.
Soeilles conſentit à cet accord, &
Deueſe y condeſcendit auſſi pour ſe
redimer, recouurant ſa liberté par
la perte de ſon bien.

Sous pretexte de ce mariage Soeilles voyoit ſouuent ceſte fille, inſ-
piré neantmoins pluſtoſt du deſir
de ſa vengeance que de ſon amour;
Et comme il eſtoit homme acord,
agreable, & habille, mais meſchát,
& deſloyal en ceſt endroit; il la
pourſuit, & la preſſe ſi vifuement,
que ſous la foy neantmoins qu'il
luy donna de l'eſpouſer, outre la
promeſſe qu'il en auoit faite à ſon
frere, il en eut le plus cher gage de
ſon amour. Soeilles en ayant ce
qu'il en vouloit, ne voulut plus d'elle; & retenant le bien de Deueſe,

ne voulut point espouser sa sœur.
Action la plus mauuaise qu'vn meschant homme puisse commettre,
par laquelle apres auoir faussé sa
promesse, & violé sa foy, il tesmoigna qu'vne passion effrenee ne se
peut iamais assouuir; ne se conten-
tât pas d'auoir ruiné son ennemy de
reputation, & de bien, s'il n'esten-
doit encore sa vengeance sur l'in-
nocence de ceste fille qui s'estoit dó-
nee à luy, & n'estant pas satisfait du
bien du frere, s'il n'auoit encore
l'honneur de la sœur.

Aussi Dieu qui est là haut, luy
monstra qu'il ne se faut point iouër
de son nom; & permit que Deuese deuenu de beau frere qu'il luy
pensoit estre, son irreconciliable ennemy, & desesperé de la ruine que
cest homme fatal à son honneur,
à son bien, & à toute sa maison,
luy auoit portee; le surprenant en

auantage encore vne fois, luy oſtaſt
auecque la vie ; l'vſufruit du bien
qu'il luy poſſedoit. & le moyen de
luy faire iamais vn ſecond outrage,
ny ſe venger de ce troiſieſme & dernier aſſaſſinat.

Mais auſſi pour monſtrer à Deueſe qu'il n'ayme point les aſſaſſins,
& qu'il n'y a rien de ſi veritable que
ſa parole ; il permit qu'il fut aſſaſſi-
né luy meſme par vn parent de Soeilles nommé d'Aubignac, qui le fit
tuer d'vne mouſquetade. Ainſi Dieu
nous chaſtie les vns par les autres,
aprenant aux aſſaſſins qu'ils ſeront
meſurez à l'aunage dont ils meſu-
rent leurs ennemis, & que qui fra-
pera du glaiue en ſera frapé. Ceſt
oracle eſt ſi vray, qu'outre que
c'eſt la meſme verité qui l'a pronon-
cé, il n'y a lieu au monde où l'on
n'en puiſſe voir vne infinité d'exemples : Mais particulierement en ces

deux familles, tellement extermi-
nees par les actions qui succede-
rent à ceste querelle, qu'il ne reste
de toutes les deux qu'vne seule fille.
Là où si le combat eust esté permis
à Soeilles, le sang & les meurtres qui
s'espandirent en toute leur race, se
fussent arrestez pour le plus aux seu-
les personnes des deux combattans.

Combat du Cheualier de Guyse & du
Baron de Lux, sous Louys XIII.
à present regnant.

CHAP. XLI.

A Yant monstré l'vsage des anciens Duels par les exemples
de ceux qui se font faits sous nos
premiers Rois; & l'abus qui se có-
met aux modernes par l'exemple
des derniers; nous n'en raporte-

rons plus que deux ou trois de ce
regne icy , pour faire voir en eux
tous les autres. Ie dy quant à l'abus,
qui confiste en l'apel qu'on fait de
foy mefme fans permiffion;car quãt
à la forme du combat, ils font non
feulement differents entr'eux, mais
fi diffemblables à tous les autres,
qu'il ne s'en trouuera point de pa-
reils en tous ceux que nous auons
dits ; foit pour la qualité des combatans, ou pour la diuerfité des armes.

Le premier fera du Chevalier de
Guyfe, & du Baron de Lux. Voila
defia vn Prince fur le Theatre , où
nous n'en auions point veuz encore
ioüer ce perfonnage. Plufieurs y
eftoient montez comme luy , s'e-
ftoient querellez , deffiez , & rendus fur le lieu; mais il y auoit eu
toufiours quelque empefchement,
ou quelque defaut, qui les en auoit

fait retourner sans combatre. Cestui-cy combatit, tua de sa main le
pere, & le fils, & remporta vne double victoire de tous les deux.

Le premier combat fut par vne
rencontre auec le pere, pour quelques paroles qu'il auoit dittes de la
mort de feu Monsieur de Guise.
Quelques vns pensent que ce ne fut
que le pretexte, & que le Cheualier
fut porté par d'autres suiets à le quereller. Quoy qu'il en soit, ils se ren-
contrerent vn matin à la grande ruë
de sainct Honoré, le Baron à pied,
& le Cheualier à cheual ; qui mit
pied à terre, & dit au Baron qu'il
mist la main à l'espee, en tirant la
sienne. Le Baron ne pensoit à rien
moins, & ne se pouuoit imaginer
que ce fust à bon escient ; il mit toutesfois la main à l'espee, mais auec
peu d'effet : il estoit desia vieux, &
hors d'escrime depuis long temps,

pour se batre contre vn ieune Prince qui ne faisoit que sortir des exercices. Aussi ne luy donna le Cheualier qu'vn seul coup au trauers du corps, dont il alla tōber mort dans la boutique d'vn cordonier. Quant à luy, il remonta froidement à cheual, & se retira le pas en la grande Escuyrie du Roy, comme s'il n'eust rien veu.

Ainsi mourut le Baron de Lux pour s'estre vanté disoit-on, d'auoir esté du conseil de Blois contre la vie du feu Duc de Guise. Il auoit esté fort aimé de Henry III. qui l'auoit honoré de son ordre du sainct Esprit, & pour l'amour de luy auoit donné la vie à l'Archeuesque de Lion son oncle, homme d'estat, & d'affaires, eloquent, & subtil, mais ingrat, & variable en ses affections, qui ayāt receu tant de bien-faits de son Prince, n'auoit pas laissé d'estre

de la ligue contre luy mefme. Il deuint apres feruiteur du feu Roy, &
fe trouua en de belles occafions,
tant auec luy, qu'auec le feu Marefchal de Biron, dont il fut le confeil jufques à fa mort. Il auoit vn fils
de mefme âge què le Cheualier de
Guife, qui receut la nouuelle de çeft
accidét, auec la iufte douleur qu'vn
fils vnique pût reffentir de la mort
d'vn pere. Si ne s'oublia-t'il pas tant
à pleurer fa vie, qu'il en oubliaft de
venger fa mort. Mais il falloit donner ordre à fes afaires, & attendre
le temps de pouuoir parler à fon ennemy. Chacun parloit diuerfement
de ce qu'il feroit, s'il eftoit en fa place, & chacun s'y fuft trouué bié em-
pefché. Il auoit afaire auec vn Prince qu'il falloit qu'il tuaft, ou qu'il en
fuft tué. De le tuer, il n'y auoit pied
de terre en la Chreftienté qui luy
peuft eftre affeuree apres fa mort; &

d'eftre tué aufli par celuy qui auoit
tué fon pere, ce n'eftoit pas fatisfaire à fa paffion. D'en tirer pluftoft
raifon par iuftice que par l'efpee, il
ne le falloit pas feulement penfer.
Le Cheualier eftoit en l'Hoftel de
Guife, dont il n'auoit point defcou-
ché, & ou perfonne n'euft ofé feulement l'aller demander. C'eft le malheur des Gentils-hommes d'auoir
affaire contre des Princes; ce font
des vaifleaux d'airain contre vn pot
de terre, qui ne les peut choquer
fans fe rompre. Le Roy doit pourtant la iuftice à tous fes fuiets, & n'y
a Prince qui en foit exept. Mais fes
fujets pour gráds qu'ils foient, doi-
uét aufli refpecter les Princes. C'eft
ce que i'ay oüy dire autrefois au feu
Roy fur vn femblable fujet, auec ce
beau mot. Ie vous puis faire tous
grands, mais ie ne vous fçaurois
faire Princes.

Ainsi donques le ieune Baron de
Lux, ayant celebré quelques quinze iours le dueil de son pere, meditant continuellement sa vengeance, &fermát les yeux à tout ce qui en
pouuoit arriuer; enuoye finalemét
vn cartel à son ennemy. Certes il y
proceda genereusement; toute sa
vie il en eust esté regardé, & iamais
il n'eust veu le Cheualier de Guise,
que le souuenir du sang de son pere
ne luy eust fait esmouuoir & fremir
le sien. Ce cartel fut porté par son
Escuyer, qui s'aquita dignement de
la charge que son maistre luy auoit
commise. L'actió estoit perilleuse,
car s'il eust esté recogneu, & qu'on
se fust tát soit peu douté du dessein
qui le menoit, les plus hautes fenestres de l'Hostel de Guise, eussent
esté trop basses pour luy: Mais il y
fust si matin, que tout le monde
dormoit encore. Il entra dans la

chambre du Cheualier pluftoft que
le iour, & l'efueillant de la part du
Baron de Lux, le fuplia tref-hum-
blement de le pardonner, fi pour
fatisfaire à ce qu'il deuoit à fon
maiftre, il auoit eu la hardieffe de
luy porter ce cartel. Il s'efueille à
cefte nonuelle fans s'en efmouuoir
nullement, & ayant veu ce qu'il
contenoit, les yeux encore affez mal
ouuerts, donnez moy mes chauffes,
dit-il, d'vne franchife admirable,
afin que tandis qu'il n'y a icy perfonne, i'aille contenter voftre maiftre.
(Il n'y auoit pas vn feul valet dans
la chambre.) Ceft Efcuier l'habil-
lant, le fuplie encore auec toute
forte de refpect & d'humilité de mener quelqu'vn des fiens auec luy,
auec lequel il peuft rendre tefmoignage de l'action qu'il alloit faire;
Alors entra dans la chábre le Cheualier de Grignan que le Prince luy

baille pour compagnon de sa fortune. Et sans prendre aucun pourpoint, s'en va trouuer auec eux le Baron de Lux, auec vne simple camisolle sous son manteau. Notez que c'estoit au cœur de l'Hyuer, & qu'estant encores matin, il ne pouuoit estre qu'il n'eust froid. Mais d'autant que le Cartel de ce Baron courut par toute la France, & que i'en ay trouué vne copie parmy mes papiers ; ie l'ay bien voulu mettre icy, pour faire voir que la passion ne luy troubla point le iugement, & que la haine qu'il portoit au Cheuallier comme ennemy, ne luy fit point perdre le respect qu'il luy deuoit comme Prince. Le Cartel disoit ainsi.

Cartel du Baron de Lux au Cheualier de Guy Je.

MONSEIGNEVR, Nul ne peut estre plus fidele tesmoin du iuste suiet de ma douleur, que vous mesme; C'est pourquoy, Monseigneur, ie vous

vous fupplie tres-humblement de pardonner à mon reffentiment, fi ie vous conuie par ce billet, à me faire tant d'honneur de me voir l'ef- pee à la main pour tirer raifon de la mort de mon pere. L'eftime que ie fais de voftre courage, me fait efpe- rer que vous ne mettrez point en auant voftre qualité, pour euiter vne action où voftre honneur vous oblige. Ce Gentil-homme vous menera au lieu où ie fuis auec vn bon cheual, & deux efpees defquel- les vous aurez le choix. Et s'il ne vous eft agreable, i'yray par tout où vous me commanderez.

Ce cartel admiré iuftement de tous ceux qui l'ont veu, fait paroi- ftre le iugement & la difcretion de ce jeune Baron, comme le combat qui fuiuit apres en tefmoigna le courage. Il attendoit le Cheualier dans vn village pres de Picapuce, où .

il se chauffoit en attendant le retour
de son Escuyer; qui luy estant allé
dire que le Cheualier estoit là, le fut
incontinent retrouuer pour luy faire quitter la camisolle & luy bailler
le choix des espees. Le Cheualier
qui auoit eu froid en chemin, & ne
s'estoit pas encore chauffé, fit quelque dificulté de la quitter, luy disant qu'il sçauoit bien s'il estoit armé, puis qu'il l'auoit habillé luy
mesme. Mais sçachant que le Baron
estoit en chemise, s'y mit aussi; Et
ayant choisi l'espee qu'il voulut,
renuoya l'autre au Baron, qu'il fit
aussi visiter par le Cheualier de Grignan. Alors parant ces deux braues courages tout enflammez d'ire,
les seconds s'escartent, & ils s'apro-
chent à toute bride. On dit qu'ils ne
s'amuserent point aux passades pour
gaigner la croupe de leurs cheuaux
comme font ordinairement ceux

qui se battent à cheual : Au contraire, s'abordãs l'vn l'autre sans se mar-
chãder, ils se dónerent deux si grãds
coups d'estoc, que le Baron rencon-
trant l'arçon de la selle du Cheualier, le luy perça d'outre en outre,
& le Cheualier le perça luy mesme
de part en part. Ils redoublent ; le
Baron dans l'espaule du Cheualier, .
& le Cheualier dans le corps du Baron. Bref, ils se porterent cinq coups
dont le Cheualier s'en alla blessé,
laissant le Baron mort sur la place
d'autant de playes. Braues & genereux courages s'il se fussét employez
en vne cause plus legitime : car bien
que le Baron ne peust mieux ny plus
iustement employer sa vie qu'à venger la mort de son pere : Si est-ce
que c'estoit ietter le manche apres la
coignee, & exposer son ame en vn
peril euident de se perdre , sans esperance de rien gaigner. Et bien que

le Cheualier combatit aussi pour só
pere, à cause des paroles que le vieux
Baron de Lux auoit dittes de sa
mort, & qu'il eust tué glorieusemét
le pere & le fils en vn mesme mois,
& remporté de ce dernier combat
les plus illustres marques, & les plus
honorables tesmoignages de sa valeur qu'il en eust sceu desirer. Si est-
ce que cóme la cause fait distinguer
le supplice d'auec le martyre, i'estime
aussi que sa victoire eust esté bien
plus agreable à Dieu, plus glorieuse
à son nom, & moins perilleuse à
son ame, s'il eust combatu pour la
querelle qui porta ses Ayeux en la
Palestine. Mais le temps, les affaires,
ny son âge ne luy permettoient pas
de former encore ces entreprises;
Il faut que le printemps iette ses
fleurs, auant que l'Automne pro-
duise ses fruits, & faire premierement les factions d'vn soldat, que

l'office d'vn Capitaine. Godeffroy
de Boüillon auoit esté comme luy,
& suiuant l'Empereur Henry quatriesme, auoit tué de sa propre main
Raoul de Suaube, son ennemy capital & competiteur en l'Empire.
Son âge, sa race, sa profession, &
sa generosité naturelle faisoient esperer que les Palmes du Leuãt om-
brageroiét encore vne fois les Croix
de Lorraine. Mais Dieu voulut autrement disposer de luy.

Ceste digression nous a fait oublier nos seconds qui se batirét aussi
selon la coustume qui les rédroit autrement infames. D'abord le cheual
de Grignã se cabra, & Riolet ainsi se
nommoit cest escuyer, prenant l'aduantage de l'occasion & du temps,
luy gaigne la croupe, & luy porte vn
coup d'estoc dans les reins. Grignan
se tournãt luy donne d'vn reuers sur
la teste, & là dessus suruint le Che-

ualier qui les separa, donnant la vie à
Riolet auec le corps de son maistre.

Mais le Cheualier de Guise ne
ioüyt pas longuement de sa victoire; car vn an ou enuiron apres, mettant le feu luy mesme à vn canon en
Prouence, le malheur voulut qu'il
creua, & luy emporta d'vn esclat la
moitié du corps. Ainsi la fortune vse
imperieusement de ses affections,
suiuant ceux qui bon luy semble,
mais ne s'attachant à personne.
Quelque temps auparauant faisant
sõ entree en vne petite ville du mesme pays, vne compagnie de femmes transportees d'vn excez de ioye
estoit sortie au deuant de luy en habit d'Amazonnes; & luy, ayant mis
pied à terre à la porte de son logis
pour voir repasser l'Infanterie qui
estoit venuë au deuant de luy, quelques vns le conseillerent de se retirer de peur des arquebusades, que

les bourgeois affez couftumierémét
mal adroits tiroient continuellement; Aufquels il refpondit en riát,
qu'il ne pouuoit mourir que d'vn
coup de canon.

Cecy eft encore memorable,
& vne riche preuue de l'affection
qu'il auoit emprainte en l'ame des
Prouençaux , qu'eftant porté dans
la ville d'Arles le lendemain de fa
mort, le peuple criant & gemiffant
d'vne façon eftrange , arracha les
cloux de fa biere, defcoufut le drap
où il eftoit enfeuely, & ne trouuant
aucun changement en fon vifage,
en fit faire vn pourtrait qui fut mis
en leur maifon de ville, comme vn
aduertiffement aux viuans de le re-
gretter, & vne exhortation à la po-
fterité d'en garder eternellement la
memoire. Mais ce qui eft encore
plus admirable, les deux premieres
villes de la Prouince, Aix, & Ar-

les, eſtans entrees en ialouſie de ſes
cendres, & conteſtans à qui les auroit pour auoir l'honneur de leur
donner ſepulture ; ne pûrent eſtre
acordees que par l'expedient qu'on
print, de donner le cœur à l'vne, &
laiſſer le corps à l'autre.

Il fut regretté pareillement à la
Court, non ſeulement de ſes parens,
mais auſſi du Roy, & de la Reyne
ſa mere, qui furent viſiter Monſieur de Guiſe, & le conſoler iuſqu'en ſon Hoſtel. Mais ſur tous
Madame la Princeſſe de Conty ſa
ſœur en fut tellement affligee, que
les plus belles plumes de ce temps
s'employerent à la conſoler. Il eſtoit
nay à Paris, & portoit le nom de la
meſme ville, mourutà Baux en Prouence, & repoſe à Arles, Prince de
grande eſperance, & d'inuincible
courage, beau de viſage, bien faitde
corps, & dont les rares perfections

en cefte premiere jeuneffe, promet-
toient toutes chofes grandes.

---

*Du Vifcomte d'Allemagne , & du
fieur de la Roque, Prouençaux.*

CHAP. XLII.

SAns fortir du pays où le difcours
precedent nous a portez , nous
pouuons nous acquiter de noftre
promeffe, & conclure ce traité par
l'exemple de deux combats , figna-
lez pour l'eftrange façon des armes
qui furent choifies par les querellans. Le premier fut entre le fieur de
la Roque, & le Vifcomte d'Allemagne; tous deux Prouençaux, & tous
deux fi voifins, que leur querelle ne
proceda que du voifinage. Car pour
eftre trop pres l'vn de l'autre, & auoir
des villages dont ils eftoient confei-

gneurs , il arriua que leurs Bailles
premierement ſe querellerent , &
puis les maiſtres eſpouſerent la querelle de leurs Bailles. Bailles en ce
païs là, eſt vne qualité qui repreſente le Seigneur en ſon abſence.

Or eſt-il que ces deux Bailles ſe trouuans enſemble vn iour en ceremo-
nie, ſe voulurent preceder l'vn l'autre, chacun pretendant que ſon ſoi-
gneur deuoit eſtre le premier. Mais
comme ce n'eſtoient point gens
d'eſpee, leur querelle ne paſſa point
les paroles ; qui furent bien toſt
apres raportees par eux meſmes à
leurs Seigneurs. Quelque temps
apres Allemagne chaſſant dans vn
bois, y trouue le Baille de la Roque
qui chaſſoit auſſi. Auquel il dit : Et
bien Baille , vous auez voulu preceder le mien ? Mais s'il vous arriue d'y
retourner, ie vous donneray ſi ſerré
ſur les doigts, que l'enuie ne vous en

reprendra iamais. Monsieur, respond le Baille, i'ay vn bon maistre
qui me deffendra. Dittes à vostre
Maistre, replique Allèmagne, que ie
vous donneray sur les oreilles & à
luy aussi.

La Roque sceut incontinent ceste menace par son Baille, qui mes-
lant l'interest de son Maistre parmy
le sien, adiousta ceste derniere parole, & à luy aussi, comme Allemagne
tesmoigna depuis, disant qu'il
n'auoit iamais parlé que du Baille,
neantmoins bien que la Roque fut
esclaircy de cela, & que ses amis luy
dissent qu'il n'estoit point offensé
en l'iniure de son Baille; il se resolut
toutesfois de se batre auec Allemagne. Il auoit soixante & tant d'ans,
& Allemagne en pouuoit auoir
quelques trente. Parquoy les
Billes n'estoient pas pareilles. Mais
à quoy ne nous fait resoudre la rage

quand elle s'empare de noſtre cœur?
Ce pauure Gentil-homme hors de
combat, & preſt à faire vne entrec
naturelle dans le Sepulchre, trouue
moyen de l'anticiper par vn Duel
qui à ſon aduis ne luy eſtoit point
deſauantageux. Il fait faire deux poignards, & appellant ſon ennemy
dans la ville d'Aix. Monſieur, luy
dit-il, vous eſtes ieune, & ie ſuis
vieux; vous auriez trop bon marché
de moy ſi nous nous battions à
coups d'eſpecs. Mais prenez vn de
ces poignards, & laiſſez moy l'autre pour tirer raiſon de l'offenſe que
vous mauez faite. Allemagne ayant
accepté ce parti, ils s'acordent de
deux ſeconds, qui furent le ſieur de
Vins, & le cadet de Valernes, ſortant
hors la ville, & ſans aller plus loin
que ſur le foſſé, les ſeconds s'eſtans
eſcartez; Allemagne, dit la Roque,
donne moy la main. Il la luy donne,

& se tenans tous deux d'vne main,
se poignarderent de l'autre.

La Roque luy porta son coup
dans le corps, & receut celuy d'Allemagne dans la gorge dont il tomba mort incontinant. Mais Allemagne vesquit encore pour separer
les seconds qui estoient desia blessez
tous deux; & apres ceste separation,
sentant aprocher celle de son ame,
voulut prier Dieu ; Mais la mort le
preuint ainsi qu'il mettoit les genoux en terre.

Voila à mon aduis vn des plus fu-
rieux, & des plus enragez combats
qui se soient gueres faits en France,
où il s'en fait plus qu'en tout le reste
du monde : Car tant plus les armes
sont courtes, & tant plus il faut s'ap-
procher, & tant moins on se peut
seruir de son adresse, ny de sa force.
Mais si les Duels eussent esté permis
en France selon leur vray & ancien

vſage, ces deux Gentils-hommes ſe
fuſſent-ils entretuez ſi brutalement,
ſur vne querelle ſi mal fódee? N'euſ-
ſent-ils point eu honte de la diſputer deuant le Prince, ou ſes Lieute-
nans? Et quant ils euſſent eu l'impu-
dence de demander ce combat au
Souuerain, ne les euſt-il pas pluſtoſt
accordez enſemble, que leur permettre vn combat ſi deſraiſonna-
ble?

L'autre Duel fut au meſme païs
entre deux ſimples ſoldats de Riez,
dont l'vn s'appelloit Clouis; homme devaleur, & eſtimé cómunement
le meilleur ſoldat du païs. La ſeule
enuie de l'oüyr tenir en ceſte reputation, donna ſuiet à vn ſien compa-
gnó nómé Orcellet de l'apeller ſans
autre querelle; Et afin qu'ils pûſſent
eſtre plus matin ſur le lieu, ils ſorti-
rét à l'entree de la nuit, & coucherét
enſemble dans vne haye. Le lende-

Autre
Duel
au
meſ-
me
pays
non
moins
eſträ-
ge que
le pre-
cedét.

main ils se leuent auecque le iour,
mettent la main à l'espee l'vn contre
l'autre, & se portent trois ou quatre coups d'estoc dans le corps, sans
que l'vn ny l'autre voulut pour cela
desmordre du cóbat. En fin Clouis
ayant receu vne derniere estocade
dás le bras, qui luy fit tomber son espee à terre ; Tu vois, dit son ennemy, ce que ie puis faire; demande la
vie, ou tu es mort. C'est tout vn, res-
pódit Clouis, i'ayme mieux mourir
que la demander. Et moy, dit l'autre, i'ayme mieux te faire courtoisie
encore que tu n'en demandes, que
te faire deplaisir en cest auantage.
Ce disant, il ramasse l'espee de Clouis, & s'estans donnez la main l'vn
à l'autre, s'en vont tous deux se faire
penser.

Vn mois apres toutes leurs playes
furent gueries, horsmis celle que
Clouis auoit au bras, qui fut enui-

ron six mois à guerir ; & luy prefque autant à recouurer sa premiere
force, passé lequel temps son ennemy s'estant marié, & ayant de .a
perdu le souuenir de sa querelle dás
le soin de son nouueau mesnage,
voicy Clouis qui l'aborde vn iour
alors qu'il y pensoit le moins ; &
l'ayant escartc. Il semble, dit-il, que
tu ne te ressouuienne plus de nostre
combat. Il est bien vray que tu t'y
portas franchement, & que nous y
fusmes tous deux blessez ; mais il y a
cela dauantage que tu emportas
mon espee, & que ie demeuray e-
stropié. Cela me fait si mal, que la
longueur de ma blessure m'a esté
plus ennuyeuse pour le regret que
i'auois de n'en pouuoir tirer raison,
que pour la propre douleur qu'elle
me faisoit. Parquoy resous-toy
promptement à me satisfaire.

Orcellet qui la premiere fois
auoit

auoit appellé Clouis par humeur,
& fans occafion, eftant maintenant
nouueau marié, fe fafchoit d'y retourner auecque fuiect. Il aymoit
mieux venir aux prifes auecque fa
femme, qu'auecque fon ennemy.
Il le prie donc d'oublier vne chofe
qu'il auoit mife fous le pied, & faifant autant le fage qu'il auoit aupa-
rauât fait le fou, luy remonftre que
le temps deuoit auoir affoupy cela,
dautant plus qu'il n'y auoit aucune
mauuaife parole qu'ils euffent ditte,
ny mauuaife action qu'ils euffent
faite l'vn contre l'autre. Que pour
luy, il auoit efté marry de l'incommodité qui luy eftoit demeuree de
fa bleffeure, & ne pretendoit tirer
aucun aduantage de fon efpee, qu'il
eftoit preft à luy rendre.

Non non, refpondit Clouis, tu
m'as appellé premierement fans fuject, pour la feule enuie de m'oftei

la reputation que i'auois aquiſe, & que tu m'as oſtee auec l'eſpee qui me l'auoit faite aquerir : tu m'as eſtropié, & as eu ma vie en ta main; ie ne me puis ſatisfaire que par la tienne. Ce ſoldat voyant qu'il ne pouuoit vaincre l'obſtination de Clouis, ſe reſout à le vaincre luy meſme ; Et l'ayant ſuiuy là où il le mena, iuſques à vn creux de terre d'où l'on auoit arraché vn arbre, qui pouuoit auoir ſix pieds de long, & autant de large. Il faut dit Clouis quitter l'eſpee, & deſcendre là ; & diſant cela, il quitta luy meſme ſon eſpee, & deſcédit le premier en bas: L'autre le regarde, & le ſuit, ayant auſſi quitté ſon eſpee. Quant ils furent la bas, Clouis luy preſente deux piſtollets qu'il y auoit cachez, & luy en donne le choiz. Ils en prennent chacun vn, & ſe toûchant preſque l'vn l'autre, car ils eſtoient en lieu

où ils ne pouuoient auancer ny reculer. Y es tu, dit l'apellé ; & d'vn
mesme temps luy fait tonner le pistollet contre la teste, mais il ne le
foudroye pas ; car soit que l'autre se
courbast, ou que la haste qu'il auoit
de le preuenir le troublast luy mesme, il ne fit que luy friser les cheueux. Clouis alors voyant son ennemy desarmé ne luy rendit pas la
pareille de la courtoisie qu'il luy
auoit faite au premier combat, soit
qu'il n'eust pas le temps d'y penser
en ceste action, ou qu'il ne le voulut pas faire. Mais Dieu plus iuste
que luy, la luy rendit luy mesme visiblement, permettant que son pistollet faillit lors qu'il deuoit faire
feu, & leur rendant à tous deux les
armes inutilles, pour les contraindre à s'acorder, comme ils firent,
voyant qu'ils ne se pouuoient pis
faire.

N n ij

Voila iufques ou nous a portez
le desbordement de cefte licence
que nous auons prife de nous appeller nous mefme. Là où quand
nos peres gardant inuiolablement
à nos Rois l'obeyffance de bons fu-
iects, fa foient appeller, ou appelloient eux mefmes leurs ennemis
deuant eux; outre que c'eftoit pour
vne caufe neceffaire & iufte, dont
ils pouuoient debatre les raifons
fans fe faire tort, ny rougir de honte.
Encores y alloient-ils armez de telle
forte, qu'en conferuant leur vie ils
pouuoient efperer de vaincre leurs
ennemis, & monftrer auec vn bon
droit, ou la force ou l'adreffe de
leurs perfonnes La ou en cefte con-
fufion icy, quel moyen de tefmoigner ny fon courage, ny fa valeur?
Quelle adreffe y peut-il auoir à fe
batre à coups de poignard, ou de
piftolet, en vn fi eftroit & fi ferré

champ de bataille? ou bien courant
l'vn contre l'autre à courſe de cheual, la lance baiſſee en chemiſe, comme firent vn peu auparauant deux
gentils-hómes d'Auuergne. Qu'elle
grandeur de courage , ou force de
corps vous peut garentir? Certainement ce bien-là pour le moins arri-
ueroit de la permiſſion des Combats ; qu'ils ne ſe feroient qu'auec
cognoiſſance de cauſe, & par raiſon,
& qu'vn ſeul ainſi fait auec ordre &
Iuſtice, en empeſcheroit cent mille
qui ſe font iniuſtement. Car s'ils
eſtoient vne fois permis par le Roy,
perſonne n'auroit ſujet d'vſurper ce
qu'il permetroit, les gens de bien ſeroient bien aiſes de diſputer leur hóneur deuant ſa Majeſté, & tien-
droient à beaucoup de gloire qu'elle en voulut prendre cognoiſſance,
les autres auroient honte de fuir la
lumiere de ce Soleil, & ſeroient deſ-

honnorez s'ils cherchoient à combatre en cachete ceux qu'ils pourroient combatre publiquement.

On ne se querelleroit point mal à
propos : car quand il faudroit disputer sa cause, ou deuant le Conseil,
ou deuant le Prince, personne ne se
voudroit faire voir estourdy pour
se faire estimer vaillant. Ioint que le
Roy ne doit point faire tant d'estat
de la valeur de ceux qui ne la tesmoignent qu'en ces combats, que
de ceux qui luy peuuent estre ailleurs plus vtiles. On ne peut nyer
que le feu Baron de Bethune ne fut
tué par vn vaillant homme, la franchise de ce combat, & ce qu'il a fait
ailleurs le tesmoignent : mais on ne
croit pas aussi qu'en pleine guerre il
fust si capable, ny luy, ny guere
d'hommes qui soient en France, de
seruir si vtilement le Roy que celuy
qu'il tua. Il y auoit au temps du Roy

Charles vn Gentil-homme, qui
auoit tué quelques autres en Duel,
dont il ne pouuoit obtenir ſa grace,
Monſieur, qui fut depuis Henry III.
là luy obtint, à la charge qu'il le ſui-
uroit à la Rochelle qu'il alloit alors
aſſieger, & effaceroit par quelque
belle action le mauuais luſtre de celle-là. Au lieu d'aller au ſiege, il print
le chemin de Ieruſalem, d'où il ne
reuint que la guerre ne fut acheuee.
Celuy qui raconte ceſte Hiſtoire,
dit plaiſamment, que cinq cens
mille hómes comme celuy-là, n'euſſent pas pris la Rochelle, s'ils euſſent tous pris le chemin de Ieruſalem.

Ce n'eſt pas qu'il s'enſuiue de là
que pour teſmoigner de la valeur
en ces occaſions, on ſoit incapable
d'en teſmoigner aux autres ; vn hó-
me vrayment vaillant, eſt vaillant
par tout, & porte auſſi toſt ſa vie

sur vne bresche, ou dans vne bataille, que sur vn pré ; & nous en auons
encore vn nombre infiny qui n'ont
pas moins rendu de preuue de leur
valeur en vne façon qu'en l'autre.
Mais si faut il aduoüer que nostre
vie est si courte, & nostre condition
si chetiue, que nous ne pouuons
pas sçauoir ny faire parfaitement
toutes choses ; & que celles où nous
nous adonnons dauantage, sont
celles que nous sçauós, & que nous
faisons plus parfaitemét. De là vient
que Cesar quitta le premier lieu de
l'eloquence, pour auoir le premier
des armes, sçachant bien qu'il ne
pouuoit esgalement embrasser la
perfection de ces deux arts. Et de la
vient aussi que Philippe reprint Alexandre de trop bien chanter, comme si la perfection qu'il auoit aquise en ceste partie basse & petite pour
vn grand Roy, l'eut empesché d'ex-

celler aux grandes. Et finalement de
la vient que les François voulant
tout sçauoir, & se rendre vniuersels
en toutes choses, sçauent vn peu de
chacune, & rien de toutes: Et que les
estrangers ne se proposans pour ob-
jet qu'vne seule science, en sçauent
parfaitement tout ce qui s'en peut
apprendre. D'où s'ensuit que ceux
qui s'exercent, & s'acoustumét ordinairement en ces Duels, y font beaucoup plus propres qu'a la guerre; Et
que ceux qui s'exercent à la guerre,
y font plus parfaits qu'aux Duels.

Au reste qui vid iamais homme
aquerir de la reputation pour estre
mutin? Allez par tout le monde,
cela ne se trouuera qu'en France à
la honte des François; partout ailleurs les querelleux y sont hays, me-
prisez, & deteftez sur toutes choses. Aussi les estrangers ont raison
de dire que nous n'auons que trop

de valeur contre nous-mesme, &
trop peu contre nos ennemis ; Et
non seulemént les estrangers, mais
les François mesme qui ne se flatent
point, le disent ainsi.

La
Nous
en ses
dif-
cours
Politi-
ques,
& mi-
litai-
res.
Or ayant monstré le vray & ancien vsage des Duels, auec les quatre suiets d'iceux , & l'abus auquel
nous sommes tombez en ce temps
icy. Vostre Majesté, Sire, par laquelle i'ay commencé ce discours, & par
laquelle ie l'entends finir , en peut
voir clairement la difference; & iuger que puis qu'on ne peut empescher les derniers esquels vostre Maiesté est affoiblie, & vostre authorité meprisee, il vaut mieux remettre
les premiers esquels l'vne & l'autre
est esgalement respectee.

On me pourra dire, qu'ayant có-
fessé tout au commencement de
mon liure, que Dieu, vostre Maiesté & le public y estoient offensez,

ie ne puis conclurre qu'ils doiuent
estre permis, qu'il ne s'ensuiue que
les offenses qui sont faites à Dieu,
à Vostre Majesté , & au public
blic doiuent estre permises. A quoy
ie responds, que quand i'ay dit que
Dieu & vostre Majesté estoient offensez aux Duels; i'ay parlé de ceux
que nous pratiquons, & detestons
tout ensemble & non de ceux qui
seroient iustement, & legitimement
ordonnez par le Souuerain, pour
vne cause, legitime, & necessaire,
ausquels ie ne croy point que Dieu,
vostre Maiesté ny le public puissent
estre aucunement offensez; Dieu,
parce que la fin de ces combats seroit bonne, & tendroit à vne bonne fin, qui est la iustice, par laquelle
on euiteroit mille assasinats , les
Duels mesme, & ceste infinie & effroyable multitude de meurtres qui
s'y fait par vn seul combat , vostre

Maiefté, par ce qu'ils ne fe feroient que par elle mefme qui comme la loy viue de fon Eftat, les ordonneroit pour empefcher ceux qui fe fôt contre fes Ordonnances. Le public, par ce qu'au lieu de tant de querelles qui hument fon fang, & de tant de procez qui viennent en fuite deuorer fon bien, il viuroit deliuré de ces deux monftres, fans autre ambition que de tefmoigner fon courage en voftre feruice, & fa valeur en voftre prefence.

D'ailleurs, Sire, ie refponds encore qu'en ce petit aduis que ie donne icy fur la permiffion des Duels, mon intention n'eft point de propofer à voftre Maiefté qu'ils doiuent eftre permis pour eftre authorifez, mais pour eftre abolis, ou rendus moins frequés qu'ils ne fót; afin que comme les deffenfes les ont rendus cómuns, la permiffion les rende rares.

Puis que nous auons defia remarqué qu'il s'en eft moins fait en douze ou quinze cens ans qu'ils ont efté
permis, que depuis foixante qu'ils
ont efté deffendus;& plus fous quatre ou cinq Rois qui les ont deffendus, que fous foixante qui les ont
permis.

On ne peut repliquer, que l'Eglife
les deffend, parce qu'ayant efté permis par des Rois tref-Chreftiens,
& tref-obeyffans à l'Eglife, fans
qu'elle les ayt interdits; il s'enfuit
que ce font ces Duels brutaux &
defnaturez que nous faifós auiour-
d'huy de nous mefme contre vos
propre Edits, qu'elle deffend: Et
non pas ceux qui font legitimemét
ordonnez par le Magiftrat fouuerain. Autrement ou nos Rois, &
nos Parlemens ne les euffent iamais
permis, fi l'Eglife les euft deffendus: où ils euffent iugé que c'eftoit

vn fait d'Eſtat où elle n'a point de
connoiſſance; comme nous auons
veu du Roy Iean qui ne laiſſa pas de
preſider en vn combat, qu'il auoit
permis en allant en Auignon, non-
obſtant que le Pape Vrbain euſt
deffendu ſur peine d'excommuni-
catiõ qu'aucun n'euſt à s'y trouuer.
Or ſi c'eſtoit alors vn fait d'Eſtat, il
l'eſt encore auiourd'huy, & ne peut
eſtre deffendu ny permis que par
voſtre Maieſté; & ſi c'eſtoit vn fait
de Religion, & que neãtmoius l'E-
gliſe le ſouffrit alors, elle le doit tol-
lerer encore auiourd'huy, puisqu'elle n'a point chãgé de preceptes, ny
nous auſſi de Religion. Que ſi les
Duels ont changé de nature, &
qu'a cauſe des abus qui s'y com-
mettent, l'Egliſe les a depuis defendus; Il ne faut qu'oſter les abus,
& les remettre comme ils eſtoient.

Sire, ie ne ſuis point de ceux qui

mefprifent les defenfes de l'Eglife,
Dieu m'a fait la grace d'y naiftre &
d'y viure iufques à prefent,& la plus
ardente priere que ie luy fais, c'eft
de me faire la grace d'y mourir comme j'y fuis nay, en l'obeïffance &
fidelité d'vn bon Catholique. Ma's
fous le refpect que nous luy deuons
tous comme à noftre Mere, & ef-
poufe du fils de Dieu,& me foume-
tant toufiours à fes infaillibles &
fainctes determinations, ie diray,
ce que j'ay defia dit cy-deuant, que
quand ces combats ordonnez par
voftre Majefté feroient en quelque
façon contraires à fes decrets ; Puis
qu'elle fouffre de deux maux le
moindre, & permet publiquement
en Efpagne, & en Italie des chofes
tref-expreffement defenduës par la
parole de Dieu, pour en éuiter de
pires. Elle doit fouffrir que voftre
Majefté permette iuftement quel-

ques Duels en France, pour en empescher dix mille qui s'y font iniustement. Dautant mieux, que nous auons marqué cy-deuant en l'Histoire de Prouence, que Charles d'Anjou fit appeller Pierre d'Arragon auec licence du Pape Martin; Et dans celle de Naples qu'vn Religieux de l'ordre de sainct Dominique porta la parole.

Ie sçay qu'on dira encore, Sire, que des choses si dangereuses ne doiuent point estre permises, sous pretexte d'en éuiter de plus grandes; que ce seroit assuiettir les loix aux imperfections des hommes; Et qu'en vn mot, on ne les peut souffrir sans impieté. Mais c'est tousiours redire la mesme chose, il y a aussi de l'impieté à permettre les bordeaux, le Iudaysme, & la diuersité de Religions presque par toute l'Europe : Cependant l'experience nous

font des expediens neceſſaires. Les
Papes ayant chaſſé les courtiſannes
de Rome, ont eſté contraintz de
les y remettre;Et tous les Roys de
la Chreſtienté apres de longues &
cruelles guerres pour la Religion,
font retournez en fin à la paix. Il
faut laiſſer couler ces humeurs quất
on ne les peut arreſter.

Autrement,quel moyen d'accorder les loix de l'honneur auec celles
de la Iuſtice, puis que celles-là con-
damnent auſſi rigoureuſement vn
dementi ſouffert, que celles-cy vn
dementi reuenché ? Comment ſe
gouuerneront les Gentils-hommes
en voſtre Royaume,ſi ceux qui ſouffriront des affronts ſont deſ hono-
rez, & ſi ceux qui ne les ſouffriront
point ſont deffaits? N'eſt il pas vray
que par le droit des armes celuy
qui ſouffre vne injure eſt degradé
d'honneur & de Nobleſſe, & que

par le droit ciuil celuy qui s'en ven-
ge encourt vne peine capitale? Que
voftre Majefté nous meprifera fi
nous ne conferuons noftre honneur, & que nous mefpriferons voftre Majefté, & qu'elle nous punira
fi nous n'obferuons fes Edits? Quel
moyen doncques à cela autre que
de remettre le vray & ancien vfage
des Duels, & fatisfaire aux loix de
l'honneur & de la juftice, par des
combats qui foient efgalement honorables & iuftes?

Que voftre Majefté fe reffouuien-
ne que nos Roys vos predeceffeurs
nous ont imprimé cefte fantafie par
leurs exemples, & que cefte humeur coule de leur chef comme
vne fluxion par tous les membres de
leur corps; duquel voulant eftan-
cher le fang par vn trop rude cau-
tere, on eftropieroit maintenant les
bras. Ie luy ferois volontiers ref-

ſouuenir des querelles qu'ils ont
euës, & luy demāderois (s'il m'eſtoit
permis) ſi tant d'illuſtres & fameux
exemples des plus grands hommes
qui fuſſent iamais, ne ſont pas ca-
pables d'eſmouuoir vne ame guer-
riere. Ie ſçay bien qu'il n'y a point de
raport : mais nous ne laiſſons pas de
nous y raporter de pres ou de loing,
& la paſſion qui vient de l'honneur
ne nous permet pas de cõſiderer s'il
y en peut auoir ou non. Nous ſuy-
uons l'exemple non pas la raiſon,
& ne regardons pas tant à l'occaſion
des cauſes, qu'à elles-meſmes. Il ne
faut point douter que ce ne ſoit
vne eſtrange maladie : mais la couſtume l'a tellement enuieillie qu'elle eſt paſſee en nature, & s'eſt ren-
düe incurable. Ceux qui la deteſtét
la fuyuent, & ſeroient deſhonorez
s'ils y reculoient. Ie ne la veux point
excuſer : au contraire, ie la com-

damne comm e furieuse, & brutalle;
Quoy qu'il semble que la cause la
iustifie, ou du moins la rende excu-
sable. Car puis que c'est pour l'honneur, qui ne sçait qu'il est plus cher
que la vie , & que la consequence
suiuant apres toute naturelle, nous
aprent la perte du moindre pour la
conseruation du plus grand?

L'honneur est le grand ressort
de nos ames, la grosse corde qui
fait sonner & retentir nos actions,
& le seul pole de nostre veüe, qui ferme nos yeux à toutes considerations
pour respectueuses qu'elles puissent
estre. On m'acordera qu'on doit hazarder toutes autres choses pour
l'asseurer. Mais il est mal entendu;
Et s'ensuit-il qu'on doiue estre pen-
du pour n'entédre pas le vray point
d'honneur? Que pour ne sçauoir pas
bien ceste dialectique on nous l'enseigne sur vn eschaffaut ? Et que

pour nous empefcher de tomber
honorablemét entre les armes d'vn
ennemy, on nous doiue paffer par
les mains, & par l'efpee d'vn bourreau?

Sire, la fievre ne s'eftaint pas auec
le feu, ny l'on ne tue pas les malades
par ce qu'ils ne peuuent pas guerir.
Il vaut mieux vn corps malade que
mort, il vaut mieux vne taye en
l'œil, qu'en arracher la prunelle, &
mieux fouffrir vn mal quel qu'il foit
qu'vn remede pire que luy. S'il plaift
à voftre Majefté de remettre les anciens Duels, il s'en fera moins en dix
ans, que de fuplices en quatre mois
de ceux qui auront rompu voftre
Edit.

Sire, arreftés donc le Sang qui
coule tout pur de voftre bras droit,
mais ne l'arreftés pas auecque le
feu, Retirés vos membres d'entre
les fers de vos chirurgiens, & dittes

O o iij

leur comme ce Romain, que la douleur surpasse l'amendement. Vous
estes chef de la plus belle Noblesse
du monde, & interessé en la perte
de son honneur, qui ne se conserue
pas sur les eschaffauts. Vous vous
sentez perir, & affoiblir en nostre
sang; Pourquoy donc l'abandonner aux loix de vostre iustice, puis
qu'elles sont côtraires à celles de son
honneur ? Si vne saignee est si necessaire à nostre fievre, cherchés-la
plustost dans vne bataille; nous
n'en garderons pas vne goutte que
nous ne respandions pour vostre
seruice : Mais faites-nous le perdre
en quelque façon que sa perte vous
soit vtile.

Sire, pardonnés moy si la violence de ceste passion me fait estre si
temeraire; ie ne serois point vostre
seruiteur comme Dieu m'a fait, des
plus passionnez qui fussent iamais,

fi ie ne me paſſiónois de le voir couler. Ie voy que vous perdez en nous
voſtre vie , & inutilement deſormais, puis que perſonne ne s'en a-
mende , & qu'il n'y a point aſſez de
bourreaux en France, ny de ſuplices
en tout le monde pour raualer ceſte
courageuſe , mais brutale generoſité de voſtre Nobleſſe. Que l'intention que vous auez de l'eſpargner
demeure fruſtree; & que le premier
qui briſera voſtre dernier Edit, faiſant la planche aux autres , rendra
l'expediét qu'on vous a donné pour
noſtre ſanté, plus cruel que la maladie. Grand Roy , pardon encore vne fois ; ſi voſtre clemence ne
vouloit ouyr noſtre mal ; ſi parmy
tant d'autres vertus , vous n'auiez
encor celle-là, de pouuoir ſouffrir
qu'on vous die la verité ; ſi voſtre
Majeſté n'eſtoit bleſſee en noſtre
playe ; ſi voſtre intereſt ; ſi celuy de

O o iiij

si celuy de tous les Gentils-hommes de France en general, de moy-
mesme en particulier, & mille autres considerations nées pour vostre respect, n'eusset porté ceste tres-
humble remonstrance de là mon
dessein : ie ne suis pas si presomptueux de vouloir introduire mes
aduis en vostre Conseil.

F I N.

TABLE
DES CHAPITRES
DE CE LIVRE.

TABLE.

TABLE.

FIN.

www.ingramcontent.com/pod-product-compliance
Lightning Source LLC
Chambersburg PA
CBHW052340020726
47503CB00001B/47